FOLIO POLICIER

Gunnar Staalesen

Comme dans un miroir

Une enquête de Varg Veum, le privé norvégien

Traduit du norvégien
par Alex Fouillet

Gallimard

Titre original :

SOM I ET SPEIL

Gunnar Staalesen est né à Bergen, Norvège, en 1947. Il fait des études de philologie avant de créer en 1975 le personnage de Varg Veum qu'il suivra dans une douzaine de romans policiers. Ses thèmes de prédilection via son personnage de privé, chaque fois impliqué plus qu'il ne le voudrait dans des affaires qui le burinent et le blessent sans jamais le blinder, demeurent l'effondrement du rêve social démocrate, les désillusions du mariage et la pression criminogène qui en découle, l'enfance et, de fait, le conflit des générations. L'amour n'est jamais loin. Le ton est profondément humaniste et cache, dans un humour désabusé parfois cynique, une violente tendresse pour les personnages servis par des enquêtes merveilleusement ficelées, réalistes et pourtant bien souvent surprenantes. Toutes les enquêtes de Varg Veum ont été publiées en France par Gaïa Éditions.

Gunnar Staalesen est par ailleurs l'auteur d'une saga en six volumes, *Le roman de Bergen*, dédiée à sa ville natale.

1

Je l'avais vue bien avant que nous nous croisions.

Nous allions chacun dans sa direction sur la portion de montagne que les Berguénois appellent Vidden, le haut plateau, comme s'il n'y en avait qu'un. Elle arrivait d'Ulriken, en direction de Fløien. Je venais de faire l'ascension de Trappefjellet, et je longeais l'alignement de cairns sur ce qui s'appelle depuis très longtemps Alfjellet. C'était un jeudi de la mi-avril, et la température hésitait encore entre des valeurs à un ou deux chiffres. Plus bas, sur Midtfjellet, j'avais entendu le cri strident caractéristique du bécasseau. Sous les nuages qui filaient dans le ciel, la première formation d'oies sauvages volait vers le nord, mystérieusement attirées par le Møre. Le printemps arrivait. Mais sur Vidden, il restait des névés. Du côté des marais en face de Hyttelien, on s'enfonçait sérieusement dans la boue quand on quittait le sentier.

Tout à coup, elle disparut, telle une fée des forêts. Sur le dernier tronçon avant le Borgaskar, un coup d'index de géant en travers de Vidden, je la perdis de vue. Je m'arrêtai un instant, bouche bée, et elle réapparut après le col pour se diriger à grands pas vers moi. Je lui laissai le passage sur le chemin.

Elle était équipée pour ce genre d'activités ; sac à dos léger, knickers marron, coupe-vent vert et bonnet blanc. Elle passa devant moi avec un sourire rapide et un « Bonjour ! » joyeux, comme il est d'usage entre randonneurs.

« Mais… ! l'entendis-je s'exclamer après m'avoir croisé. Ce ne serait pas… »

Je me retournai vers elle.

« Veum ?

— Si. »

J'analysai en vitesse ma première impression. Ses yeux étaient gris-vert, son regard clair. Elle était plus grande que moi, environ 1,85 m. Pourtant, il y avait un côté des plus féminins dans ses traits réguliers, ses lèvres pulpeuses et sa peau lisse. Le vent vif de la montagne lui avait laissé une jolie tache rouge sur chaque joue. Quelques rares gouttes de sueur s'étaient formées dans le duvet clair de sa lèvre supérieure. Hormis cela, elle affichait une grande décontraction, et son souffle était léger comme celui d'un marathonien dans une descente.

Elle fit un ou deux pas vers moi, comme pour réduire l'écart de tailles, ôta l'un de ses gants en laine grise et tendit la main.

« Berit Breheim.

— Bonjour, répondis-je en lui serrant la main.

— Je suis avocate, dans un cabinet dont fait partie Vidar Waagenes, entre autres.

— D'accord. Mais je ne crois pas que nous…

— Non, mais je sais qui vous êtes.

— Je voudrais pouvoir prétendre la même chose.

— En fait, j'avais prévu de vous appeler.

— Drôle de coïncidence, alors. Que nous nous rencontrions ici, je veux dire. »

Elle fit un sourire en coin.

« Je monte souvent à Vidden, quand il y a des choses auxquelles il faut que je réfléchisse en détail.

— Et c'est le cas en ce moment ?

— Je sais que vous avez côtoyé Vidar à plusieurs occasions.

— Nous nous sommes un peu assistés l'un l'autre, oui.

— J'envisageais de vous confier une mission.

— En rapport avec une affaire dont vous vous occupez ?

— Non, c'est… c'est personnel.

— Tant que ce n'est pas… Je veux dire, je ne m'occupe pas d'affaires matrimoniales.

— Je ne suis pas mariée, répondit-elle d'une façon qui donna à cette réplique des allures d'invitation.

— Moi non plus.

— Alors on est deux.

— Bon, ce n'est pas un principe absolu…

— Pour moi non plus. » Elle fit un sourire malicieux. « Pourriez-vous passer à mon bureau demain matin, à huit heures ?

— Vous êtes une lève-tôt, si je comprends bien.

— Je suis occupée le restant de la journée, et j'aimerais que vous commenciez sans tarder. J'espère que vous n'êtes pas trop occupé par ailleurs. »

Je répondis par un geste vague de la main, pour ne pas trop m'engager. Mais elle n'avait pas besoin de s'en faire. *Je n'étais pas* occupé par ailleurs.

« Bon, alors… c'est convenu ?

— À condition que j'entende le réveil.

— Bonne promenade, alors, conclut-elle après un sourire poli.

— Merci, de même. »

J'aurais pu l'accompagner sur le chemin du retour, bien sûr. Ça n'aurait pas tellement amputé mon itinéraire. Mais d'un autre côté, elle avait déclaré devoir réfléchir à certaines choses — l'audience de ce matin-là, peut-être — dans ce cas, il valait peut-être mieux ne pas la déranger. Dès que je fus passé de l'autre côté du Borgaskar, je me retournai quand même pour me faire une idée de sa progression. Elle se retourna aussi. De part et d'autre du col, nous nous fîmes signe avant de poursuivre, chacun dans sa direction. Ça ne s'arrêtait pas là. J'avais aussi de quoi m'occuper l'esprit. Mais je préférais être seul.

2

Vous n'êtes plus le même après avoir tué quelqu'un.

Le soir où j'avais envoyé un dénommé Harry Hopsland *ad patres* remontait à presque deux mois, mais son dernier regard avait laissé une espèce d'abcès dans mon esprit. « Ve ! » m'avait-il crié au moment de basculer hors du bâtiment en cours de construction. « Ve ! » répétait l'écho à chaque heure d'insomnie que j'avais connue depuis.

La femme qui partageait ma vie ces dernières années – ma vieille copine de l'état civil, Karin Bjørge – avait essayé de me réconforter de son mieux : « Ce n'est pas ta faute, Varg ! C'était de la légitime défense. Si ça n'avait pas été lui, ç'aurait été toi ! – Mais j'aurais pu le sauver, avais-je argumenté. J'aurais pu le neutraliser, plutôt. – Oui, et alors ? Il serait ressorti, avec des projets aussi funestes que ce soir-là… »

Elle avait raison. Je le savais. Pourtant, ça avait été une période éprouvante. Je dormais mal. Harry Hopsland hantait mes rêves, et je me présentai dans la salle d'attente du cabinet Breheim, Lygre, Pedersen & Waagenes une minute et demie avant huit heures le lendemain matin avec l'impression d'avoir la tête pleine de laine d'acier et d'essence, une masse grise indéfinissable susceptible de s'enflammer sans crier gare.

C'est un duo classique de secrétaires qui m'accueillit : la plus âgée avait un joli réseau de rides autour des yeux, les cheveux bruns bien coiffés, une tenue discrète mais délicate et une paire de lunettes à mi-hauteur de son nez aquilin ; sa collègue avait vingt et quelques années, elle était blonde et sans grande énergie à cette heure de la matinée. Elle portait une tenue nettement plus jeune : un pantalon noir moulant et un chemisier d'un rouge si soutenu qu'il aurait fait réagir un taureau empaillé. Les panonceaux sur les bureaux m'apprirent leurs noms : Hermine Seterdal et Bente Borge.

Je m'adressai poliment à l'aînée.

« J'ai rendez-vous avec Berit Breheim. Veum. »

Ses yeux sombres scintillèrent.

« Oui, vous êtes déjà venu, voir maître Waagenes. »

Je la dévisageai, perplexe : lui avais-je fait une certaine impression, ou avait-elle juste une bonne mémoire ?

« Maître Breheim vous attend. Seconde porte à droite. Vous la verrez à travers la porte.

— Merci. »

Je suivis les indications, frappai en douceur au carreau, croisai le regard de Berit Breheim à l'intérieur et entrai.

« Bonjour.

— Bonjour, répondit-elle avec un sourire. »

La pièce était équipée avec simplicité et raffinement. Le bureau près de la fenêtre, tourné vers la porte. Une petite table gigogne et deux fauteuils dans un coin, une bibliothèque chargée d'ouvrages juridiques dans l'autre.

Elle se leva et fit le tour de sa table.

« Un café ?

— S'il vous plaît. »

Elle se dirigea vers la porte.

« Bente ! Vous pouvez nous apporter un peu de café ? »

La cadette des secrétaires répondit par l'affirmative, et Berit Breheim revint. Sa tenue était sobre : un chemisier en soie crème, une jupe noire et des collants argentés. Bien faite et athlétique, mais lancer du disque plutôt que saut en hauteur, s'il fallait deviner sa discipline préférée.

« J'ai une audience à dix heures.

— Vous allez gagner. »

Elle ouvrit la bouche pour répondre, mais à cet instant, Bente Borge entra avec deux fines et élégantes tasses blanches, un petit assortiment de sucres et de crème ainsi qu'un thermos au design italien, le tout sur un plateau rouille dont la teinte s'associait on ne peut mieux au bois noir de la table gigogne entre les deux fauteuils en cuir rouge. Berit Breheim servit le café et fit ce que j'avais prévu. Elle alla droit au but.

« Comme je vous l'ai dit quand nous nous

sommes rencontrés hier, il s'agit d'une mission, que je vous confie à titre personnel. »

Je hochai la tête, dans l'attente de la suite.

« J'ai une sœur, Bodil. Elle a quelques années de moins que moi. Trente-huit ans, pour être exacte. Elle connaît… comment dire… un mariage difficile.

— J'espère que vous vous rappelez…

— Oui, oui, Veum. Mais ce n'est pas de ça qu'il est question.

— Très bien. » Je fis un large geste des bras, pour lui indiquer qu'elle pouvait poursuivre.

« Fernando, son mari, est espagnol. Fernando Garrido, architecte naval de formation et employé chez un armateur local, TWO — le sigle de Trans World Ocean. Naguère Helle Shipping. »

Je me penchai en avant.

« Ça a un rapport avec Hagbart Helle ?

— Vous êtes bien informé, Veum. J'apprécie. Oui. Mais Hagbart Helle est mort, en 1989 je crois, et la société a été revendue. Les propriétaires sont à Londres, mais la société est immatriculée — surprise, surprise ! — à Jersey. Le bureau de Bergen est dirigé par un certain Halvorsen, Bernt Halvorsen, si je ne m'abuse. Non que ça ait un rapport avec ce qui nous occupe, mais puisque vous posiez la question…

— Je suis comme ça. Quelqu'un qui pose des questions.

— Le problème, c'est qu'ils ont disparu. Bodil *et* Fernando.

— Tiens donc ! Et vous pensez que c'est suspect ?

— Oh, suspect… Pas vraiment. Sans ça, je serais allée voir la police. Mais il y a… certaines circonstances qui me rendent un peu nerveuse.

— Et de quoi s'agit-il ?

— Il y a une semaine et demie, la veille des Rameaux, j'ai été convoquée au commissariat de Bergen pour assister Fernando. Il avait passé la nuit en garde à vue pour tapage nocturne, et avait besoin d'un avocat. J'ai tout de suite appelé Bodil, pour avoir sa version.

— Et… ?

— Eh bien… en fait, il n'y avait rien de dramatique. Au début, ils devaient fêter leur anniversaire de mariage. Dix ans, si je ne me trompe pas.

— Dans ce cas, ils ont passé le cap des sept ans.

— Bon. En tout cas, ils ont commencé à se disputer. Les choses se sont emballées, et ils ont fini par hurler si fort que le voisin d'en face a appelé la police.

— Un voisin attentionné, si je comprends bien.

— Assez attentionné, si vous voulez mon avis. En quoi cela le regardait-il ? Ce genre de conflits se règle le plus souvent à l'amiable. Avec la présence d'une personne sensée qui peut leur faire entendre raison.

— Mais la police a trouvé utile de l'emmener ?

— Il était devenu plutôt agressif, d'après ce qu'ils ont dit. Vous savez… le tempérament méridional et tout ça. Mais je peux vous assurer… Il était complètement chamboulé quand je l'ai retrouvé en cellule de dégrisement.

— Vous avez pu l'en faire sortir ?

— Oui, oui, aucun problème. Je l'ai reconduit chez lui. Mais je ne suis pas entrée.

— Ah non ?

— J'ai pensé qu'il valait mieux qu'ils règlent ça tous les deux. Seuls. J'ai été mariée. Je sais comment ça se passe, dans ce genre de situation.

— Une expérience que vous n'êtes pas la seule à avoir connue.

— Vous aussi ? »

Je hochai la tête.

« Dites-moi… repris-je. Vous et votre sœur. Vous êtes proches l'une de l'autre ? »

Elle fit un petit mouvement sec de la tête.

« Aussi proches que possible dans la mesure où chacune a sa propre vie, et n'a pas le temps de s'ennuyer.

— Ils ont des enfants ?

— Bodil et Fernando ? Non, répondit-elle avec un sourire en coin. Nous ne faisons pas partie des plus fécondes dans la société, ni elle ni moi, dirait-on.

— Ce n'est pas nécessairement catastrophique, compte tenu de l'état actuel du monde. Dans quoi travaille-t-elle ?

— Dans les assurances.

— Assurances maritimes, alors, peut-être ? »

Elle haussa les sourcils.

« Comment avez-vous deviné ? ironisa-t-elle. Mais elle avait arrêté, à ce que j'ai compris.

— D'accord.

— Elle voulait se lancer seule, comme consultante indépendante.

— Et ?

— Oh, ce doit être encore un peu tôt pour dire comment ça se passe.

— Bien, bien. Vous l'avez donc raccompagné chez lui, au matin de ce dimanche des Rameaux. Mais l'histoire ne s'arrête pas là ?

— Non. Je leur ai laissé quelques jours. Mais quand j'ai appelé le mercredi suivant, personne n'a répondu. C'était Pâques, alors ce n'est peut-être pas si étonnant. »

La famille possédait deux résidences secondaires, un chalet à Hjellestad et un à Ustaoset. Pour ne rien laisser au hasard, elle avait appelé là-bas aussi, sans plus de réponse. Puis elle était descendue en ville.

« En fait, je devais préparer l'affaire sur laquelle je planche en ce moment, mais le temps était superbe, alors j'ai passé le plus clair de mon temps dehors. Je suis montée plusieurs fois à Vidden, et le vendredi saint, je suis allée à Gulfjellet, pour skier un peu.

— Ça m'a l'air plein de bon sens. »

La veille, elle avait commencé à s'inquiéter pour de bon. Elle avait alors appelé chez eux plusieurs fois, sans succès.

« Où habitent-ils ?

— À Morvik, à Åsane. Nous avions un petit chalet là-bas, depuis très longtemps, ils ont pu le raser après la mort de papa en 1983.

— Ce n'étaient pas les lieux de réjouissances qui manquaient, à ce que je vois.

— Nous n'étions presque jamais à Morvik. C'était trop misérable. Le chalet de Hjellestad appartenait à la famille de maman, et celui d'Ustaoset... Ce sont nos parents qui l'ont acheté, vers 1950. Mais encore une fois... On en revient à nos moutons ?

— Je vous en prie.

— J'y suis allée et j'ai sonné. Plusieurs fois. Personne n'a ouvert. J'ai fini par descendre au hangar à bateaux. Je savais qu'ils y gardaient un double de clé. Je l'ai trouvé et je suis entrée, non sans de sombres pressentiments, vous pouvez me croire. Mais ils ne se sont pas concrétisés. Ou plutôt, si. La maison était vide. Il n'y avait pas âme qui vive.

— Ni qui ne vive plus, si je comprends bien.

— Non.

— J'imagine que vous avez appelé TWO pour demander à parler à Garrido ? »

Elle me regarda avec mépris. « Évidemment. Mais tout ce qu'ils ont pu me dire, c'est qu'il était absent. »

Je hochai la tête.

« Et vous n'avez pas encore pris contact avec la police ?

— Je vous parlerais en ce moment même, si c'était le cas ?

— Peu de chances.

— Et voilà.

— Et l'Espagne ? » Elle haussa les épaules. « C'est une possibilité, bien sûr.

— D'où vient-il, votre beau-frère ?

— De la région de Barcelone. Son père possédait une petite fabrique de bateaux, mais il est mort. C'est un frère aîné de Fernando qui a repris les rênes.

— Vous avez essayé de les appeler ?

— Non… et je n'ai pas non plus envie de les inquiéter sans raison.

— Bon… » Je parcourus mes notes. « Alors… Que peut-il y avoir derrière tout ça, à votre avis ?

— Eh bien… Ils sont peut-être juste en voyage de réconciliation, si on veut, pour arranger les choses après cet épisode. Le cas échéant, il serait fâcheux que je contacte la police pendant leur absence.

— Mais vous n'êtes pas tranquille ?

— Non. » Elle ouvrit une petite enveloppe brune posée sur le bureau. « Voici la clé. Allez-y pour voir si vous trouvez quelque chose.

— Vous n'avez rien remarqué d'inhabituel, vous ?

— Non. Et je vous demanderais bien d'aller voir aussi à Hjellestad, éventuellement à Ustaoset, pour plus de sûreté.

— On dirait presque que vous craignez le pire ? »

Elle hésita. Puis parut prendre son élan.

« Ce ne serait pas la première fois que quelqu'un signe un pacte funèbre dans notre famille.

— Tiens donc !

— Nous avons un atavisme assez lourd…

— Alors je vois…

— Quoi donc ?

— Non. Parlez-moi plutôt… de ça aussi. »

3

La voiture noire, une Opel Olympia vieille de deux ans, roulait beaucoup trop vite sur la route sinueuse en direction de Hjellestad. L'asphalte était mouillé et noir, et l'obscurité pluvieuse de septembre avait gommé les contours du paysage autour d'eux. Le reflet des phares faisait ressembler la route à un miroir, à une gigantesque piste de luge qu'ils dévalaient sans savoir où ils allaient arriver.

— Johan ! Fais attention !

L'homme qui tenait le volant ne répondit pas. Les muscles de ses joues saillaient, et son regard était braqué sur la chaussée. Il portait un smoking. Son instrument, un sax ténor, était posé sur la banquette arrière, pas encore remballé dans son étui. La femme à l'abondante chevelure roux sombre avait des coulures de rimmel sur la joue, et les pleurs étaient encore audibles dans sa voix.

— Tu crois qu'il nous suit ? sanglota-t-elle, la tête à moitié tournée vers l'arrière.

— Pourquoi le ferait-il ? Tu ne crois pas qu'il a eu son compte ?

— Tu n'aurais pas dû frapper si fort ! Et si tu l'as…

— C'était lui ou moi ! Lequel des deux préférais-tu avec une lèvre fendue ?

— Le sang giclait !

— Qui a commencé ?

— Qui…

Son regard se perdit. Il tendit une main et lui caressa la cuisse, en un geste apaisant. Un tressaillement la parcourut. Ils filèrent dans le dernier virage comme un palet de hockey sur glace vers les buts. Il se gara sous le feuillage sombre, tira le frein à main et se tourna vers elle.

— Terminus, madame Breheim, déclara-t-il.

« Ils sont allés là-haut, il n'y a jamais eu le moindre doute à ce sujet, précisa-t-elle, une lueur étrange dans les yeux.

— Là-haut ?

— À la maison de Hjellestad. Elle est un peu à l'écart, à l'orée d'un petit bois. On a retrouvé… l'embouchure de son saxophone y était encore.

— Il avait peut-être joué pour elle.

— *The one I love belongs to somebody else* ? demanda-t-elle avec un point d'interrogation sarcastique bien audible.

— Que s'est-il passé ?

— Oui, que s'est-il passé ? Nous n'aurons jamais les détails, mais l'issue a été fatale. Dans le courant de la nuit, ils sont remontés en voiture. La personne qui conduisait devait être ivre morte, car quand la voiture a été retrouvée, plusieurs jours plus tard, ses deux ailes arrière étaient abîmées, et elle avait une longue et vilaine estafilade sur un côté.

— Où l'a-t-on retrouvée ?

— Dans la mer près de Hjellestad. C'est un propriétaire de bateau qui a réagi en voyant la nappe d'essence, et des reflets en profondeur. Alors il a appelé la police. La voiture a été sortie de l'eau, et on les a retrouvés dedans, ma mère et... son ami, dans les bras l'un de l'autre pour une dernière étreinte mortelle, comme si ni l'un ni l'autre n'avait fait de tentative pour s'extraire du véhicule et remonter à la surface. C'est comme ça qu'est apparue l'idée d'un pacte macabre.

— Et la police s'en est contentée ?

— Je n'ai jamais entendu d'autre version, mais... Je n'avais que six ans, à l'époque. Bodil deux. On nous a épargné l'essentiel, et plus tard, eh bien... Papa n'en parlait jamais.

— De quelle année s'agit-il ?

— 1957.

— Où étiez-vous, vous et votre sœur, quand ça s'est produit ?

— Chez une tante, qui habitait Nye Sandviksvei. Papa n'est pas venu nous chercher avant le dimanche soir, et j'ai tout de suite compris qu'il y avait un problème. Toute sa lèvre supérieure était enflée, et je me rappelle avoir demandé où était maman. Il n'a pas répondu, et tante Solveig est venue avec nous à la maison. J'ai essayé des dizaines de fois de faire remonter des impressions de ce jour-là et de ceux qui ont suivi, mais je ne vois que des bribes. Papa et sa lèvre gonflée, tante Solveig qui fondait en larmes, Bodil qui hurlait en continu, sans que personne n'arrive à la consoler. Je n'ai pas le moindre souvenir des obsèques, même si on m'a dit que j'y étais. La première chose dont je me souvienne avec cent pour cent de certitude à la suite de ça, c'est quand papa est arrivé à la maison avec Sara, et nous a dit qu'ils allaient se marier. Mais c'était en 1958. Tout ce qu'il y avait entre-temps a disparu.

— Je comprends.

— Quelques années plus tard, en 1960 et 1964, Bodil et moi avons eu deux demi-frères, Rune et Randolf.

— Cette histoire de pacte macabre, comme vous dites… D'où est-ce que ça vient ?

— De quelqu'un que j'ai rencontré plus tard. Des années plus tard. Hallvard Hagenes. C'était le neveu de cet homme, Johan Hagenes, en compagnie de qui maman est morte.

— Hallvard Hagenes ? Le musicien ?

— Oui. Lui aussi joue du saxophone. Mais en tout cas… Il m'a raconté ce qu'ils disaient dans sa famille, même s'ils n'en parlent pas volontiers.

— Et il était question de pacte macabre ?

— Oui. Et ça m'a frappée, en y réfléchissant… Qu'est-ce que ce serait d'autre ?

— Eh bien… Si la police ne s'est pas posé de question à l'époque, il n'y a aucune raison de le faire maintenant, après tant d'années. Encore que… » Je me penchai vers elle. « Pour aussi intéressant que ça puisse être… Y aurait-il un lien possible entre ce qui s'est passé en 1957 et la disparition de votre sœur et de son mari, euh… trente-six ans plus tard ?

– Non, non ! Pas du tout. J'essayais juste d'expliquer… les raisons de mon inquiétude.

– Ce chalet de Hjellestad, dont vous avez parlé, c'est celui où votre mère et son ami, comme vous dites, ont passé leur dernière nuit avant de finir dans la mer ?

– Oui. C'est la même maison.

– Vous avez cette clé aussi, j'imagine ?

– Oui. » Elle ouvrit un tiroir de son bureau. « Et celle du chalet d'Ustaoset, si vous en avez besoin. » Elle prit trois clés sur un anneau et en désigna deux. « Voilà celle de Hjellestad. Et celle d'Ustaoset. Et celle-là, c'est celle de la remise de Hjellestad. »

Elle les poussa sur la table, dans ma direction.

« Et une photo de votre sœur et de son mari ? Vous avez ça ?

– Bien sûr, acquiesça-t-elle. Je m'en doutais. Tenez… »

Elle me tendit une enveloppe. Je la pris et sortis la photo qui se trouvait à l'intérieur. C'était une carte de remerciement ornée d'une photo de mariage. La femme avait les cheveux blonds et raides, rassemblés en chignon dans la nuque, semblait-il. Ses traits étaient classiques et doux, un peu plus arrondis que ceux de sa sœur, peut-être, mais le lien de parenté n'était pas difficile à voir. L'homme était brun, rasé de frais. Il avait le sourire blanc, les yeux sombres. Le cliché était trop petit pour qu'il soit possible de déceler des caractéristiques nettes chez l'un ou l'autre.

« C'est tout ce que vous avez ?

— Oui, c'est tout ce que j'ai trouvé. Nous ne prenons pas tellement de photos dans notre famille. C'est peut-être parce qu'elles nous rappellent combien une photo de famille peut être fragile. Tout à coup, il manque quelqu'un, sans qu'on puisse bien expliquer pourquoi.

— Je comprends. Mais… c'est vieux, ça ?

— Ils se sont mariés en 1983.

— Il y a dix ans, autrement dit. Mais ils n'ont peut-être pas trop changé ?

— Je crois que vous n'aurez aucune difficulté à les reconnaître.

— Espérons-le. »

Elle jeta un coup d'œil rapide à sa montre.

« Avez-vous besoin d'autre chose ? Une petite avance, peut-être ?

— Eh bien… Puisque vous abordez le sujet, il y a effectivement quelques factures assez impatientes qui me grognent dessus chaque fois que je passe au bureau.

— Cinq mille couronnes, ça suffit ?

— Ça ira pour les premiers jours, en tout cas. Les frais viendront en sus.

— Bien entendu. Vous n'avez pas besoin d'apprendre à une avocate comment on établit une facture.

— Je m'en doutais… »

Je lui donnai mon numéro de compte bancaire,

et elle promit de faire un virement sans tarder. Elle ne se doutait pas de ce qu'elle mettait en branle. Ils allaient avoir un choc, à la banque. Les cours de la bourse d'Oslo allaient partir en flèche. Aussitôt sorti, je mis le cap sur l'agence bancaire la plus proche. Il fallait que je retire cet argent avant qu'il disparaisse, victime d'une créance en attente.

4

De l'autre côté de mes fenêtres de bureau, rien n'avait changé.

Le printemps avait reçu un coup d'arrêt. Des cumulus pelucheux jouaient des coudes au-dessus de la ville, poussés par un vent vif de secteur sud-ouest. Les bourgeons qui avaient montré quelques jours plus tôt la nette intention d'arracher leurs vêtements et de s'offrir, vert clair et nus, à la vue de tout un chacun, s'étaient recroquevillés, refermés sur eux-mêmes. Rundemanen était encore nimbé d'un halo de neige éparse, et nous fixait d'un œil glacial, comme pour nous faire comprendre que nous ne devions pas nous sentir trop en sécurité. Des nuits de gel étaient encore possibles.

Il y avait un message sur mon répondeur.

« Ici Torunn Tafjord, journaliste free-lance, j'essaie de joindre le détective privé Varg Veum. J'appelle de l'hôtel Idou Anfa, à Casablanca. Nous sommes vendredi matin, 8 h 30 heure locale. Pouvez-vous me rappeler au 00212 2200235 ? »

« Casablanca ? » répétai-je tout haut. On aurait

dit une mauvaise plaisanterie. Je repassai le message et notai le numéro.

Torunn Tafjord ? Quelque part, en un endroit reculé de mon disque dur, il me semblait reconnaître ce nom. Peut-être pour l'avoir vu au bas de quelques reportages publiés par un prétendu quotidien national ayant ses locaux dans Akersgata ou ses environs. Mais Casablanca ?

Je composai le numéro à douze chiffres et attendis. Elle décrocha au bout de trois sonneries.

« Allô ?

– Ici Varg Veum. J'appelle de Bergen. Rick est là ? »

Elle émit un petit rire.

« Non, il est parti il y a longtemps. Merci de rappeler si vite.

– Que puis-je faire pour vous ?

– C'est vous le détective privé, n'est-ce pas ? »

Sa voix avait l'accent caractéristique du Sunnmore, surtout sensible dans les *r*. Mais son dialecte était atténué et poli, ce que je situai d'expérience à Ålesund.

« C'est incontestable.

– Alors écoutez… C'est un collègue de Bergen qui m'a orientée vers vous, Ove Haugland.

– Ah, Ove… Comment va-t-il ?

– Bien, j'espère. Je l'ai juste eu au téléphone, il y a peu. Mais il était certain que vous pourriez m'aider.

– Dites-moi d'abord de quoi il s'agit.

– D'un bateau, qui navigue pour une société d'origine berguénoise.

— Bon.

— Une société qui s'appelle Trans World Ocean. »

J'attrapai un bloc, l'ouvris et notai.

« Je connais.

— Le bateau s'appelle *Seagull*. En ce moment, il est ici à Casablanca ; il est parti de Conakry en République de Guinée, à destination d'un endroit en Norvège qui s'appelle Utvik.

— Utvik i Stryn ou Utvik i Sveio ? »

Elle hésita.

« Ça, je ne suis pas sûre. C'est entre autres pour ça que je vous ai appelé.

— Vous voulez que je trouve de quel Utvik il est question ?

— Oui.

— Vous pouvez m'éclairer sur ce que ce bateau transporte ?

— Pas encore. Mais j'ai quelques soupçons.

— Vous voulez que j'enquête là-dessus aussi ? »

Elle hésita de nouveau. « Seulement de façon confidentielle.

— Ne vaut-il pas mieux que j'aille voir Trans World Ocean, quand je saurai où ils ont leurs locaux, pour leur poser carrément la question ?

— Je crains que ce ne soit pas très judicieux.

— Pourquoi ?

— Je crois qu'ils n'apprécieraient pas, et je ne veux surtout pas qu'ils se doutent que quelqu'un est à leurs trousses. »

Je jetai un coup d'œil à mon bloc. Sous *Trans World Ocean* et *Seagull*, j'avais inscrit un nom.

« Dites-moi, Tafjord…

— Appelez-moi Torunn.

— Vous avez déjà été en relation avec quelqu'un de chez Trans World Ocean ?

— Non, jamais.

— Fernando Garrido, ça vous dit quelque chose ?

— Non. Ça devrait ?

— Je ne sais pas. Mais c'est la seconde fois en quelques petites heures que j'entends le nom de Trans World Ocean. Des hasards de ce genre, ça me rend toujours un peu… comment dire… nerveux ?

— Je n'ai aucun mal à le comprendre. Quelle était l'autre affaire ?

— Je devrais peut-être garder ça pour moi, jusqu'à nouvel ordre.

— Bon, bon. Mais qu'en dites-vous ? Vous pouvez me rendre ce service ? »

Voilà mon point faible. J'ai du mal à dire non aux femmes. Elles n'ont même pas besoin de me solliciter avec autant de gentillesse que Torunn Tafjord le faisait. « Je peux essayer, répondis-je. De trouver si c'est Utvik i Stryn ou Utvik i Sveio, ça ne devrait pas être trop compliqué. Vous restez à Casablanca ?

— Non, je remonte vers le nord en même temps que le bateau. Ne m'appelez pas. C'est moi qui vous appellerai. »

Ce n'était pas la première fois que j'entendais ça. Le plus souvent, les choses en restaient là, avec les femmes qui passaient dans ma vie. « Ne m'appelle pas, disaient-elles. C'est moi qui t'appellerai… » Et je n'en entendais plus jamais parler.

« Vous vous rappelez la réplique d'Ilsa à Rick, murmurai-je. À moins que ce ne soit le contraire.

– Quoi donc ?

– *Il nous restera toujours Paris.*

– Que voulez-vous dire ?

– N'oubliez pas d'appeler, alors... »

Nous arrêtâmes là. Nous avions au moins réussi ça, nous. Il nous resterait toujours une conversation entre Casablanca et Bergen.

Quand nous eûmes raccroché, chacun dans sa ville, je cherchai dans l'annuaire où ils avaient leurs locaux. Je ne fus pas surpris outre mesure. Les derniers arrivés dans le secteur du transport maritime de Bergen n'étaient pas au bord de Vågen, tournés vers Skoltegrunnskaien et les gros bateaux de croisière qui seraient bientôt les seuls à accoster là pendant la courte saison estivale, entre mai et septembre. Trans World Ocean s'était installé à Kokstad, où ils ne devaient pas voir grand-chose d'autre que des résineux, des bâtiments industriels et les avions qui atterrissaient à Flesland ou en décollaient.

Je notai l'adresse et l'emportai en sortant. Mais dans un premier temps, j'allai dans la direction opposée.

5

Pour se rendre à Morvik i Åsane à cette heure de la journée, avec retour libre, il n'y avait qu'une chose à faire. Je descendis jusqu'à Nedre Blekvei pour y récupérer la voiture, une Toyota Corolla modèle 89, dans laquelle je roulais en attendant de convaincre ma compagnie d'assurances de m'en acheter une nouvelle, en remplacement de celle qui avait été massacrée en février. C'était un événement auquel je ne voulais surtout pas repenser. L'hiver avait été dramatique, même dans mon secteur.

Je suivis les indications de Berit Breheim. La maison que j'allais voir se trouvait au pied d'un talus escarpé, derrière un panneau indiquant *VOIE PRIVÉE*, à un jet de pierre de la mer et séparée de Morvikvegen par la maison du plus proche voisin, une maison-type à murs chaulés et lambris sombres, le genre surreprésenté en photographie dans n'importe quelle salle des profs. Je lançai un coup d'œil au moment de descendre de voiture. Un visage se retira rapidement, mais pas assez pour que je ne le voie pas.

La maison de Bodil Breheim et Fernando Garrido était plus vaste. Elle s'élevait sur trois niveaux, et illustrait une espèce de néo-fonctionnalisme : en forme de boîte, avec des revêtements extérieurs peints en blanc. Une grande terrasse était tournée vers l'est, et sur le talus au nord de la maison, perce-neige, crocus bleus et blancs ainsi que quelques touffes de primevères avaient établi depuis longtemps leur territoire. Un garage avait été aménagé dans la roche. J'essayai d'en ouvrir la porte. Fermée.

L'entrée principale de la maison était en teck lisse, percée de carreaux fumés vert foncé. Avant de sortir la clé, je sonnai. Personne ne vint ouvrir. Je jetai un coup d'œil à la maison voisine, et entrai.

Je regardai autour de moi. L'entrée était vaste et lumineuse. La lumière du jour filtrait du toit par de larges vasistas. Un grand tableau étroit, une explosion multicolore sans réel motif, était accroché au mur en face de moi. Un escalier en colimaçon permettait d'accéder au premier étage, tandis qu'un autre escalier en ardoise conduisait vers le sous-sol.

Je n'étais pas à mon aise. J'avais toujours répugné à me promener dans une maison où je n'avais en fin de compte rien à faire, où les habitants ne m'avaient jamais convié et où je ne serais jamais certain de ce que j'allais trouver.

Je fis méthodiquement le tour de la maison, un étage après l'autre. Je commençai par le sous-sol, où je trouvai un salon rustique équipé d'un bar bien garni orienté vers la terrasse. Deux portes coulissantes pouvaient être complètement repoussées quand la température le permettait. À l'arrière, on trouvait des cagibis, une buanderie, deux cabinets de toilette, une salle de bains et un sauna, éteint et fermé pour le moment. Des serviettes propres étaient accrochées aux patères, et tout avait l'air bien entretenu.

Le salon au rez-de-chaussée avait la taille d'un court de tennis. Toute la paroi tournée vers la mer était en verre, encadrée par de lourds rideaux en velours vert clair, que l'on pouvait tirer quand il faisait sombre, si l'envie vous prenait de danser nu sur la table. Les meubles étaient assez robustes pour encaisser ce genre de choses. Les tableaux au mur arboraient les mêmes tons vifs que celui de l'entrée. Jaune d'or, ocre rouge et bleu azur, avec en plus une nuance méridionale et ensoleillée. Une chaîne hi-fi Bang & Olufsen des plus raffinées décorait l'un des murs latéraux, et un rapide coup d'œil me permit de constater la présence d'au moins quatre enceintes. Depuis la fenêtre, je vis le toit d'un hangar à bateaux et un ponton en béton qui émergeait de la mer. De l'autre côté du fjord, Askøy barrait la route aux rouleaux.

La cuisine révélait la même élégance coûteuse et le même niveau de prix exorbitants. En tout état de cause, ce n'était pas la pénurie d'argent qui avait fait décamper Bodil Breheim et Fernando Garrido. Ils pourraient vivre pendant des mois ici rien qu'en revendant l'une de leurs poêles à frire.

Je terminai par le premier étage. J'attaquai par la chambre qui donnait sur la mer. J'y vis un grand lit double, une coiffeuse blanche et une chaise, une petite télévision sur une table au pied du lit et deux bons fauteuils dans deux coins de la pièce, où l'on pouvait s'installer pour contempler l'ensemble, quand on pouvait se le permettre. Je poursuivis par la chambre d'amis, où le lit était fait, au cas où l'un des deux voudrait passer la nuit seul. Deux petits bureaux, équipés chacun de son PC, une grande salle de bains et deux toilettes complétaient le tableau. Tout donnait la même impression d'ordre et de perfection.

La dernière pièce où j'entrai était une chambre d'enfant. Tournée vers la mer, elle aussi, et envahie par la lumière. Le long d'un mur, il y avait un petit lit tout prêt. Les murs étaient ornés de photos de fleurs et d'animaux. Mais je ne voyais pas le moindre jouet, aucune trace de l'enfant qui avait dû vivre ici naguère. Il flottait une impression curieuse d'abandon sur toute la pièce, comme si elle n'avait pas sa place ici.

Mais elle m'avait dit…

Je dégainai mon tout dernier investissement, un progrès que je n'avais pas eu la force de refuser. La tyrannie des cabines téléphoniques était terminée. Tous les gentils détectives privés avaient un nouvel ami. Nous arborions à présent des mobiles peu élégants à la ceinture, prêts à défourailler au premier *biiiip !* Le mien était un Nokia 101 d'environ 300 grammes, sa couverture s'étendait de jour en jour au rythme des évolutions du réseau téléphonique. Il me permit en tout cas de joindre le cabinet de Breheim, Lygre, Pedersen et Waagenes.

Mais pas Berit Breheim. Elle était en audience et pas joignable, hélas, m'informa une personne qui me parut être l'aînée des secrétaires du premier bureau. Je remerciai et mis un terme à la communication.

Je laissai la chambre d'enfant déserte me raconter son histoire, comme l'unique élément discordant jusqu'à nouvel ordre dans cette maison raffinée et bien équipée. Avant de quitter les lieux, je vérifiai qu'il était possible d'ouvrir la porte du garage de l'intérieur. Je me servis de la commande automatique dans l'entrée, et la porte se releva. Mais le garage était vide. Je n'y trouvai qu'un jeu de pneus pour la mauvaise saison, ainsi qu'une servante à outils aussi bien fournie que le reste de la maison. Il flottait un parfum de voiture, mais les outils n'avaient pas beaucoup servi, à ce que j'en vis. Encore une chose à demander à Berit Breheim : avaient-ils une voiture, et le cas échéant, où était-elle ?

À moins que je puisse demander à quelqu'un d'autre…

Je fermai le garage, verrouillai la porte derrière moi et levai les yeux sur la maison voisine. Le visage était de nouveau à la fenêtre, mais cette fois, il ne disparut pas. Je hochai la tête et lui fis comprendre que je montais.

6

Il m'attendait à la porte tandis que je remontai l'allée de graviers. Dès le premier instant, il me donna l'impression d'un homme qui avait raté son entrée dans la cinquantaine. Il était maigre et dégingandé, avec des traits taillés à coups de serpe et un sourire nerveux qui aurait pu être assez charmant s'il s'était donné la peine de le travailler. Il avait un mégot éteint au coin des lèvres, et braquait sur moi un regard sombre, presque fébrile.

« Qui êtes-vous ? demanda-t-il. Vous êtes de la police ?

— Non, pas la police... » Je tendis la main. « Veum. C'est la famille qui m'envoie. »

Il me tendit la main, avec méfiance, comme s'il avait peur de ce que je pourrais faire avec.

« Sjøstrøm.

— Je me demandais... Vos voisins, là-bas, Bodil Breheim et Fernando Garrido. Vous savez s'ils se sont absentés ? »

Il me décocha un coup d'œil soupçonneux.

« Eh bien… Je ne les ai pas vus depuis Pâques, en tout cas.

– Non, c'est ça. Et la maison est vide.

– Vous avez… inspecté ?

– Oui.

– Bon, comme je vous l'ai dit… La dernière fois que je les ai vus, ce devait être… le mercredi de la semaine sainte.

– Bientôt une semaine et demie, alors.

– Oui, ça fait… un moment. » Il regarda derrière moi, comme pour s'assurer qu'ils n'étaient pas réapparus entre-temps.

« Je vais être franc, Sjøstrøm. La famille commence à s'inquiéter. Ils m'ont engagé pour faire quelques recherches. Pourriez-vous répondre à deux ou trois questions ?

– Moi ?

– Oui, en tant que plus proche voisin, vous avez dû observer des choses, quand même ?

– Oui, bien sûr, si je peux vous aider… Mais vous ne voulez pas entrer ?

– Si, volontiers. »

Je le suivis à l'intérieur.

Le contraste avec la maison voisine était frappant. L'entrée était sombre et froide. Je montai derrière lui, passai une porte, et nous arrivâmes dans le salon. Les grandes fenêtres me permettaient de voir le haut de la maison voisine, la mer en contrebas et Askoy de l'autre côté du fjord. Un vieux fauteuil usé était tourné vers la fenêtre, à côté d'une petite table sur laquelle je remarquai un cendrier plus que plein ; son point d'observation attitré, sans le moindre doute.

Il n'avait pas toujours vécu seul. Par de nombreux aspects, c'était une demi-maison, même s'il avait essayé de le camoufler. Il avait déplacé les cadres aux murs, mais des zones plus claires trahissaient qu'il y en avait eu davantage. À en juger par ce qui restait, la personne qui était partie avait meilleur goût que lui, à moins que ce ne soit la représentation de son goût à elle que l'on voyait à présent. La seule chose qui attira mon attention fut la reproduction d'un trois-mâts, toutes voiles dehors, contre un ciel lourd de nuages gris. Les meubles occupaient près de la moitié du salon. Je vis un canapé, mais des traces sur le revêtement de sol indiquaient où les autres éléments s'étaient trouvés. En revanche, il avait pu conserver la table basse. On était presque surpris de constater qu'ils ne l'avaient pas coupée en deux, pendant qu'ils y étaient.

Deux chaises esseulées et un assez grand espace libre me donnèrent l'impression d'être de retour à l'école de danse de mon enfance, avec un naufrage possible contre le mur et un océan entre les filles et nous. Un unique poisson nageait dans un grand aquarium. À l'endroit où il y avait jadis eu une chaîne hi-fi, il avait posé une radio et une platine disques, à côté d'une pile d'albums. Elle était manifestement partie avec le lecteur CD et le téléviseur. Un petit poste de télé portatif dans un coin de la pièce constituait sa fenêtre sur le monde. Sans trop de surprise, je vis qu'il était allumé. Il diffusait ce que je pensai être un feuilleton brésilien, sans le son, mais peuplé de femmes fougueuses en pleine crise. Il ne manifesta pas le moindre désir de l'éteindre, et jusqu'à mon départ, son regard sauta à intervalles réguliers vers le poste, comme pour s'assurer que rien d'important ne lui échappait.

« Vous avez partagé de façon équitable, à ce que je vois, commentai-je.

— Elle a choisi ce qu'il y avait de mieux, comme d'habitude.

— C'est comme ça qu'elle vous a eu, alors ? »

Il émit un petit rire plein de mépris et tira l'une des chaises près de la table basse. Puis s'assit dans le canapé.

« Que vouliez-vous savoir ? s'enquit-il.

— Comme je vous le disais… nous ignorons si c'est grave ou non. Mais le fait est… Vos voisins ont disparu depuis Pâques, et la famille commence à s'inquiéter. Comment vous entendez-vous avec eux ?

— Avec eux, là ? » Son visage s'empourpra. « Je vais vous répondre en toute franchise, Veum ! Nous nous sommes toujours très mal entendus.

— Tiens donc. Une raison particulière à cela ? »

En gestes lourds, il se leva, alla vers la fenêtre et me fit signe de le suivre.

« Là, vous voyez ! » Il tendit un doigt. « Quand ma femme et moi avons emménagé ici en 1978, il n'y avait qu'un petit chalet à cet endroit. Nous voyions jusqu'au fjord. On pouvait suivre des yeux n'importe quel bateau qui passait. Oui ! Certaines personnes apprécient ce genre de choses. Observer la circulation sur la mer. L'Express côtier. Les Westamarans. Les cargos. Mais ensuite – en 1983 – ils ont acheté, rasé le chalet, et en l'espace de quelques années, ils avaient fait construire ce gratte-ciel, là, à la place. Finie, la vue ! Finis, les bateaux !

– Ils ont bien dû vous prévenir ?

– Nous prévenir ! Vous croyez qu'ils avaient besoin de le faire ? » Il frotta le pouce contre l'index. « Avec de l'argent, vous pouvez passer outre toutes les objections. N'importe quel imbécile le sait !

– Oui... » Je voyais se dessiner une relation de voisinage norvégienne typique. « Alors, en d'autres termes... Vous n'entreteniez pas des relations idylliques ?

– On peut le formuler ainsi. Pour le dire crûment, ce sont des trous-du-cul, tous les deux ! »

Sur ce, il tourna le dos à la fenêtre et se laissa retomber dans le canapé. Je le suivis.

« Mais quoi qu'il en soit... Revenons à leur disparition... Vous m'avez dit ne pas les avoir vus depuis le mercredi avant Pâques, c'est ça ?

– Oui, ce devait être le mercredi. Ils sont partis en voiture.

– C'est ça. J'ai vu que le garage était vide. Vous savez ce qu'ils ont comme voiture ?

– Une BMW 520, assez récente.

– C'est précis...

– Je m'y connais en voitures.

– Couleur ?

– Bleu foncé.

— Vous avez le numéro d'immatriculation, aussi, peut-être ? »

Il réfléchit deux secondes. Et me le donna. Je le notai dans mon petit carnet.

« Avez-vous vu s'ils partaient avec des bagages ? »

Il me retourna un coup d'œil mécontent.

« N'allez pas croire que je passe mon temps à la fenêtre pour ne rien rater, quand même !

— Non, non. Alors autrement dit…

— Non, je n'ai pas remarqué s'ils partaient avec des bagages.

— Mais vous les avez vus partir tous les deux ? »

Il hésita un court instant.

« Je ne suis pas sûr. C'est lui qui était au volant, en tout cas. Ça, j'en suis sûr.

— Vous étiez en congé pour Pâques, vous aussi, peut-être ?

— Pas exactement. Je suis en invalidité. Cœur, ça rime avec douleur, chez moi. Je me suis fait un bel infarctus il y aura bientôt quatre ans, et le médecin était persuadé que le divorce en était la cause.

— Alors on peut dire que vous avez pas mal d'occasions de suivre… ce qui se passe ?

— Vous voulez dire… » Il fit un signe de tête vers la fenêtre. « … là-bas ?

— Ça aussi.

— Oui… Mais ça ne signifie pas que je prends des notes, avec les heures et tout !

— Non, non, répondis-je très vite. Je ne voulais pas… Mais c'est vous qui avez appelé la police quand il y a eu du raffut, le week-end des Rameaux ?

– Oui. J'ai considéré que c'était mon devoir.

– Quel était le problème ? De la musique trop fort ?

– De la musique ! Je l'aurais supporté, ça. C'était une dispute infernale. Elle gueulait comme s'il était sur le point de la bousiller.

– Et bien entendu vous n'avez aucune idée de la raison de cette dispute ?

– Ah non ? » Il posa sur moi un regard éloquent. « À votre avis ?

– Eh bien, c'est quand même vous le plus à même de répondre à cette question, Sjøstrøm.

– Un autre homme, évidemment.

– Que vous avez observé… là-bas ?

– Ce n'est un secret pour personne qu'elle est très… » Il dessina des guillemets en l'air, comme deux paires d'oreilles de lapin. « … "seule". Garrido voyage beaucoup, il va contrôler des bateaux partout dans le monde, à ce que j'ai compris. Et à ce moment-là, elle reçoit de la visite.

– Bon…

– En tout cas, j'ai observé deux hommes différents là-bas, à des moments où Garrido n'était pas là. Mon interprétation de ce qui s'est passé le samedi des Rameaux, c'est que Garrido est rentré sans prévenir à la maison, un jour trop tôt.

– Ah oui ?

– J'ai entendu leurs voix jusqu'ici.

– On parle toujours de samedi soir ?

– Non, non ! C'était au milieu de l'après-midi.

J'ai réagi en entendant les cris et je suis allé voir à la fenêtre. Garrido et ce type s'engueulaient devant la maison. Je ne sais pas de quoi ils débattaient, mais une chose est sûre : ils n'étaient pas d'accord. »

Il sourit de toutes ses dents, comme pour me faire comprendre qu'on ne trouvait pas meilleur divertissement, même à la télé.

« Et ce soir-là, le raffut a recommencé.

— Mais l'autre homme était parti depuis longtemps, j'imagine ?

— Oui, oui ! Il s'en est fallu de peu que Garrido le poursuive jusqu'au sommet de la butte, vous pouvez me croire.

— Cet homme… Vous savez qui c'est ? »

Il secoua la tête avec lenteur.

« Élégant. Bien habillé, avec une barbe soignée et une Ferrari, qu'il gare sur la route quand il vient.

— Âge ?

— Oh… Comme elle, à peu près. Autour de trente-cinq ans.

— Et il est venu souvent ?

— Souvent… En tout cas, il était déjà venu plusieurs fois. Qu'est-ce que j'en sais ? Il était peut-être lié par ailleurs, lui aussi.

— Vous avez parlé d'*un* homme. Mais… Vous avez dit qu'il y en avait un autre ? »

Il hocha la tête. « L'autre joue du saxophone. »

Je me redressai machinalement.

« Du saxophone ? Comment le savez-vous ?

— Je l'ai entendu. Il jouait pour elle, quand il venait la voir.

— Pas très *soft*, puisque vous l'avez entendu jusqu'ici ?

— Eh bien... C'était la nuit, et je dors toujours la fenêtre entrebâillée. Même en février. Et la distance n'est pas si énorme.

— Non. Février de cette année ?

— Oui, acquiesça-t-il.

— Mais ce type... À quoi ressemble-t-il ?

— Ça va être à vous de le découvrir.

— Vous n'avez fait que l'entendre ?

— Non, je sais comment il s'appelle. » Puis, voyant que je ne répondais pas : « Je l'ai vu dans le journal, il y avait une photo du groupe dans lequel il joue.

— Et vous avez enregistré le nom ?

— C'est parce que je l'ai reconnu, vous vous en doutez ! On ne sait jamais, tout peut resservir. Comme maintenant, par exemple...

— C'était prévoyant. Et ce nom, c'est... ?

— Hallvard Hagenes. »

Une douche froide m'atteignit entre les omoplates. Par acquit de conscience, je notai le nom. J'aurais dû être surpris, peut-être. Mais d'une certaine façon, je ne l'étais pas.

7

À une époque relativement reculée, il m'aurait fallu une bonne journée pour aller de Morvik i Åsane à Hjellestad i Fana. Même en voiture, j'aurais dû prévoir plusieurs heures sur les routes sinueuses mais c'était avant que l'autoroute ne fasse son apparition sur ce tronçon. À présent, la chose se faisait en pilotage automatique, avec une très légère servitude à la hauteur de la barrière de péage de Helleveien. Puis à travers le Fløifjelltunnel et de nouveau hors de la ville à l'autre extrémité. Sur la dernière portion, après la sortie au niveau du Blomsterdal, la route rappelait vilainement l'ancien temps, et je dus revenir à des vitesses plus prudentes.

À la marina de Kviturspollen, il régnait une activité frénétique. Les marins défiaient aussi bien les averses que le vent mordant. Il s'agissait d'être prêt pour le 1er mai, quand tous les possesseurs de bateaux de plaisance manifesteraient contre la pression fiscale et la hausse de la TVA par une traversée du Byfjord sur leurs bateaux.

Je m'arrêtai deux ou trois fois pour consulter les indications de Berit Breheim, avant de pouvoir entrer sur le petit parking pas très loin de l'association maritime de Bergen. De là, j'empruntai le chemin dans la forêt jusqu'au chalet. Le sentier se laissait suivre sans problème entre les buissons de myrtilles et les coussins de mousse vert foncé. Dans les arbres, les premiers sopranos de la saison chantaient leurs arias pleines d'énergie. Entre les troncs, je distinguai le Raunefjord et les montagnes de Sotra.

Puis le chalet apparut, rouge à parements bleus. Les fenêtres étaient sombres et vides. Il y avait du petit bois de bouleau rangé sous la terrasse tournée vers l'ouest, et les parterres de fleurs n'étaient pas entretenus. Le petit abri de jardin à l'est avait l'air tout aussi abandonné.

Je fis le tour du chalet. Tout était calme et paisible. Le seul vacarme provenait des petits oiseaux. Je constatai que la porte d'entrée était fermée. Je sortis alors le porte-clé confié par Berit Breheim, trouvai la bonne clé et déverrouillai. Je poussai doucement la porte vers l'intérieur. Aucun animal enfermé ne me sauta à la figure. Tout ce qui vint à ma rencontre, ce fut le parfum d'hiver en boîte, doucereux et moite.

« Ohé ? » lançai-je dans l'entrée obscure. Personne ne répondit.

Je me livrai à une inspection méthodique du chalet, d'une pièce à l'autre, au niveau principal et dans les combles. Il y avait quatre chambres, dont l'une meublée d'un lit double. Deux autres avaient des lits superposés. Aucun n'était fait.

J'ouvris les robinets, mais l'eau avait été coupée ou les conduites étaient gelées. Rien n'en sortit, en tout état de cause. Mais le réfrigérateur était allumé. Je jetai un coup d'œil à l'intérieur. Il ne contenait que des bocaux de confiture, un demi-tube de pâte d'œufs de poisson, un bocal d'olives et quelques bouteilles d'eau minérale.

Sans que ce soit luxueux, le chalet était bien équipé, avec un poste de radio, un téléviseur, un réfrigérateur et une cuisinière. Des paysages ornaient les murs, certains à l'huile, d'autres étaient des photos, dont plusieurs de Hjellestad dans les années 40, à en juger par les vêtements. Il y avait une cheminée dans un coin du salon. Je me penchai et regardai la cendre. Elle était grise et froide, comme un élément oublié dans un crématorium abandonné. Un fusil était suspendu au mur au-dessus de la cheminée. Je l'observai un instant avant de m'en détourner et de faire de nouveau face au reste de la pièce.

Un registre était posé sur une petite table. Je le pris et le feuilletai. La première mention datait de 1960. À certains endroits, on avait collé des photos, surtout des photos d'enfants, les plus anciennes en noir et blanc, les plus récentes en couleurs. Il me sembla reconnaître Berit Breheim et sa sœur sur certaines d'entre elles.

J'avançai jusqu'à la dernière note, datée de moins de six mois :

12 décembre 1992
J'ai nettoyé et tout préparé pour l'hiver. Avec toujours autant de nostalgie. Vais chercher F. à Flesland.

BODIL

Je notai le message dans un coin de ma tête et la date dans mon carnet. Puis je regardai autour de moi.

J'éprouvais une drôle de sensation. C'était donc ici qu'ils avaient passé leur dernière nuit, en 1957, Tordis Breheim et Johan Hagenes. Qu'avaient-ils fait ? Avait-il sorti son saxophone pour lui jouer *I'm in the mood for love* ? Avaient-ils fait l'amour, pour la toute dernière fois ? Avaient-ils beaucoup bu ? Et qu'est-ce qui les avait poussés à s'installer en voiture, à aller au quai de Hjellestad et se jeter dans *the deep, blue sea*, sans le moindre accompagnement de basse ? Avaient-ils trouvé le repos, dans les profondeurs ? Ou erraient-ils ici ? L'écho de son tout dernier solo de saxophone résonnait-il entre les murs sur les coups de minuit, le jour anniversaire de leur mort dramatique ? Applaudissait-elle symboliquement, depuis l'au-delà ? Ou…

Je sursautai. Et me tournai vers la porte. N'était-ce pas un bruit… de pas ?

J'allai à la fenêtre.

Berit Breheim approchait du chalet à pas prudents. Elle colla son visage à ce qui devait être son reflet dans la vitre, avant de me voir au travers et de reculer d'un bond. Épouvantée, elle leva les mains à sa bouche.

Je lui fis un signe apaisant à travers le carreau et allai vers la porte ouverte. Nous nous retrouvâmes là.

« Je ne me doutais pas… J'ai cru que c'était un voisin qui avait laissé sa voiture là-bas.

— Vous n'avez pas pu attendre le rapport ?

— Non, je… mon audience s'est terminée plus tôt que prévu, et puisque c'était vendredi…

— Eh bien, entrez. Vous verrez peut-être si quelqu'un est venu. En ce qui me concerne, je n'en ai pas l'impression.

— Je viens très rarement. Ce sont Bodil et Fernando qui utilisent ce chalet. J'ai toujours préféré la montagne.

— Alors le chalet d'Ustaoset correspond plus à vos goûts ?

— On peut le dire. Par ailleurs…

— Oui ?

— Non. » Elle regarda autour d'elle et frissonna. « Quand je suis ici, je ne peux m'empêcher de penser à ma mère et à ce qui leur est arrivé — à elle et… cet homme — à l'époque, en 1957. Je n'ai jamais compris que papa ait eu la force de revenir ici, et que ça ne fasse rien à Sara non plus.

— Je n'ai pas très bien suivi… quand est mort votre père, avez-vous dit ?

— En 1983.

— Mais votre belle-mère est vivante ?

— On ne peut plus vivante. Elle n'a que soixante ans, quand même.

— Et vos deux demi-frères ? Vous avez gardé le contact avec eux ?

— Très peu. Sara a été super avec nous, il n'y a pas eu d'histoire de vilaine marâtre, si c'est à cela que vous pensez. Mais c'était papa qui nous unissait, et quand il est mort, il n'est rien resté. Nous nous voyons pour les fêtes de fin d'année. C'est tout.

— Ils vivent dans le coin, tous les trois ?

— Pas Randolf. Il est au Svalbard, rien que ça. Mais je rencontre Rune de temps en temps. Il est dans les assurances, lui aussi.

— Comme Bodil, vous voulez dire ?

— Oui, mais pas pour la même compagnie.

— Est-il vraisemblable qu'elle ait contacté l'un ou l'autre, pour une raison inconnue ?

— J'ai du mal à me l'imaginer. Et je ne veux surtout pas que vous… Vous comprenez… Je veux dire, cette vieille histoire. J'entends déjà Sara, si elle pense que Bodil, comme maman…

— Allons, ne devançons pas les ennuis. »

Pour la première fois, je perçus une nuance d'hystérie dans sa voix.

« Alors dites-moi où ils sont !

— Eh bien… » Je fis un large geste, et regardai autour de moi. « Vous voyez quelque chose qui indique qu'ils sont venus ?

— … Non.

— Dites-moi… Vous avez dit que vous connaissiez — ou que vous aviez rencontré — un certain Hallvard Hagenes, un musicien.

— Oui.

— C'est par le biais de Bodil que vous l'avez rencontré ? »

Elle tourna brutalement la tête.

« Par le biais de Bodil ? Que voulez-vous dire ?

— Rien, je me demandais juste… Elle le connaissait, à votre avis ?

— Hallvard Hagenes ? Vous… Je vous parle d'une chose qui s'est passée il y a vingt ans. Qu'il m'a parlé de… son oncle et maman.

— Alors personne d'entre vous ne le fréquente, aujourd'hui ?

— Pas moi, en tout cas. » Son visage se transforma. « Vous n'insinuez pas que… Qu'il pourrait y avoir quelque chose entre… Bodil et Hallvard Hagenes ? »

Je répondis d'un mouvement indéfinissable de la tête. Elle me regarda, indignée.

« Le destin ne peut quand même pas être aussi affreux ! La vie ne tourne pas en rond à ce point ! Si ?

— Quand on commence à creuser, on déniche tout un tas de choses plus bizarres les unes que les autres.

— C'est la devise du détective privé ? répliqua-t-elle, la voix soudain empreinte de sarcasme.

— Pas impossible. » Je soutins son regard. « Une autre question que je voulais vous poser…

— Oui ?

— Quand j'ai inspecté la maison de Morvik, je suis arrivé dans ce qui faisait furieusement penser à une chambre d'enfant… »

Elle pâlit. « Oh, mon Dieu ! » Et leva de nouveau les mains à sa bouche. « Ne me dites pas ça ! Où ?

— Au premier. Ça vous surprend ?

— Eh bien…

— Vous ne l'avez jamais vue ?

— Non, qu'est-ce que je… Mais il n'y a que des chambres, là-haut ! Mais… Jamais je n'aurais imaginé qu'ils l'avaient laissée en l'état, qu'ils l'avaient gardée !

— Je crois que vous devriez m'expliquer. »

Elle hocha la tête, passa une main sur son front et posa sur moi un regard lointain, comme si elle venait de se réveiller après avoir perdu connaissance. « Oui, je vais… » Elle déglutit. « Ce devait être en 1986, trois ans après leur mariage. Bodil attendait un enfant, et ils étaient fous de joie. J'ai essayé de l'avertir, je lui ai rappelé ce que j'avais moi-même connu, et je lui ai dit qu'il ne fallait pas considérer que tout était acquis. Mais ils ne m'ont pas écoutée. Ils ont acheté le nécessaire, elle a tricoté des vêtements, ils ont même préparé la chambre du… du petit. Et elle l'a perdu. Exactement de la même façon que j'avais perdu… les miens. Plusieurs. » Elle fit un geste vague de la main. « Par la suite, elle n'est plus jamais retombée enceinte, pas à ma connaissance. Mais qu'ils n'aient pas touché à cette chambre ! Alors ils en ont fait une espèce de… comment l'appeler ? Un mausolée ? À un enfant qui n'est jamais né ?

— Autrement dit, aucun enfant n'a jamais dormi dans ce lit ?

— Non. »

Nous nous regardâmes, comme pour observer le reflet de nos interrogations respectives sur le visage de l'autre. Puis elle se ressaisit et jeta un dernier coup d'œil autour d'elle.

« Bon. En tout cas, ici, il n'y a rien.

— Non. C'est l'impression que ça donne. »

Nous sortîmes, et je refermai. Entre les arbres à l'ouest du chalet, je vis le couvercle du vieux puits. C'était un cache en bois massif, triangulaire, fixé à son cadre à l'aide de grosses charnières. Un solide cadenas empêchait de l'ouvrir, et plusieurs planches avaient été remplacées par des neuves à peine quelques années plus tôt.

« Le puits, il ne sert plus, c'est ça ?

— C'est ça.

— Mais le cadenas a l'air neuf ?

— C'est une question de sécurité. Il y a des enfants dans le coin. Ce serait une catastrophe si l'un d'entre eux tombait dedans.

— En effet. »

Encore une fois, je tentai de dissiper cette impression de malaise.

« Eh bien…

— Allons-nous-en », termina-t-elle, la voix un peu tremblante.

Nous traversâmes le bois ensemble pour redescendre jusqu'à nos voitures. Elle conduisait une Mitsubishi Galant vert métallisé, et nous nous suivîmes jusqu'à Flyplassvegen. Là, elle prit vers la ville, tandis que je bifurquai vers Kokstad. L'heure était venue d'aller voir Trans World Ocean.

8

Trans World Ocean était installée dans un bâtiment gris qui aurait pu être dessiné par Mitsubishi, lui aussi. L'entrée était faite de verre et d'acier bleu. Deux fanions décoraient l'allée carrossable, l'un aux couleurs norvégiennes, l'autre orné du logo de la société sur fond bleu : un bateau viking formé avec les lettres TWO, lancé à pleine vitesse à travers un cercle bleu et vert.

La première chose que je vis en entrant dans le hall, ce fut le même cercle sur le mur tout au fond et un langskip[1] stylisé en fer forgé suspendu au plafond, comme le souvenir d'une grandeur navale révolue ; lorsque les marins du Nord traversaient le grand océan entre ce qui s'appelait alors *la Norveg* et le Vinland, construisaient des villes fortifiées à Katanes ou Dubh Linn, remontaient les fleuves jusqu'à Holmgard et Tuskaland, plantaient leurs épieux dans les sillons qu'ils pou-

1. Le langskip, littéralement « long bateau », était l'un des nombreux modèles des bateaux vikings.

vaient conquérir, décapitaient tous ceux qui protestaient.

L'athlétique réceptionniste derrière le comptoir du sas de sécurité pouvait aussi prétendre descendre en droite ligne de ces marins, à cela près que ses cheveux étaient coupés ras et qu'il n'avait pas pris la peine de se laisser pousser la barbe. Sa chemise bleu clair était ornée du logo de la compagnie sur la manche, et les plis du vêtement étaient si acérés que je n'aurais pas aimé en avoir un contre la gorge. Je donnai à mon visage son expression la plus polie au moment de révéler le motif de ma visite.

« Fernando Garrido, est-ce qu'il est là ? »

Il eut tout de suite l'air aussi aimable qu'accueillant.

« Vous avez rendez-vous ?

— Non. »

Il ne consulta même pas son écran.

« Garrido n'est pas là.

— Ah non ? Il sera absent longtemps ? »

Il posa sur moi un regard scrutateur.

« Ça dépend comment vous l'entendez.

— Tiens donc ?

— D'après les informations que j'ai eues, il ne travaille plus chez nous.

— Eh bien ! Je ne savais pas.

— Ça nous a pris au dépourvu, ici aussi.

— Mais… Qui puis-je voir, alors ?

— À propos de quoi ?

— Ça va être trop compliqué à expliquer, mais

vous pouvez sans doute appeler l'un de ceux avec qui il travaillait ?

— Mouais. » Il regarda son écran pour la première fois, déplaça à peine la souris sur son tapis et fit semblant de réfléchir aux candidats potentiels.

« Kristoffersen, peut-être. Ce doit être son plus proche collaborateur.

— Alors je vais essayer avec lui.

— S'il est là ! » Mon copain derrière son comptoir haussa la voix juste ce qu'il fallait pour que ça fasse son effet. Je la bouclai et le laissai se renseigner tout seul. Il ne faut pas marcher sur les pieds des gens derrière les comptoirs. Ils tiennent le monde entier dans leur main.

Il hocha silencieusement la tête, composa un numéro sur le clavier devant lui et attendit deux ou trois secondes avant de parler dans un micro fixé à un arceau autour de son cou. « Il y a quelqu'un ici qui voulait parler à Garrido. » Pause, tandis qu'il écoutait. « Mais il demande à vous parler, maintenant. » Nouvelle pause. « Non, c'est moi qui… » Il fut interrompu. Pas un son ne me parvint depuis son casque, mais son visage s'empourpra.

Il se tourna de nouveau vers moi. « Comment vous appelez-vous ? aboya-t-il.

— Veum. »

Il transmit, sans succès manifeste, et me regarda. « Ça ne lui dit rien. »

Je commençais à m'impatienter.

« Dites-lui que son nom à lui ne me dit rien non

plus, mais que s'il préfère discuter avec la police, il y est chaleureusement encouragé.

– La police ?

– Oui. »

Il me décocha un coup d'œil sardonique avant de retransmettre le message, non sans un certain malin plaisir dans la voix. Il écouta la réponse, grogna en retour et mit un terme à la conversation.

« Il descend.

– Alléluia, mon frère ! Du plus haut des cieux… »

Une minute et demie plus tard, Kristoffersen annonça son arrivée. Il emplissait autant que faire se pouvait son veston croisé, mais se déplaçait avec une légèreté étonnante, comme un sumotori sous amphétamines. Ses cheveux sombres étaient coiffés vers le haut et rassemblés en ce qui faisait penser à un fil de lame de sabre sur son crâne.

Son allure d'ours n'avait pas arrangé son tempérament. Le coup d'œil qu'il m'envoya était un avis de tempête.

« Qu'est-ce que ça veut dire ? jappa-t-il.

– En tête à tête », répondis-je avec un éloquent signe de tête vers le réceptionniste.

Kristoffersen émit un petit rire plein de mépris et de colère, et m'invita à le rejoindre de son côté du sas. Le gardien appuya sur un bouton devant lui, et les deux portes de saloon en PVC s'ouvrirent. J'entrai.

Je tendis la main. « Je m'appelle Veum. C'est au sujet de Garrido. »

Il méprisa la main.

« Par ici. »

Il me conduisit derrière une séparation et jusqu'à un salon minimaliste, près de grandes vitres donnant sur un atrium, où il pouvait être agréable de prendre une tasse de café pendant une pause déjeuner en plein été. Pour l'heure, il n'y avait personne. Et on ne me proposa pas de café.

Il me fit signe de m'asseoir. Lui resta debout, comme pour bien me faire comprendre que ça n'allait pas prendre des heures. Alors je ne m'assis pas, moi non plus.

« De quoi est-il question ?

— Le réceptionniste m'a dit que Garrido ne travaillait plus ici.

— Bon, et alors ? » Le regard courroucé qu'il envoya en direction du réceptionniste n'augurait rien de bon pour l'avenir de ce type dans la compagnie.

« Vous ne savez pas où il est ?

— Qui ça ? Garrido ? » Il me décocha un coup d'œil mécontent. « Vous avez essayé chez lui ?

— C'est bien ça le problème. Il est introuvable.

— C'est qu'il est parti en vacances, alors ! » Il me coupa l'herbe sous le pied avant que j'aie pu répondre. « Dites-moi… qui êtes-vous, au juste ? Que voulez-vous ?

— Je suis détective privé. » Nouveau rire plein de mépris. « Et cette histoire de… police ?

— Si Garrido ne refait pas surface très vite, ça deviendra l'affaire de la police. »

Il avait l'air de plus en plus impatient.

« Et alors ? En quoi ça nous concerne ? »

Je haussai imperceptiblement le ton.

« Il travaillait encore ici quelques jours avant sa disparition ! Ça devrait quand même vous inquiéter un tout petit peu ?

— Dites-moi, Veum... Voulez-vous dire qu'il serait arrivé quelque chose de fatal... à Garrido ?

— Sa femme a disparu aussi.

— Bodil ? Comment ça, disparu ? Ils doivent être en vacances, je vous dis.

— Je l'entends. Mais je ne suis pas tout à fait convaincu. »

Nous nous observâmes. Il plongea une main dans sa poche intérieure, en tira un étui à cigarettes, ne me donna même pas l'occasion de décliner avant de s'en allumer une à l'aide d'un petit briquet doré. Il inspira avec tant de force que je *vis* la fumée imprégner ses bronches. Puis il toussa énergiquement, en produisant un son qui semblait venir du fond d'une cage d'ascenseur.

« Il avait sans doute besoin de se reposer, après les grosses secousses de ces derniers temps.

— Qu'entendez-vous par là ? »

Il agita la main qui tenait la cigarette.

« Ce n'est un secret pour personne qu'il était en porte-à-faux avec le reste du directoire, depuis peu, y compris moi.

— Et sur quoi portait le désaccord ?

— Ça... c'est interne à la compagnie, monsieur le détective privé. Nous ne voyons aucune raison de le diffuser par le biais de... visiteurs quelconques.

— Mais c'est pour ça qu'il a décidé de démissionner, alors ?

— Interprétez-le comme vous voulez », répliqua-t-il avec mauvaise humeur, tout en laissant la fumée filtrer par ses narines.

J'essayai un coup à l'aveugle. « Ça a peut-être un rapport avec le *Seagull* ? »

Il posa sur moi un regard de deux tonnes.

« Le *Seagull* ?

— Oui ?

— Qu'est-ce… » Il s'interrompit. « Je vous l'ai dit, nous ne nous prononçons pas là-dessus.

— Je demanderai à Garrido, alors, quand je le verrai.

— Mais oui, Veum ! Je vous en prie ! Passez-lui le bonjour, hein ? Dites-lui qu'il ne nous a pas manqué une seule seconde depuis qu'il a passé cette porte. » Il fit un mouvement de tête vers la sortie, et alla dans cette direction. « S'il n'y avait rien d'autre… » En passant, il écrasa brutalement sa cigarette dans un cendrier sur pied.

Je suivis à contrecœur.

Un homme en élégant manteau clair arrivait au sas de sécurité. Il avait trente et quelques années, les cheveux blonds bien coiffés et une barbe soignée à l'extrême. Ses traits étaient réguliers, ses yeux bleu-vert froids, et une très légère nuance rosée sur sa peau délicate lui conférait une infime touche féminine. Ça expliquait la barbe, supposai-je.

Il fit un signe de tête à Kristoffersen et me lança un regard curieux. Puis il s'adressa à Kristoffersen : « Tu sortais ?

— Non, non, je remonte.

— Super. »

Il prit l'escalier en direction des bureaux. Je le suivis des yeux. C'était un homme que je n'avais jamais vu. Mais il me faisait très fort penser à quelqu'un qui m'avait été décrit tout récemment, par le voisin de Fernando Garrido.

« Qui était-ce ? m'enquis-je.

— Notre directeur administratif, Bernt Halvorsen.

— Il roule en Ferrari, n'est-ce pas ?

— Oui, mais... » J'eus le plaisir de le voir de nouveau se plaquer une main sur la bouche, mentalement en tout cas. Puis il ne prononça plus le moindre mot. Quand j'eus passé le sas, il poussa un grondement lourd, me tourna le dos et s'en alla.

« Une Ferrari rouge, si je ne m'abuse, lançai-je au réceptionniste.

— C'est exact. » Il n'avait selon toute vraisemblance plus rien à perdre, lui non plus.

Avant de mettre un terme à cette journée, j'allai à Flesland, je me garai bien comme il fallait et je comparai le numéro d'immatriculation de la BMW 520 bleu foncé de Garrido avec ceux de toutes les voitures en stationnement au parking longue durée. Je pus conclure avec certitude : elle ne se trouvait pas ici.

Mais où était-elle, alors ? Il fallait encore que je le découvre. Les possibilités étaient nombreuses, entre le Cap Nord et Lindesnes. La question, c'était simplement : par où devais-je commencer ?

9

Aller dans un club de jazz un samedi midi, c'était exotique, pas très norvégien. Alors que le reste de la population passait l'aspirateur et faisait son ménage, avant de manger du riz au lait en écoutant la pièce de théâtre policière radiodiffusée du samedi, à moins qu'ils ne soient déjà lancés dans la plus longue séance d'emplettes de la semaine qui les conduirait d'un magasin à l'autre sans boussole, les aficionados de jazz se rassemblaient dans des pièces sombres et enfumées pour écouter un swing entraînant et un blues aigre-doux, joués par des artistes essentiellement locaux dont l'âge allait d'environ vingt ans à la soixantaine bien sonnée. Leurs regards se voilaient et leurs langues se déliaient plus que de raison, mues par une sorte de mélancolie joyeuse, principal carburant des clubs de jazz.

Le dernier élément dans la flore de cercles plus ou moins actifs en ville était le café jazz et blues que le débit de boissons *Den Stundesløse*[1] avait mis

1. L'agité.

en place cet hiver, dans la cave de ce qui avait naguère été le cinéma Ole Bull, et qui réunissait aujourd'hui une discothèque et un bar.

Je retrouvai Karin sur le trottoir un peu avant midi. À en croire l'affiche à l'entrée, c'était la Tydal Jazz Company qui était au programme ce samedi. Nous gagnâmes le monde souterrain, je commandai un demi, elle un verre de vin blanc, et je fis une tentative pour repérer des visages connus dans la pièce déjà pleine de fumée. Sur la scène, les musiciens avaient installé leur matériel depuis longtemps. Ils étaient à présent assis à une petite table dans un coin, où ils buvaient du café, hormis le leader en personne, Lasse Tydal, qui prenait un demi au comptoir.

Il me fit un signe de tête plein de bonne humeur quand il me vit approcher.

« Salut ! parodia-t-il avec l'accent de la capitale, avant de basculer vers son dialecte plus sobre de Bergen. Tu viens mettre un peu d'*input* dans la machine ?

— Je ne rate jamais une occasion. Et toi, capacité pulmonaire intacte ?

— Je joue surtout des ballades, tu sais. Mais il y a encore des forces dans le cornet. Tu vas voir… »

Lasse Tydal devait avoir soixante ans. Ses cheveux gris perdaient du terrain sur le front, mais étaient encore épais sur les tempes. Une partie de son énergie pour souffler dans son instrument lui venait manifestement de l'abdomen, où s'était installé un pneu impressionnant.

« Je me demandais… À propos d'un de tes

jeunes collègues, Hallvard Hagenes… Que sais-tu sur lui ?

— Hallvard, oui ! Un jeune joueur de ténor plein de talent, à une époque. » Il regarda autour de lui. « Il lui arrive de passer, mais je ne le vois pas aujourd'hui. Pas encore, en tout état de cause. Il travaille comme chauffeur de taxi pour pouvoir joindre les deux bouts. Ça n'a jamais été facile de survivre quand on est musicien de jazz, mais de nos jours, c'est pour ainsi dire impossible si tu ne fais pas partie de ce qu'il y a de mieux dans le meilleur.

— Et ce n'est pas son cas ?

— Pas en l'état actuel du marché norvégien. Tu as un boulot à lui proposer, peut-être ?

— Non, malheureusement. Je voulais juste lui poser une question.

— Tore Lude et Reidar Rongved, là-bas, ils ont déjà joué en trio avec lui. Je peux te présenter à eux à la première pause, si tu veux. On ne va pas tarder à commencer.

— Où le situerais-tu sur la carte locale ?

— Oh, tu sais, il y a beaucoup de bons joueurs de sax ténor dans le coin. Sobstad joue toujours, les frères Hystad, Olav Dale. Et Hagenes n'est pas mauvais du tout, lui non plus. Il joue de tout, depuis le free jazz jusqu'aux grands classiques. Mais tu sais, c'est dans les gènes. Je me rappelle son oncle. Johan Hagenes. Notre réplique locale à Lester Young, quand il était au sommet.

— Tu l'as connu ?

— Et comment ! Mais… Il faut qu'on y aille. À plus tard. »

Il prit son demi et alla sur la scène, où les autres musiciens s'installaient : Tore Lude au piano, Reidar Rongved à la basse et Mons Midtboe à la batterie, pendant que Terje Tornøe essayait avec douceur l'embouchure de sa trompette. Lasse Tydal glissa quelques mots aux autres, posa son demi sur une petite table dans le fond et se passa la sangle de son sax ténor autour du cou. J'allai retrouver Karin.

Elle me lança un regard curieux.

« Il t'en a fallu, du temps…

— J'ai discuté avec quelqu'un.

— Tu es en service, ou quoi ?

— Je glane juste deux ou trois renseignements. »

Je n'eus pas le loisir de développer, car un représentant des organisateurs monta sur la scène pour présenter les invités du jour. La Tydal Jazz Company se mit ensuite au travail sans plus tarder, avec une version endiablée de *Tiger Rag*, avec Terje Tornøe sur les solos les plus animés, un son cristallin de trompette qui traçait des arabesques d'argent dans la brume de fumée de cigarette et faisait taire les conversations aux tables voisines.

La veille au soir, j'avais liquidé mes tâches quotidiennes, profondément concentré sur l'annuaire. J'avais trouvé où habitaient Bernt Halvorsen et Hallvard Hagenes ; le premier à Hopsneset, le second à Rosegrenden. Puis, par pure curiosité, j'avais cherché Berit Breheim, qui habitait à Fantoft, pas très loin de l'église en bois debout calcinée, détruite par un pyromane moins d'un an plus tôt.

La Tydal Jazz Company remontait le siècle. Après le premier morceau, Tore Lude avait enchaîné plusieurs ragtimes. C'était maintenant Lasse Tydal qui dirigeait, avec une voix pleine et chaude de sax ténor pour l'immortel *All too soon* d'Ellington, l'un des morceaux de choix de Ben Webster.

« Je devrai peut-être aller à Ustaoset, demain, annonçai-je à Karin. Tu m'accompagnes ?

— Moi ? Sur des skis ? » Elle me fit un sourire plein d'indulgence.

« Tu n'as pas tort. Il faudrait que je prenne les miens.

— Tu pourras toujours t'entraîner un peu pour la Skarverennet. Ce n'est pas possible le week-end prochain, plutôt ? Des copines du boulot doivent monter.

— Mais pas toi ?

— Non. Pas moi. »

La première session s'acheva en beauté, encore un classique : *Whispering*. Quand les musiciens se furent installés à la table qui leur était réservée et eurent fait remplir leurs verres ou leurs tasses, je m'excusai auprès de Karin et allai les retrouver. De toute évidence, Lasse Tydal avait tout oublié, mais en me voyant, il tapa sur la table pour attirer l'attention. « C'est vrai… Tore, Reidar… Voici Veum, que je connais depuis longtemps. Il cherche des renseignements sur Hallvard Hagenes. »

Les deux musiciens me dévisagèrent, quelque peu sceptiques. Tore Lude avait la petite quarantaine. Ses cheveux dessinaient un halo de boucles grisonnantes, il était trapu et un rien voûté. Reidar Rongved était le cadet du groupe, pas encore quarante ans. Il avait les cheveux châtain mi-longs et portait d'épaisses lunettes.

« Des renseignements ? répéta Tore Lude.

— Oui, des petites choses, répondis-je avec un sourire. Son nom est apparu dans le cadre d'une affaire sur laquelle je travaille…

— Une affaire ? Tu es flic ?

— Non. Détective privé. »

Mons Midtboe, le jovial batteur roux, émit un long sifflement depuis la ligne de touche. « Pan, pan ! » imita-t-il en transformant sa main en pistolet fictif. Terje Tornøe se leva et partit vers les toilettes, une expression d'intense lassitude sur le visage.

« Je n'imagine pas quelqu'un sur qui il soit plus vain d'enquêter que Hallvard Hagenes, déclara Tore Lude d'un ton sec. Il ne vit que pour la musique. Il est chauffeur de taxi pour pouvoir survivre.

— De la famille ?

— Même pas une gonzesse, je crois.

— Non ? »

Lude regarda autour de la table.

« Pas à ma connaissance, en tout cas. Qui dit mieux ? »

Les autres confirmèrent l'assertion en secouant la tête.

« Je ne crois pas qu'il soit pédé non plus, embraya Reidar Rongved. On a partagé tant de chambres d'hôtel, en tournée ou des choses comme ça, que je l'aurais remarqué s'il avait eu ce genre de penchant.

— Chat échaudé craint l'eau froide, comme chacun le sait », intervint Lasse Tydal.

Je me tournai vers lui.

« Ce qui veut dire, dans le cas présent ? »

Tydal se tourna vers Lude.

« Il n'a pas été plutôt déprimé, à une époque ?

— Si, il me semble. Mais d'aussi loin que je me souvienne, il a toujours manqué du pognon dans la caisse à nénettes, si je puis dire.

— Il a peut-être été effrayé par ce qui est arrivé à son oncle, tenta Lasse Tydal, tourné vers moi. Je ne sais pas si tu es au courant de la façon dont Johan Hagenes a fini ses jours ?

— Oui, je le suis. Mais tu ne penses quand même pas que…

— Quand on parle du loup… Il vient d'arriver, là-bas », informa Mons Midtboe.

Je regardai dans la même direction que lui.

« Lequel est-ce ?

— Le gars d'un mètre quatre-vingt-dix qui va vers le bar pour se payer une bière », répondit Lasse Tydal. Puis il fit signe aux autres membres du groupe qu'il était temps de remonter sur scène.

Terje Tornøe croisa Hallvard Hagenes. J'allai me rasseoir auprès de Karin, sans quitter Hagenes des yeux. Il commanda une bière et chercha depuis le bar une place libre près de gens qu'il connaissait. Il sembla n'en trouver aucune, puisqu'il resta au bar, et se concentra sur le groupe qui entamait sa deuxième session.

Ils ne quittaient pas les années 40 et 50. Des classiques tels que *Night and day, Prelude to a kiss* et *Over the rainbow* emplirent la pièce, enrichis d'improvisations fraîches. Lasse Tydal avait une belle voix chaude de ténor, à la douceur et au romantisme étudiés. Terje Tornøe était l'auteur d'ajouts plus vifs à la trompette, tandis que Tore Lude, avec son jeu espiègle et léger, était sans conteste le plus talentueux d'entre eux. Reidar Rongved et Mons Midtbøe se chargeaient de l'accompagnement, et ils n'eurent qu'un seul solo symbolique durant toute la représentation, Rongved dans *Prelude to a kiss*, Midtboe dans *Pick yourself up*.

Hallvard Hagenes suivait l'ensemble avec un petit sourire, en battant discrètement la mesure de sa main libre. L'autre était prise par son demi, qu'il ne faisait que siroter. Il était grand et dégingandé, avec un visage un rien osseux autour d'un nez impressionnant et d'un petit menton. Il chassait régulièrement une frange brune de son front, d'un mouvement de tête ou de la main.

La salle se remplissait, et nombreux étaient ceux qui devaient se contenter d'une place debout. Ceux qui avaient bouclé les commissions du samedi passaient au Stundeslose avec tous leurs paquets, dans l'espoir de trouver un coin où se poser. La déception était au rendez-vous pour ceux qui ne trouvaient pas de connaissance auprès de qui se tasser, mais la musique sur scène les captivait presque tous.

À la fin du second acte, je me levai pour essayer de parler à Hallvard Hagenes, mais j'en fus empêché. Karin poussa un très gros soupir en voyant Paul Finckel, le journaliste, arriver vers notre table, un demi à la main et un mégot carbonisé au bec. Mon vieux copain de classe de Nordnes avait la fâcheuse manie de se laisser engloutir par les sempiternels souvenirs d'enfance rongés aux mites, et n'avait plus une seule histoire qu'elle n'ait déjà entendue. À ce que j'en voyais, il était dans une phase assez imbibée, et ça n'arrangeait pas les choses.

Peu de gens parmi mes connaissances avaient subi autant de métamorphoses que Paul Finckel ; prise et perte de poids, cheveux et barbe ou ni l'un ni l'autre, toujours un soupçon à la traîne sur la mode étant donné qu'il faisait invariablement ses achats vestimentaires pendant les soldes de l'année précédente. Malgré tout, il était bien plus *up to date* que je le serais jamais. Le tout composait un reflet, avais-je appris, de sa localisation sur la courbe de vie du couple à un instant donné : à l'arrivée, sur le départ, ou tout à fait en dehors. Le doute n'était pas permis ; il était sur le départ, et ce n'était pas récent, à en juger par son tour de taille et les courts poils de barbe peu seyants.

« Le loup[1] est sorti faire prendre l'air à sa blonde ?

1. Allusion au prénom du détective, Varg (l'un des mots pour désigner le loup en norvégien).

gronda-t-il avec bonhomie tout en se tassant à côté de moi sans demander si c'était opportun.

— À moins que ce ne soit le contraire, rétorqua Karin d'une voix pincée.

— Exactement. » Son regard pataugeait.

« Et toi ? renvoyai-je, avec juste ce qu'il fallait de politesse compte tenu de notre vieille amitié et de l'importance de toute information.

— Bof, il y a eu tant de rock'n'roll dans ma vie, ces derniers temps, que je me suis dit que l'heure était venue de me lubrifier l'âme et le corps avec quelques notes dorées. » Il leva son verre, comme si les notes se trouvaient dedans.

Karin se leva et fit un signe de tête vers les toilettes.

« Je reviens.

— J'espère bien. »

Elle fit un sourire crispé, et jeta un coup d'œil las à Paul Finckel.

Je me concentrai sur l'intrus.

« Dis-moi, Paul… Puisque le bon Dieu t'a mis là… Trans World Ocean, ça te dit quelque chose ?

— TWO, oui. Jadis Helle Shipping. *Good timing*. Ils ont des problèmes de trésorerie, ai-je entendu dire. Mais qui peut prétendre le contraire, de nos jours ? S'ils voyaient la tête de mon compte en banque, ils se sentiraient beaucoup mieux.

— Problèmes de trésorerie ? C'est vrai ? »

Il se pencha un peu vers l'avant, moins par discrétion que parce qu'il ne parvenait plus à garder une posture tout à fait verticale.

« On n'en saura jamais rien, sans une fuite

providentielle ou un communiqué de presse sans pathos sur une liquidation.

— Ça va si mal ?

— Non, non. C'était pour prendre un exemple…

— Qu'est-ce qu'ils transportent ?

— Tout ce que tu peux imaginer, Varg. *You name it, they transport it* — et ça *to the end of the world*, si c'est là que tu vas. *Go for the money*, ça a toujours été leur devise. Tu sais où ils ont leurs racines, quand même ?

— Chez Hagbart Helle & Co.

— Et voilà. Le filou le plus accompli de tout le transport maritime norvégien. D'autres ont dû faire l'expérience d'un procès — je ne donne pas de noms… » Il sourit de toutes ses dents, comme si n'importe quel Berguénois pouvait ignorer qui était visé. « Mais Hagbart Helle a trépassé dans l'aisance, en ayant gardé sa renommée, un buste au quartier général de la fédération maritime et son nom en lettres d'or sur une aile de l'hôpital de Nassau, aux Bahamas.

— Ce sont ses héritiers qui gèrent TWO ?

— Aucune relation familiale, à ma connaissance. Les propriétaires sont étrangers. La filiale locale est dirigée par un certain Bernt Halvorsen, un bac éco pur jus, si tu veux mon avis. »

Plus loin dans la pièce, je vis que Karin s'était arrêtée pour discuter avec des gens qu'elle connaissait. Hallvard Hagenes avait profité de l'entracte pour aller voir les membres du groupe. Quand Lasse Tydal lui glissa quelques mots et tendit un doigt vers moi, je levai la main pour un salut discret. Hagenes répondit par un petit hochement de tête, pour me faire comprendre qu'il m'avait vu. Puis il me tourna le dos et reprit sa conversation avec les autres.

« Un bateau qui s'appelle le *Seagull*, ça te parle ? »

Il secoua la tête.

« Négatif. Rien.

— Et Utvik i Stryn – ou peut-être Utvik i Sveio ? Tu es au courant d'installations portuaires, là-bas, que TWO utiliserait ?

— Pas du tout. *Nothing at all*, Varg.

— Bon… Si jamais ça te revient, tu sais où me trouver. »

Il me lança un regard quelque peu froissé.

« Je n'avais pas prévu de partir avant un moment.

— Non, mais nous, si. »

La Tydal Jazz Company démarra le troisième acte avec une version fougueuse de *I got rhythm*. Je cherchai Hallvard Hagenes, mais il était parti. Je me levai légèrement et parcourus le public des yeux, sans succès. Je jetai un coup d'œil à Lasse Tydal, qui haussa les épaules et se concentra de nouveau sur son jeu.

Il s'était évaporé, tout simplement. Karin, en revanche, était digne de confiance. Elle revint, pleine de courage, et discuta avec Paul Finckel avec la plus grande patience jusqu'à la toute dernière note, au moment où le groupe se mit à ranger ses instruments et où la salle commença à se vider. Puis nous rentrâmes à la maison.

10

Les Hardangervidda étaient fermés pour l'hiver. Pour arriver le plus vite possible à Ustaoset, j'avais réservé dans le premier express à destination d'Oslo, à sept heures et demie le dimanche matin.

À dix heures vingt, je descendis du train. Il tombait un peu de neige fondue, et le vif vent d'ouest qui soufflait sur l'Ustevatn me poussa à sortir mon bonnet de la poche de mon anorak et à me l'enfoncer au maximum sur les oreilles. Je regardai dans la direction indiquée par Berit Breheim. Elle ne m'avait pas roulé. Le chalet était facile à reconnaître.

Je l'avais appelée chez elle la veille au soir. Quand je lui avais dit que Garrido avait abandonné son poste chez Trans World Ocean, elle avait réagi avec stupéfaction.

« Je ne savais pas !

— Ça pourrait expliquer son passage à vide pendant le week-end de Pâques, à votre avis ?

— C'est possible, bien sûr.

— Il ne vous en a rien dit ?

— Pas le moindre mot.

— Curieux. Ce Hallvard Hagenes…

— Oui ?

— J'ai essayé de le voir, aujourd'hui, mais il n'avait pas l'air très désireux de me parler.

— Tiens donc ?

— Vous ne trouvez pas ça bizarre ?

— Vous avez pu lui faire savoir de quoi vous vouliez discuter ?

— Non.

— Eh bien… C'est vous le détective, pas moi.

— Alors… Comment avez-vous prévu de passer ce dimanche ?

— Pourquoi cette question ?

— Je pensais aller à Ustaoset demain. Vous accepteriez de m'accompagner ?

— Certainement pas ! Je dois préparer une intervention pour lundi. Si j'avais eu le temps d'y aller moi-même, je ne vous aurais pas engagé, si ?

— Ce chalet, il est difficile à trouver ?

— Non. Vous prenez le train ?

— Oui.

— On le voit depuis la gare. Un chalet bas en rondins avec une porte, des fenêtres et des montants peints en bleu. Suivez la route qui part à l'est de l'hôtel… »

Au début, je m'étais senti comme Spencer Tracy dans *Un homme est passé*. Je me mis en marche. Ustaoset était mort la majeure partie de l'année, mais après Pâques, c'était assez peuplé. Dans un rayon de cinq kilomètres autour de la gare, on trouvait l'une des plus importantes concentrations de résidences secondaires de tout le pays. Aux abords immédiats, elles se succédaient avec plus de frénésie que les jours de pluie à Bergen.

La côte avait été déblayée et sablée, pour permettre aux propriétaires de monter jusque dans leur cour avec leur 4x4 s'ils le souhaitaient. Et ce devait être le cas. Mais peu d'entre eux avaient sauté sur l'occasion au cours de ce week-end perdu pile entre Pâques et la Skarverennet[1]. De la fumée grisâtre montait de la cheminée d'un chalet voisin. Je ne vis aucun autre signe de vie.

Le chalet que j'allais voir était abondamment enneigé. Ses volets étaient clos, et les jointures pleines de glace blanche. L'entrée avait été déblayée, et on voyait encore des traces de bottes à moitié effacées. Je poussai la porte, sans succès. Je sortis alors la clé que Berit Breheim m'avait donnée, ouvris et entrai.

Je tâtonnai à droite de la porte et mis la main sur un interrupteur. La lumière s'alluma au plafond. Je me trouvais dans un petit tambour, où je vis plusieurs paires de skis. Des vêtements usés étaient suspendus à quelques patères. Une porte joliment peinte donnait sur le reste de la maison. J'entrai, découvris un second interrupteur et allumai là aussi.

J'étais arrivé dans un grand et agréable salon meublé de bancs et d'une table en rondins vernis, aux murs ornés de clichés naturalistes en noir et

1. Course/randonnée à ski organisée chaque année depuis 1974 aux alentours du 20 avril, entre Finse et Ustaoset.

blanc et d'un massacre de renne au-dessus de chacune des deux portes ouvrant sur la pièce. Une grosse cheminée en pierre naturelle trônait dans un angle. Mais personne n'avait allumé de feu, et personne ne se délassait dans le fauteuil en vis-à-vis. Il faisait la même température que dans une chambre froide. Un nuage de givre montait de mes vêtements, et des phylactères de vapeur se formaient devant ma bouche.

Avant d'avoir pu inspecter les lieux comme je le voulais, j'entendis des pas lourds au-dehors. Je me tournai vers le tambour et croisai le regard acéré de l'homme qui était apparu à la porte.

« Qui êtes-vous, et que faites-vous ici, si je puis me permettre de vous poser la question ? »

Il était plus grand que moi – largement plus d'un mètre quatre-vingts – maigre et baraqué. Son visage brun et ridé trahissait de longs séjours dans l'air frais de la montagne. Ses yeux étaient bleus, son nez fin et pointu, et sa bouche avait un côté étonnamment doux et féminin.

« Je m'appelle Veum, et je suis en mission pour Berit Breheim.

– Ah oui ? » Il me toisa avec un air méfiant. Puis il entra et tendit la main. « Harald Larsen. Je suis le voisin. Nous nous sommes mis d'accord pour que je surveille le chalet quand ils ne sont pas là.

– Je comprends, répondis-je en saisissant la main tendue.

– Les montagnards ont l'habitude de coopérer, même si nous ne venons pas du même côté des montagnes. Je connais Berit depuis l'enfance.

— Et Bodil…

— Bodil aussi, bien sûr. Mais ça fait longtemps que je ne l'ai pas vue. Depuis qu'elle s'est mariée avec cet étranger…

— Garrido.

— C'est ça. Il est dans le transport maritime, non ?

— Si.

— J'étais aussi dans cette branche, avant de partir en retraite.

— Mais pas à Bergen ?

— Non, non. À Oslo.

— Ça fait longtemps que vous ne les avez pas vus ?

— Vous pensez à…

— Bodil et son mari.

— Oh, Seigneur, ça fait des années ! Ils devaient être jeunes mariés. Ce n'est pas étonnant, d'ailleurs. C'était tout sauf un skieur. C'est surtout Berit qui s'est servi du chalet. Mais plus trop ces dernières années. Cette année, elle n'est pas venue du tout, même si on a eu une semaine de Pâques *de rêve*.

— Alors les traces, dehors…

— Ce sont surtout les miennes. Je n'aime pas rester inactif, et puisque je suis là, je déblaie volontiers leur entrée aussi. Comme ça, elle n'a pas besoin de s'en faire, si elle décide de venir faire un tour à l'improviste.

— Vous passez le plus clair de votre temps ici, alors, depuis que vous êtes à la retraite ?

— Le plus possible ! J'ai eu ma dose de la ville. Je n'ai plus besoin de partir à l'étranger. Et je suis veuf depuis quatre ans. En montagne, je me sens libre, été comme hiver. Ici, je me calme, je me retrouve, je suis face à l'insondable, pour le dire de façon un peu pompeuse.

— Vous avez dit… Vous connaissiez aussi les parents de Berit et Bodil ?

— Et comment ! Nous sommes arrivés ici à la même époque. 1950, en automne. Ansgar et Tordis ont acheté le chalet construit, mais il n'avait que deux ou trois ans ; il était de 1947 ou 1948, si ma mémoire est bonne. J'ai construit le mien. Berit est née un an plus tard.

— Vous avez des souvenirs précis.

— Nous étions amis. Nous avions beaucoup de points communs. Svanhild et Tordis sont devenues de très bonnes amies. Ça n'a plus été pareil… après.

— Vous pensez à… au remariage de Breheim ?

— Oui. Sa nouvelle femme, Sara… Bon, en tout cas, ce n'était pas une fille de la montagne. Ou au plus chaud de l'été, éventuellement. Elle n'aimait pas la neige. Alors ils sont venus de moins en moins souvent au chalet. Ansgar y est venu un peu tout seul. On a fait de chouettes promenades, lui et moi, pour chasser. Mais nous n'en avons jamais parlé. Ni de Tordis ni de Sara. Et je n'ai pas posé de question. Nous discutions d'autres choses. Nos boulots, la situation dans le monde, le paysage et la chasse. Où il était le plus vraisemblable de trouver des perdrix. Des trucs comme ça.

— Et les deux fils ?

— On ne les a presque jamais vus. Aussi peu que Sara.

— Même une fois adultes ?

— Je crois que le chalet a été transmis aux deux filles du premier lit, et comme je vous l'ai dit, ces dernières années, c'est surtout Berit qui est venue. Vous savez pourquoi elle n'était pas là à Pâques ?

— Non, elle était trop occupée, tout simplement, à ce que j'ai compris.

— Ah oui ? » Il regarda autour de lui. « Mais que deviez-vous inspecter, alors ? Que tout était en ordre ?

— Oui… » J'hésitai un peu. « Il se trouve que… Bodil et son mari sont absents depuis un moment, et ils n'ont pas dit où ils partaient, alors comme je passais…

— Mais elle ne croyait quand même pas qu'ils étaient ici ? »

Je haussai les épaules.

« Je ne sais pas si vous êtes au courant… si vous connaissez l'histoire ancienne de la famille… »

Il hocha la tête, l'air sombre.

« Oh si. Alors je commence à comprendre. » Il me fixa d'un regard lourd d'inquiétude. « Mais elle ne croit pas que Bodil et… Qu'elle marcherait dans les traces de sa mère, si on peut dire ?

— C'est pour ça qu'elle voulait s'assurer que… qu'il n'y avait personne ici.

— Mais c'était... une tout autre époque ! Des personnes très différentes. Tordis, elle...

— Oui ?

— Non... Je me rappelle bien quand elle l'a rencontré.

— Quand elle a rencontré... qui ?

— Ce saxophoniste, avec qui elle est morte !

— Tiens donc ?

— C'était le samedi saint, en 1956. Ce soir-là, nous descendions toujours à l'hôtel. Tordis et Ansgar, Svanhild et moi. Le temps était décevant, je me souviens. Le jeudi et le vendredi avaient été merveilleux, mais le samedi, ça s'est couvert, et le vent soufflait fort ici. D'habitude, il y avait des flambeaux allumés devant l'hôtel, mais cette année-là, ils s'étaient abstenus. »

Ils avaient suspendu leurs manteaux au vestiaire et changé de chaussures, celles des hommes noires et bien cirées, celles des femmes élégantes, à talons hauts. Le directeur de l'hôtel en personne les avait accompagnés à leur table. Il avait présenté une chaise à Tordis, comme lui le faisait à Svanhild. La table avait été réservée près de la fenêtre, comme toujours, pour qu'ils puissent voir l'Ustevatn de l'autre côté de la voie ferrée.

L'attention dont Tordis faisait l'objet de la part du directeur de l'hôtel ne devait rien au hasard. Son abondante chevelure rousse, sa poitrine haute et son regard pétillant faisaient naturellement d'elle un objet d'admiration aussi bien que de jalousie dans toute la salle. Sa robe vert d'eau au décolleté audacieux ne trahissait en rien qu'elle avait déjà enfanté deux fois, dont la dernière remontait à un an à peine. Son mari – châtain, massif et bien habillé – essaya avec un mélange de flegme et d'agacement de mépriser les regards admiratifs qui collaient à son épouse. Il comptait manifestement tenir en sourdine une jalousie chronique, ce soir-là aussi. Tordis était une bombe sexuelle, mais à ce qu'en savait Harald Larsen, elle n'avait jamais laissé la tentation devenir trop forte. Le cas échéant, il craignait la réaction d'Ansgar.

– Tu as l'air songeur, Ansgar ! fit-il remarquer. Quelque chose te chiffonne ?

– Non, non ! répondit Ansgar avec un sourire crispé. C'était seulement… comment dit-on ? Un instant de mélancolie viscérale ?

– Viscérale ? répéta Svanhild avec un sourire mutin.

– Et qui le dit ? commenta Tordis, le sourcil haussé.

– Euh…

Il passa en revue les autres tables, fit un signe de tête aux gens qu'il connaissait et tria les clients de l'hôtel des propriétaires de chalet. En pure perte. Il avait beau laisser son regard errer le plus longtemps possible, il revenait toujours au même endroit précis, juste au-dessus de l'épaule brillante, ivoire, de Tordis Breheim.

Dieu merci ! Il n'y avait rien à reprocher à Svanhild, hormis un corps un peu trapu, comme une poupée oubliée dans une chambre d'enfant. Mais Tordis… Svanhild passait inaperçue dans l'existence. Tordis attirait l'attention des hommes comme un aimant. Et pas que le sien…

« Alors que s'est-il passé ?

— Après le repas, on a dansé, la direction avait fait venir un orchestre de Bergen, pour les fêtes de Pâques. Ne me demandez pas comment ils s'appelaient, mais je me souviens du saxophoniste comme si c'était hier.

— Johan Hagenes ?

— Oui, on a appris plus tard que c'était lui.

— Il était si bon que ça ?

— Ce n'est pas pour ça que je me souviens de lui. »

Danser avec Tordis, ce n'était pas du tout pareil que danser avec Svanhild. Elle pesait toujours trop lourd dans ses bras, comme un paquet qu'il fallait déplacer sur la piste, coûte que coûte. Tordis, en revanche, flottait toute seule, comme un bouchon sur l'onde calme, une plume dans un souffle d'air, un nuage dans le ciel. La tête un rien penchée sur le côté et son corps vif comme un arc chaud contre celui maigre et noueux de son partenaire, elle planta son regard vert dans celui de l'homme, comme la promesse d'un rêve inaccessible, un contrat qui ne serait jamais signé.

Mais ce soir-là, elle avait été différente, distraite et discrète. Et quand il avait essayé de suivre son regard, il était arrivé sur la scène. Il semblait exister un câble aérien entre le saxophoniste et elle, une ligne sur laquelle les messages allaient et venaient plus vite que les doigts du musicien sur les touches de son instrument. Il ressentit pour Ansgar – et pour lui-même, dut-il avouer – un sentiment aussi soudain que violent, une décharge brute de jalousie, plus forte que tout ce qu'il avait connu jusqu'alors. Par la suite, il avait songé que l'ombre de cette jalousie ne l'avait jamais quitté pour de bon. Encore moins quand il repensait à ce qui s'était passé ensuite…

Plus tard, il avait essayé d'analyser ce qu'il y avait eu derrière. Avait-elle déjà rencontré cet homme ? Ou était-ce simplement la folie de l'instant qui s'était emparée d'elle ? Pouvait-il y avoir autre chose, entre Ansgar et elle, qu'il ne pouvait pas comprendre ? Peu de chances qu'il le sache un jour, il l'avait admis depuis longtemps…

Il avait dansé de nouveau avec Svanhild, et avec la propriétaire d'un chalet voisin, sans jamais perdre Tordis de vue. Elle glissait sur la piste, encore et encore, les yeux rivés sur le saxophoniste qui jouait *The one I love belongs to somebody else, I'll be seing you* et autres standards sirupeux du répertoire.

La première fois qu'il remarqua son absence, ce fut pendant l'entracte, mais la soirée était encore si jeune qu'il supposa qu'elle était sortie se repoudrer le nez, comme disent les femmes qui s'absentent pour autre chose. Pourtant, elle ne revint pas avant un bon moment, et elle n'avait pas un nez à ce point démesuré. Ansgar s'était planté au bar, où il buvait plus sec qu'à l'accoutumée et gardait un silence étonnant.

Puis l'orchestre revint sur scène, et elle fut de nouveau là, les joues un peu trop rouges, et quand il l'invita à danser, il sentit un soupçon de gel sur ses doigts, comme si elle était sortie malgré le froid.

— Tu es allée prendre l'air ?

— Mmm...

À la pause suivante, la scène se reproduisit à l'identique, avec en plus l'absence d'Ansgar. Svanhild le regardait, perplexe, à travers la fumée d'une cigarette qu'elle venait d'allumer.

— Où sont-ils passés, Harald ?

— Où... qui ça ?

— Tordis et Ansgar, tiens !

Elle leva les yeux au ciel, mais ils obtinrent bientôt la réponse. Des voix emportées leur parvinrent depuis le vestibule. À travers le raffut, ils reconnurent la voix d'Ansgar, qui dérapait régulièrement dans les aigus. Ils cherchèrent la source du vacarme et trouvèrent Tordis et Ansgar plongés dans une discussion enfiévrée ; lui criait tant et plus, tandis qu'elle faisait tout son possible pour le calmer.

— Ce n'est pas ce que tu crois !

— Ah non ? Je ne l'ai pas vu de mes propres yeux, peut-être ? Tu l'as embrassé !

— Ah ! Ne dis pas ça...

Elle regarda autour d'elle, éperdue. Il croisa son regard, fit un pas en avant, mais Svanhild le retint.

— Non ! Ils doivent le...

Ansgar fit signe au responsable du vestiaire, qui avait déjà dépendu leurs manteaux. Il empoigna les vêtements chauds, les flanqua sur son bras, envoya d'un coup de pied leurs bottillons vers la sortie et poussa sans ménagement Tordis dans la même direction.

— Ansgar ! Oh, Seigneur ! Comment peux-tu être aussi…

— Dehors ! Dehooors !

Le directeur de l'hôtel piétinait juste derrière eux, en jetant des coups d'œil paniqués aux autres clients. Il se pencha, ramassa les chaussures et les suivit dans le tambour à la sortie. Ils s'habillèrent. Les yeux de Tordis cherchaient toujours dans le vestibule, à tel point noircis par la confusion qu'il fit un autre pas en avant.

Il avait baissé les yeux sur Svanhild.

— Tu ne crois pas qu'on devrait les accompagner ?

— Non, Harald ! Ce ne sont pas nos affaires ! Ils régleront ça eux-mêmes, avait-elle répondu avant de le faire rentrer dans la salle de restaurant, jusqu'à leur table près de la fenêtre qui ressemblait tout à coup à une île déserte en plein Pacifique ; entourée de coups d'œil à la fois silencieux et éloquents, où ils restèrent seuls jusqu'au terme de cette soirée insolite…

Au bout d'un moment, l'orchestre revint sur scène, le saxophoniste fermant la marche, si tard que l'intro du premier morceau était déjà commencée quand il rejoignit ses collègues.

Quand Svanhild et lui remontèrent, à minuit passé, le chalet de Tordis et Ansgar était plongé dans les ténèbres. Le dimanche de Pâques, ils les rencontrèrent sur les pistes qui allaient vers Skarvet, comme s'il ne s'était rien passé, et personne ne fit une quelconque allusion à l'épisode. Pas avant les événements dramatiques de 1957, quand Svanhild et lui se dévisagèrent à la table du petit déjeuner après avoir lu l'article dans le journal.

— Mais doux Jésus, ce n'est pas ce saxophoniste, là ?

— Si…

« Ça veut dire… que Breheim ne vous a jamais donné la moindre explication ?

— Nous n'en avons jamais parlé, Veum. On n'en a jamais rien dit !

— Alors vous n'avez aucune idée de ce qui a pu se passer entre le samedi saint de 1956 et ce jour de septembre 1957 ?

— Non, que devrais-je savoir ? ! N'importe qui peut imaginer le reste de l'histoire !

— Et Pâques de cette année ? 1957, je veux dire. »

Son expression se fit lointaine.

« Je m'en souviens vaguement, mais… Il y avait un autre orchestre, à l'hôtel, et puis… Tordis et Ansgar étaient restés au chalet ce soir-là, sans qu'ils semblent éprouver le besoin de nous donner une explication pour cette rupture de notre tradition. Autant dire que ce n'était pas nécessaire.

— Non. »

Je lançai un regard circulaire dans le chalet désert. C'est ici qu'ils étaient venus, alors, en cette soirée de Pâques 1957. Ils avaient peut-être partagé une bouteille de vin. Ansgar avait bu un ou deux verres de whisky, elle un pjolter léger, tandis qu'ils essayaient de penser le moins possible aux événements de l'année précédente, et à ce qui couvait encore – à ce que j'en savais – entre elle et Johan Hagenes. Un triangle classique, dont une pointe était dissimulée dans l'ombre. Six mois plus tard, deux d'entre eux étaient morts.

« Eh bien ? » Harald Larsen me lança un coup d'œil inquisiteur.

« Oh… Il n'y a de toute évidence personne ici.

– Alors… »

Je regardai encore une fois autour de moi, mais il n'avait vraiment pas l'air disposé à me laisser seul. J'interférais peut-être par ma simple présence avec ses souvenirs de ceux qui avaient jadis résidé là. Je finis par hausser les épaules.

« Bon, alors il n'y a plus qu'à… s'en aller. »

Il hocha la tête, visiblement satisfait de cette conclusion.

Nous éteignîmes avant de ressortir. Il m'observa tandis que je verrouillais. Quelques flocons épars se déposaient comme des pellicules sur mes épaules. Le ciel au-dessus d'Ustaoset était d'un gris livide. Il était temps de redescendre à la gare.

« Notre chalet est là-bas », déclara-t-il quand nous eûmes rejoint la route qui sillonnait la campagne. Il désigna une maison basse en rondins goudronnés, pas si différente de celle des Breheim.

« C'était une forte personnalité, Tordis Breheim ? » demandai-je avant que nous nous séparions.

La même expression lointaine passa de nouveau

sur son visage, et un souffle invisible parut lui caresser la peau.

« Je peux vous confier une chose, Veum. C'est avec Svanhild que j'ai toujours vécu, mais même aujourd'hui, maintenant qu'elles ont disparu toutes les deux, et Tordis depuis trente-six ans, qui plus est, c'est à elle que je pense le plus souvent. À Tordis, je veux dire. »

Je gardai le silence, dans l'attente d'une suite.

Il avait le coin de l'œil humide. Mais il ne poursuivit pas, et après une poignée de main ferme, nos chemins se séparèrent. Il retourna au chalet, moi à la gare.

11

En profane que j'étais, je savourais à l'avance un passage au wagon-restaurant du train qui me ramènerait à Bergen. Mais il n'existait plus rien de tel dans le train de jour, et ce que je pus commander de plus costaud quand le chariot de victuailles passa, ce fut un Coca-Cola. Je pris un gobelet de café en sus. De l'équilibre en toute chose, ça a toujours été l'un de mes principes fondamentaux. Je rentrai à la maison parfaitement à jeun, et avec la meilleure conscience qui soit. Pour me réconforter, je me servis un petit verre d'aquavit avant de rappeler Berit Breheim.

Elle décrocha très vite.

« Allô ?

— Ici Veum.

— Alors ?

— Ils n'étaient pas à Ustaoset non plus. » Elle ne répondit pas.

« Et vous n'avez toujours aucune nouvelle ?

— Non.

— Il ne serait pas temps de prendre contact avec la police, à votre avis ?

— Nous en avons déjà discuté, Veum. Je n'ai pas envie de me ridiculiser, surtout vis-à-vis de la police.

— Et si… Elle doit avoir des amies ? À qui elle aurait pu se confier ?

— Bodil ?

— Oui.

— Oui, peut-être. Mais personne à qui j'aie été présentée. Comme j'ai essayé de vous l'expliquer, nous n'étions pas très proches, au quotidien.

— Non, je commence à le comprendre. Mais votre belle-mère, alors, ou l'un de vos demi-frères ? Ils savent peut-être quelque chose.

— J'en doute fort.

— Vous voulez dire que ce n'est même pas la peine que j'essaie ? »

Elle hésita.

« Seulement si vous pensez que… que vous devez le faire.

— D'une certaine façon, c'est vous qui devriez le faire. J'essaie juste de mener à bien l'enquête que vous m'avez confiée.

— Oui, je… Désolée, Veum, mais je suis… Pour l'instant, je n'ai pas du tout la tête à ça. C'est cette affaire sur laquelle je travaille… Rien d'évident, pour une femme, vous pouvez me croire.

— Non ?

— Non. Mais faites comme vous l'entendez, et appelez-moi dès que vous aurez du nouveau. »

Je levai silencieusement mon verre.

« Alors je vous souhaite bonne chance pour cette affaire.

— Merci. Bonsoir.

— Bonsoir. »

Elle raccrocha. Je vidai mon verre.

Je dormis mal cette nuit-là. Karin Bjorge passait la nuit dans son propre appartement, à quelques kilomètres de là. J'avais cinquante et un ans, un fils de bientôt vingt-deux ans en ménage avec une fille de Loten, mais je n'avais vécu avec personne depuis que Beate m'avait quitté, en 1973. Nous avions développé avec Karin une espèce de concubinage du genre de ceux que les sociologues qualifiaient de *Living Apart Together.* C'était une relation qui nous convenait à tous les deux. Elle n'avait pas à laver mon linge, et je n'avais que mes factures à payer.

D'un autre côté… Par des nuits comme celle-là, quand la pluie martelait la vitre et que la tête était pleine d'idées troublantes, il aurait pu être agréable d'avoir un dos rond et chaud contre lequel se blottir, un autre corps à prendre dans ses bras, une nuque sur laquelle souffler, doucement, pour ne pas la réveiller.

Cupidon est un planificateur maladroit, un écervelé impulsif et un capricieux notoire. Quand vous êtes jeune, il tire tous azimuts et sans discontinuer, jusqu'à ce que vous ressembliez à une pelote d'épingles dardées de flèches perdues. Ce gamin obsédé a les yeux bandés et des bouchons dans les oreilles. Non seulement il ne voit pas où il tire, mais il n'entend pas non plus les cris de douleur suscités par ses tirs manqués. À mesure que les années passent, les tirs qui font mouche s'espacent. Vous n'êtes plus sur le champ de tir de l'amour, mais quand il atteint sa cible – à l'aveuglette, comme toujours – la chose en est d'autant plus douloureuse. Était-ce cela qui s'était produit avec Tordis Breheim et Johan Hagenes ? Était-ce ce genre de douleur qui les avait conduits à ce que Berit Breheim appelait un pacte macabre ? Une dernière issue, un bond dans l'espace infini, vers un tout ou rien qui leur souhaitait la bienvenue ? Cet événement jetait-il des ombres si longues qu'elles puissent avoir des conséquences trente-six ans plus tard, pour la fille de Tordis Breheim, Bodil, et son mari, Fernando Garrido ?

Devais-je chercher dans les sources d'autres traces concrètes de ce qui s'était passé cette nuit de septembre 1957 ? Hallvard Hagenes était peut-être l'une de ces sources ? La police disposait-elle de documents à ce sujet ? Y avait-il d'autres personnes à qui demander ? Et l'autre mission que je m'étais vu confier, en lien elle aussi avec Trans World Ocean ? N'était-ce qu'une coïncidence, ou fallait-il y voir un rapport avec les disparitions de Fernando Garrido et Bodil Breheim ? Mais avant tout : où diable étaient-ils ? Avais-je été négligent ? Chez eux ? Dans les chalets de Hjellestad et Ustaoset ?

À quatre heures, je me levai et allai à la cuisine. Je me servis un verre d'eau et me postai à la fenêtre pour regarder dehors. Une ombre noire rasait le mur de l'autre côté de la ruelle ; un chat en vadrouille nocturne, ou Cupidon déguisé ?

Un calme exagéré flottait sur la ville, une illusion qui tomberait bientôt ; au plus tard quand les premiers bus se lanceraient et que la circulation matinale envahirait les rues à l'instar d'une vague maussade, une marée qui emporterait tout : les mauvais souvenirs, les idées désagréables et les nuits sans sommeil…

Je retournai au lit et pus enfin bénéficier de deux ou trois heures de sommeil aveugle. Quelques heures plus tard, au moment d'entrer dans mon bureau, je dus l'admettre : c'était l'un de ces lundis qui ont des filtres gris devant les yeux et des éraflures à l'âme.

J'avais deux noms sur mon bloc. *Bernt Halvorsen* et *Hallvard Hagenes*.

Je me fis une ration de café fort. La première tasse me donna l'impression qu'on enveloppait mes nerfs à vif d'un treillis en acier. Je me levai de mon fauteuil et me mis à faire les cent pas dans la pièce, en m'arrachant les cheveux, incapable de poser mon regard où que ce soit. Je revins à ma table et ouvris le tiroir du bas, à gauche. Elle roulait doucement dedans, cette bouteille d'aquavit limpide qui composait l'unique contenu dudit tiroir. J'avalai ma salive avec peine. Le choix était simple. C'était ça ou la voiture.

Je me maîtrisai, et on pouvait peut-être voir là un signe de maturité. J'optai pour la voiture et mis le cap sur TWO, à Kokstad, sans prévenir. Un coup à l'aveuglette, prétendraient peut-être certains. Mais en l'occurrence j'étais en bonne compagnie. Cupidon était avec moi.

12

Ce fut le même réceptionniste costaud qui m'accueillit. Son expression attentive trahissait qu'il ne m'avait pas oublié, et cette fois, il ne parlerait pas à tort et à travers. D'ailleurs, personne n'avait le temps de me parler, encore moins M. le « dir' adm' ».

Je me penchai par-dessus le guichet, comme pour une confidence.

« Il y avait de l'ail dans la tambouille, hier aussi ?

— Hein ? » Il n'en fallait pas plus pour le déstabiliser.

« Répétez à M. Halvorsen ce que vous avez dit à Kristoffersen vendredi. Que s'il refuse de me parler, il peut s'attendre à une visite de la police. Vous pouvez préciser qu'on a observé sa Ferrari.

— On a observé sa Ferrari ?

— Ça fait trop de mots d'un coup, peut-être ? »

Il me lança un coup d'œil mauvais, composa un numéro interne et transmit le message. « Mmm ? Mmm », grommela-t-il dans le combiné. Il raccrocha et se tourna de nouveau vers moi.

« M. Halvorsen vous prie d'attendre, et il va voir…

— Voir ? Quoi donc ? »

Avec un sourire fade, il me fit un signe de tête en direction d'un ensemble de sièges en cuir de mon côté du sas de sécurité. Un assortiment de magazines et de journaux sur les transports de marchandises et la finance jonchait la table. J'avais du mal à imaginer plus éloigné de mes lectures favorites, mais je m'assis néanmoins, saisis la brochure la plus proche et me mis à la feuilleter. Je parvins à ce qui ressemblait à des cours boursiers, et y cherchai les actions de Trans World Ocean. À ce que j'en compris, les cours étaient très inférieurs au pair. Je supposai que c'était synonyme de mauvais résultat. Puis je lus un article sur les actions sur lesquelles je me devais de miser si j'avais quelque argent à investir. Ils pensaient aux 1 500 couronnes excédentaires dans ma comptabilité de l'an passé, peut-être ?

Je poussai un gros soupir et regardai autour de moi. Rien à faire. Je me levai et retournai à l'accueil. À défaut d'autre chose, j'allais essayer de voir jusqu'où je pouvais pousser le réceptionniste. « Dites-moi… »

Il leva un regard courroucé du tabloïd local dans lequel il s'était plongé, dans la première des dix pages consacrées ce jour-là à l'équipe de football de Bergen.

« Qu'est-ce qui accapare tant M. le dir' adm' ? Il colmate le déficit d'exploitation de l'année dernière, ou il en fabrique un nouveau ? »

Il réprima un bâillement. « Il va voir quand il aura le temps, il a dit.

— D'accord, mais il a bien dû le voir, depuis ? Appelez-le, dites-lui de ma part que cette saison aussi va être mauvaise pour Brann. Il peut poser son journal.

— Vous croyez ?

— Quoi donc ?

— Qu'ils vont être nuls cette année aussi ? » Il faisait la même tête que si je venais de lui apprendre que sa grand-mère était à l'article de la mort.

« Ils se sont fait mettre 2 à 1 par Fyllingen hier, non ? Vous avez besoin d'une preuve plus flagrante ? » Je tendis un doigt vers le téléphone. « Tap, tap. Dring, dring. »

Curieusement, il fit ce que je lui demandais. Mais il n'en ressortit rien de bon, ni pour lui ni pour moi.

« Mais c'est lui qui... essaya-t-il de glisser au milieu de l'engueulade de Halvorsen. Je lui ai dit ! Bon, bon ! »

Il raccrocha avec mauvaise humeur, le visage cramoisi. Avant de parler, il fit un effort pour se reprendre, respira à fond deux ou trois fois — comme la psychologue de la boîte lui avait appris à le faire — et veilla à ne pas ravager complètement son standard. Il reprit enfin la parole, d'une voix crispée :

« Veum...

— C'est moi.

— M. Halvorsen m'a demandé de vous transmettre le message suivant : puisque vous êtes de toute évidence très pressé, il est dans l'obligation de vous prier de repasser un autre jour.

— Il préférait la police, alors ?

— Il… il n'en a pas parlé. »

Je jurai tout bas. Ou bien il était très occupé, ou bien il avait vu clair dans mon jeu : sur quelles bases pouvais-je aller voir la police ?

Je tentai une manœuvre tournante :

« Dites-moi au moins une chose, vous !

— À savoir ? répondit-il avec un regard plein de méfiance.

— Quand le *Seagull* est-il attendu à Utvik ?

— Le *Seagull* ? » Il tapa quelques touches et cliqua sur son écran. Puis il se remémora ses bonnes intentions, s'interrompit et ne prononça plus le moindre mot.

Je l'aidai un peu.

« Utvik i Sveio.

— Oui, oui, j'avais compris. »

Je m'accordai un instant de triomphe. J'avais au moins quelque chose pour Torunn Tafjord.

Il me fusilla du regard.

« Vous devez bien comprendre que je ne peux pas vous le dire ?

— Pourquoi pas ?

— Nous ne donnons pas ce genre de renseignements à n'importe qui.

— Mais, puisque vous allez retourner sur le marché de l'emploi…

— Comment ça ! » Il s'échauffait de nouveau. La psychologue avait encore pas mal de pain sur la planche avant de pouvoir s'estimer satisfaite de son travail. Il se leva et, de toute sa hauteur, tendit un doigt vers la porte.

« La sortie, c'est par là !

— Vous m'accompagnez ? J'aurais deux ou trois conseils à vous donner… »

Il parut sur le point de bondir par-dessus son comptoir, et je me dis que j'avais encore deux ou trois bricoles à régler ce jour-là. Je ne gagnerais rien en le passant aux urgences.

Je levai la main en un salut froid.

« N'hésitez pas à appeler. J'ai de bonnes relations à l'Agence pour l'Emploi. »

Mais je n'attendis pas la réponse. Je me dirigeais déjà vers la porte.

13

Avril est un mois imprévisible. Il peut y avoir des jours aux reflets d'argent, aussi transparents que s'ils étaient en verre, avec un miroitement de soleil dans les vitres. Il peut y avoir des jours de gel et de neige qui vire tout à coup à la pluie, un vent du nord qui rase les murs des maisons et vous glace jusqu'à la moelle. Et il pouvait y avoir des jours comme celui-là, avec un soleil perçant et des nuages déboussolés qui errent comme autant d'agnelets dans la pâture céleste.

Rosegrenden se présente comme un petit ensemble paisible de maisons blanches du XIXe siècle, à proximité de l'importante circulation de Sjøgaten. C'était à travers ce groupe de constructions que l'ancienne nationale vers Helleneset et les régions au nord de Bergen passait à l'époque où les gens marchaient ou quittaient la ville avec cheval et chariot. Ça n'avait pas été une route impressionnante. De toute façon, la plupart des gens préféraient le bateau.

Ce petit pâté de maisons se composait de

modestes constructions en bois, mais ce n'était pas aux rosiers le long des murs de certaines habitations qu'il devait son nom. Il venait du bienheureux marin Rose, qui avait fait construire vers la fin des années 1820 sa demeure du côté de Sandviksveien.

Hallvard Hagenes habitait à mi-hauteur de Rosesmuget. La porte était peinte en noir. Son nom figurait derrière une petite plaque en plastique. Le son de son saxophone me parvint jusque dans la rue. Je l'écoutai un moment, sans parvenir à bien identifier la mélodie. Ça ressemblait à des associations libres, mais le thème était assez évident, et certaines phrases m'étaient familières.

J'attendis un moment de pause dans les improvisations. L'autre côté de la rue était composé d'un mélange de hangars portuaires restaurés et de bâtiments industriels plus récents. Le courant de voitures et de bus était régulier dans Sjøgaten, mais sur le fjord, il n'y avait que très peu d'activité. Beaucoup de choses avaient changé depuis la jeunesse de Rosegrenden.

Quand Hallvard Hagenes trouva enfin judicieux de marquer un temps d'arrêt, j'appuyai sur le bouton de la sonnette. Une seconde plus tard, sa silhouette longiligne emplissait toute l'embrasure.

« Oui ? »

Je le vis tenter de vains efforts pour se rappeler où il m'avait déjà rencontré.

« Je suis Varg Veum. Vous m'avez peut-être vu au Stundeslose, samedi.

— Oui… C'est ça. » Un vague souvenir, constatai-je. « Que puis-je pour vous ?

— Je suis détective privé, et j'essaie de découvrir ce que sont devenus Bodil Breheim et son mari, Fernando Garrido.

— Bodil ? Qu'est-ce que ça veut dire ? Devenus ?

— On peut voir ça à l'intérieur ? »

Il regarda sa montre.

« Je vais bientôt commencer mon service. Je suis chauffeur de taxi.

— Mais… en attendant ?

— Bon, d'accord. »

Il recula dans la petite entrée et me conduisit rapidement dans les entrailles de la maison : une cuisine et un salon qui jouxtait une chambre servant selon toute apparence de bureau. Un écran d'ordinateur était allumé. Sur ce qui tenait lieu de table de travail, je vis des piles de quittances bancaires, des feuilles de brouillon, quelques livres et une poignée de coupures de journaux, des critiques musicales à en croire celle du dessus. Dans l'entrée, j'avais répéré un escalier étroit montant vers les combles. Je supposai que c'était là qu'il avait installé sa chambre. Ce n'était pas fastueux, surtout pour un homme comme lui. Il n'y avait pas la place de loger quelqu'un d'autre.

Il m'indiqua l'un des deux fauteuils passés de mode, ôta son saxophone de l'autre et posa délicatement l'instrument sur le petit canapé qui complétait le mobilier, avec l'aide d'un secrétaire marron foncé et d'une table ronde.

« Je crains qu'il ne soit trop tard pour lancer un café.

— Ce n'est pas grave. On peut en venir à l'essentiel. Comment connaissez-vous Bodil Breheim ?

— Comment… » Il se passa une main dans les cheveux, et ses narines frémirent. « En fait, c'était avec sa sœur que… il y a longtemps.

— Berit ?

— Oui. En 1972. Nous étions tous les deux actifs dans le mouvement populaire contre la Communauté économique européenne, et… oui. »

Berit Breheim avait été une étudiante en droit rousse et séduisante de vingt et un ans. Lui était un adolescent de dix-sept ans dégingandé, qui allait au lycée de Langhaugen et jouait du saxophone dans le groupe de rock Fiskerjenten[1], qui devait son nom à la chanteuse Astrid Hauso, originaire de Nautnes et inscrite en section artistique. C'était elle qui écrivait les textes, bancals au niveau de la rime mais savoureux sous l'angle du dialecte et aussi antieuropéens qu'on pouvait s'y attendre à l'époque : *CEE, pourquoi tes moutons meurent-ils ? — CEE, pourquoi ton bétail pourrit-il ? — Quand ouvriras-tu les yeux ? — Qui peut me le dire ?*

Il l'avait rencontrée pour la première fois à l'occasion d'une manifestation en septembre, quand ils s'étaient retrouvés côte à côte sur Torget, pendant qu'Arthur Berg, Hallvard Bakke et Rune Fredh faisaient chacun un rapide discours. Il trans-

1. La fille du pêcheur.

portait son saxophone dans une caisse en bandoulière parce que Fiskerjenten devait jouer pour la réunion à l'ancienne salle des fêtes après la manifestation, et entre deux discours, elle avait donné de petits coups sur la caisse avant de demander : Qu'est-ce que tu as là-dedans ? Une mitraillette ?

— Un saxophone.

Maladroit comme il l'était toujours, il avait tendu la main.

— Hallvard Hagenes. Enchanté !

Elle l'avait dévisagé, estomaquée.

— Que dis-tu ? Hagenes !

— Oui ?

— Rien, je me demandais juste…

À la suite de ça, il avait senti sans arrêt son regard sur lui, mais quand il se tournait vers elle, elle regardait ailleurs, et plus tard – dans l'ancienne salle des fêtes – il l'avait vue dans la salle pendant qu'ils jouaient. Après le concert, elle lui avait fait un petit signe de loin tandis qu'il buvait une bière au fond de la pièce. Quelques jours plus tard, il l'avait revue dans les locaux du mouvement populaire, où elle écrivait au marqueur les textes des pancartes pour la manifestation de ce jour-là.

— Donne-moi un coup de main, tu veux bien ?

Elle lui avait fait un grand sourire, et il avait hoché la tête. Il voulait bien.

« À partir de ce moment-là, nous étions ensemble.

— Berit Breheim et vous ?

— Oui.

— Vous aviez dix-sept ans, elle vingt et un ?

— Vous imaginez ? Vingt et un ans ! Je la voyais comme une femme mûre, et… Elle a été la première.

— Vous avez couché ensemble ? »

Il hocha la tête.

« Tout le monde le faisait, à l'époque, non ?

— Mouais… peut-être.

— Mais vous étiez sans doute trop vieux pour ça.

— J'avais dépassé le stade “chiot”, oui, si on peut dire.

— Mais il faut que j'y aille… » Il désigna sa montre et se dressa de toute sa hauteur.

« Mais nous n'avons même pas… Où est votre voiture ?

— Sur Sandvikstorget. C'est là que je dois aller, en tout cas. Trond, l'autre chauffeur, m'attend sans doute déjà. Si je ne fais pas attention à l'heure, le chef s'énerve, et il me flique, expliqua-t-il tandis que nous sortions. On pourra terminer là-bas. Je n'aurai peut-être pas de course tout de suite. »

Il ferma à clé derrière nous, et nous partîmes vers Sandvikstorget.

Il changea de conversation.

« Mais qu'avez-vous dit en arrivant… Bodil a disparu, c'est ça ?

— On ne sait pas où elle est, en tout cas. Quand l'avez-vous rencontrée ?

— Pour la première fois ?

— Oui.

— Oh, Seigneur… Ça fait longtemps.

— Ah oui ?

— Il ne s'est rien passé à ce moment-là, si c'est ce que vous croyez.
— Je ne crois rien.
— C'était… un peu plus tard.
— Nous sommes toujours en 1972 ?
— Oui. Berit et moi étions ensemble depuis plusieurs mois, et… Ça avait été assez éprouvant, je vous assure. Après la fin de la lutte contre la CEE, elle a eu encore plus de temps pour… nous. Enfin, moi. Avec les études et Fiskerjenten en plus… J'étais en première, et rares étaient les fois où je pouvais dormir autant que j'en avais besoin. En tout cas, mes notes ont chuté. »

C'était juste avant Noël, et elle était grave.
— Dimanche, tu es invité à dîner chez nous.
— Hein ? À dîner !
— Oui. Tu trouves ça stupide ?
— Non, mais… Pour voir tes parents, tu veux dire ?
— Mon père et ma belle-mère.
— Ta mère est morte ?
Elle l'avait dévisagé, avec un regard étrange.
— Tu ne savais pas ?
— Non. Tu ne m'en as pas parlé.
— Mais quand je t'ai posé des questions sur ton oncle, qui jouait aussi du saxophone…
— L'oncle Johan, oui…
— Qui est mort…
— Dans un accident de voiture.
— Ma mère était dans la même voiture.
— Quoi ? ! C'était ta mère…

Elle l'avait regardé plusieurs secondes sans rien dire.

— Ils ne t'ont jamais rien dit, chez toi, de ce qui s'était passé ce jour-là ?

— Si, mais… Je n'ai jamais entendu de nom. Ils en parlaient comme d'un pacte macabre, entre l'oncle Johan et une femme qu'il… avait rencontrée.

— Un pacte macabre ! C'est comme ça qu'ils l'expliquaient ?

— Oui. Un double suicide, commis par deux personnes au bout du rouleau…

— Un pacte macabre…

Nous étions arrivés sur Sandvikstorget, où attendait une Mercedes noire coiffée d'un panneau lumineux. Hallvard Hagenes échangea quelques mots avec son collègue, un type grassouillet à qui de trop nombreuses heures passées derrière un volant avec du café noir et des cigarettes âcres pour seuls stimulants avaient conféré une allure fébrile. Puis il s'installa dans la voiture, se connecta et m'invita d'un geste à prendre place à côté de lui.

« Alors c'est à ce moment-là que vous avez compris qu'elle en savait davantage sur vous que vous l'imaginiez ? »

Il hocha la tête.

« Qu'est-ce que ça a suscité chez vous ?

— C'était une histoire choquante, quand même. Ce double décès, j'entends.

— Oui.

— Mais il fallait que je lui demande si c'était pour ça qu'elle s'était intéressée à moi. En entendant comment je m'appelais.

— Et elle a répondu… ?

— Oui, elle l'a reconnu. Qu'au début, c'était ça. Mais plus tard, c'était moi qu'elle… aimait bien.

— Qu'a donné la rencontre avec son père et sa belle-mère, alors ?

— Ça n'a pas été triste… »

Il s'était senti tel un parfait novice à la soirée d'une école de danse. La famille Breheim résidait dans une demeure somptueuse dans Sudmanns vei, et les deux demi-frères de Berit, qui avaient douze et huit ans, avaient filé comme des singes dans le jardin, en poussant des cris et en ricanant bêtement quand ils l'avaient vu. Ils avaient eu le plus grand mal à se tenir tranquilles pendant le repas. Sa sœur, Bodil, n'avait quitté sa chambre que pour le dîner, et encore à contrecœur. Elle n'avait pas lâché son assiette des yeux, et il n'était pas certain d'avoir croisé une seule fois son regard ce jour-là. Pour sa part, Breheim ne paraissait pas déborder d'affection pour ce gosse que sa fille aînée avait invité à la maison, tandis que la belle-mère — une femme brune au visage doux de poupée — faisait de son mieux pour entretenir la conversation, sans réaction notable de qui que ce soit. Mme Breheim n'avait pas encore quarante ans ; elle avait sept ans de moins que son époux, et c'était « plus une grande sœur qu'une mère pour moi », lui avait expliqué Berit. Il n'avait pas réussi non plus à capturer le regard de Berit pendant qu'ils mangeaient. Elle avait sans cesse la tête tournée vers son père, comme dans l'attente d'une réaction. Par la suite, ce dîner lui avait laissé une impression de cauchemar. Il avait eu des sueurs froides, le rôti avait séché et durci dans sa bouche, et il s'en était fallu de peu qu'il ne réussisse pas à l'avaler. Quand ils étaient enfin ressortis, plusieurs heures après, il s'était dit : « Plus jamais… Plus jamais ! »

« Et d'une certaine façon, j'ai eu raison. Je n'en ai plus revu aucun. Hormis Berit, bien entendu. Puis Bodil. Mais c'était… »

Tout à coup, son équipement électronique émit un son. Un message s'imprima sur un rouleau de papier. Il attendit la fin de l'impression, prit la note et la lut.

« Bon. Veum. J'ai une course. »

Il envoya une confirmation et fit un mouvement de tête vers ma portière.

« Mais… Vous n'avez pas un numéro de téléphone auquel je puisse vous joindre plus tard ? Nous avons à peine abordé le sujet qui nous intéressait. »

Il embraya et me lança un regard mauvais.

« Cette histoire de Bodil, vous voulez dire ? Je n'ai aucune idée de ce qui se passe !

— Ah non ? répondis-je en soutenant son regard.

— Mais… d'accord. » Il griffonna un numéro. « C'est celui de la voiture. Essayez. »

J'ouvris ma portière et descendis. Avant de refermer, je me penchai à l'intérieur :

« Juste une dernière chose. Vous n'auriez pas un nom pour moi, dans le milieu du jazz ? Quelqu'un à qui parler de votre oncle ? »

Il réfléchit quelques secondes.

« Appelez Lasse Tydal. Pas impossible qu'il puisse vous conseiller quelqu'un. Mais il faut que j'y aille, Veum !

— Alors allez-y ! »

Je claquai la portière, et il quitta en un clin d'œil sa place de stationnement. Avant que j'aie eu le temps d'extraire mon propre véhicule, il avait disparu. Je rentrai en centre-ville, me garai dans Markeveien et me dirigeai vers le bureau. Il y avait toujours les mêmes noms sur mon bloc.

14

Lasse Tydal, me dis-je. Que pouvait-il faire quand il ne jouait pas du saxophone ? Et un lundi matin ?

J'ouvris l'annuaire et pariai qu'il était chez lui. Raté. Mais sa femme était là.

« Lasse ? Il est au bureau.

— Et de quel bureau s'agit-il ?

— Perception de Bergen. »

Oh merde ! Qui l'eût cru…

« Il est chargé de dossiers, ajouta-t-elle, comme si ça pouvait donner une impression moins redoutable.

— Merci. »

J'ouvris le tiroir du bas à gauche, en sortis la bouteille, dévissai le bouchon et inhalai le parfum sans équivoque de cumin, pour me donner du courage, avant de composer le numéro de la perception de Bergen. Mais je n'avais pas besoin de m'en faire. Pour commencer, je dus patienter dix minutes pour enfin tomber sur un être de chair et de sang. Par ailleurs, la fille que j'eus au bout du fil faisait incontestablement partie de ce que la ville avait de plus aimable à proposer, et elle ne vit aucun inconvénient à transférer mon appel.

« Ici Tydal.

— Ici Veum.

— Un lundi…

— Mais j'ai bien aimé ce que j'ai entendu samedi.

— Ça fait plaisir, Veum, mais que puis-je pour toi aujourd'hui ?

— Tu m'as dit que tu connaissais Johan Hagenes.

— Oh, que je le connaissais… Bon, d'accord. Nous avions à peu près le même âge, et à deux ou trois occasions, nous avons joué dans le même ensemble. Dans la catégorie de Kjell Tombra au début des années 50, alors qu'on avait à peine plus de vingt ans. Puis chacun est parti jouer de son côté. Dans des groupes différents, lui surtout avec Blåmanden, moi avec plusieurs autres, au Golden Club, là-bas, à la Maison de l'industrie. Et puis il y a eu une histoire entre Johan et cette bonne femme, et moi, j'ai tenté ma chance de l'autre côté des montagnes. Je ne suis rentré qu'en 1977.

— Droit dans les services fiscaux ?

— Oui, c'était ma branche, et j'y travaillais déjà avant de partir en Suède.

— Que sais-tu sur Johan Hagenes, et sur ce qui leur est arrivé, à lui et à cette femme, en 1957 ? »

Il s'en souvenait comme si c'était hier. Il était au Hjørnet, le bar de l'hôtel Norge, devant un demi ce mardi soir, quand Bjørn Heggelund, qui jouait de la contrebasse dans Blåmanden, était entré, avait jeté un coup d'œil autour de lui et avait rappliqué à toute vitesse.

Il n'était pas sûr d'apprécier qu'on l'interrompe. L'une des plus belles comédiennes de la ville, coiffée d'un chapeau de velours très élégant qu'elle portait légèrement en biais, buvait une flûte de champagne à la table voisine, où la courtisaient deux hommes d'affaires fort bien élevés. Lui avait les yeux mi-clos, et imaginait que c'était à lui qu'elle décochait des regards langoureux, pas aux deux propriétaires de portefeuilles indiscrets dont il avait d'ailleurs décidé d'examiner de plus près les déclarations de revenus dès le lendemain.

— Tu es au courant ? s'écria un Bjørn Heggelund dans tous ses états au moment de s'asseoir et de demander d'un signe un demi au serveur, qui hocha discrètement la tête.

— Au courant de quoi ?

— Pour Johan Hagenes !

— Non…

Le serveur posa élégamment le demi sur la nappe blanche. Il en profita pour en commander un, avant que Bjørn Heggelund ne poursuive.

— Alors, écoute. Il y avait une nana dans la salle, à une table juste devant l'estrade. Un sacré canon, si tu veux mon avis. Grande, rousse, avec un corps que Marilyn Monroe lui aurait envié.

— Tiens donc ? Tu avais tes lunettes ?

Il les rajusta et hocha la tête.

— Bon, ce n'est pas exceptionnel qu'il s'établisse un… oui, un contact visuel entre les musiciens et quelqu'un dans le public. Je ne t'apprends rien. Et quand Johan a joué *All of me* pour conclure la première partie, c'était comme s'il lui dédicaçait le morceau. Même nous, nous l'avons remarqué. À l'entracte, Johan avait disparu. Quand il est revenu, on lui a demandé où il était passé, et il a juste haussé les épaules. Le premier morceau de la seconde partie, c'était *When we fall in love*, et le contact entre *the tenor man and the lady* était aussi fort. Le problème, pourtant, c'est qu'elle était venue accompagnée de son mari. Il bouillonnait sur la ligne de touche, aussi conscient que nous de ce qui se passait dans leurs têtes — à moins que ce ne soit ailleurs. Je me suis dit : Merde, il va falloir que j'en discute avec lui — Johan, je veux dire. Ce n'est pas possible de se comporter de la sorte. Mais maintenant, je n'en aurai plus jamais l'occasion.

— Qu'est-ce que tu veux dire ? Que s'est-il passé ?

La jolie comédienne éclata de son rire tout en trilles, mais il ne regardait plus vers elle. Il était trop absorbé par le récit de Bjørn Heggelund.

— À la fin de la seconde partie, au moment où nous quittions l'estrade, le mari de cette fille a déboulé, a chopé Johan par la veste et s'est mis à lui hurler dessus. Ça a dégénéré en bagarre, le type a frappé, Johan a esquivé et riposté — un uppercut parfait, il faut dire, pile à la pointe du menton. Le gars s'est mordu la langue et le sang a coulé. Ça a fait un bazar pas possible. Les serveurs ont accouru, puis le maître d'hôtel, et il a fallu attendre que les choses se calment pour découvrir que Johan avait fichu le camp – et la fille avec !

– Oh merde !

– Le type était fou de rage, tu imagines, il menaçait de raser toute la baraque, et s'il mettait la main sur les deux autres… Nul ne pouvait imaginer ce qu'il leur ferait.

– Et alors ?

Bjørn Heggelund fit un large geste des bras.

– Eh bien… Quand j'en ai à nouveau entendu parler, cet après-midi, c'est pour apprendre que Johan était mort.

– Que dis-tu ? Mort ? !

– Récupéré dans la mer à Hjellestad, où il a fait une sortie de route avec la rouquine sur le siège passager. Une mort en beauté, peut-on dire, ajouta-t-il avec une vilaine grimace. Mais certainement pas celle que je choisirais.

Le silence se fit sur la ligne téléphonique.

« Et puis ? » relançai-je.

Lasse Tydal s'éclaircit la voix.

« Non, il n'y a rien d'autre. Il n'y a jamais eu d'enquête, à ce que j'en sais. Peu de temps après, je suis parti en Suède, comme je te disais, et la seule que j'ai revue après coup, c'était la belle comédienne. Dans les magazines, s'entend.

– Et Bjørn Heggelund ?

– Disparu lui aussi. On l'a sorti sur un brancard quand Miles Davis a joué à la Grieghalle dans les années 80. La nouvelle expression a été au-dessus de ses forces, c'était la version de l'époque.

— Eh bien… Sais-tu si d'autres personnes sont susceptibles de savoir des choses ? Un autre membre de Blåmanden, par exemple ?

— Mouais… Tu peux toujours essayer avec Truls Bredenbekk, le pianiste. Il a joué avec presque tout le monde, et je me demande s'il n'était pas dans Blåmanden, lui aussi, à ce moment-là.

— Et où puis-je le trouver, à ton avis ?

— À ta place, je chercherais dans le bottin.

— Le meilleur ami du détective privé. Merci, Tydal. Et…

— Oui ?

— Si tu tombes sur ma déclaration, tu peux la laisser passer sans faire de vagues ?

— Ce n'est pas comme ça qu'on bosse, ici, Veum.

— Non, ça, j'avais remarqué. »

15

J'appelai Breheim, Lygre, Pedersen & Waagenes, et demandai à parler à Berit Breheim. Elle était en audience, m'apprit-on.

Je me jetai alors sur l'annuaire, la tête dans les épaules.

Je trouvai Truls Bredenbekk. Il était domicilié dans Roald Amundsens vei, à un jet de ballon du stade de Brann.

Tant que j'avais l'annuaire sur les genoux, je cherchai aussi à *Breheim Sara*. Elle habitait dans Starefossveien. Rien à dire non plus quant à cette adresse. Je trouvai aussi *Breheim Rune*, le demi-frère dans les assurances. Son adresse à lui n'était pas aussi prestigieuse, puisqu'elle se situait dans un quartier typique de pionniers, à Bones. Tous étaient facilement accessibles.

Le demi-frère du Svalbard l'était un peu moins, mais quel lien ces gens-là pouvaient-ils avoir avec la disparition de Bodil Breheim et Fernando Garrido ? À quoi bon exhumer ces événements tragiques de 1957, si ce n'est parce qu'ils ressurgissaient d'eux-mêmes à tout bout de champ, où que je me tourne ?

J'activai le répondeur téléphonique, verrouillai la porte du bureau et partis vers le palais de justice, dans l'espoir de pouvoir échanger quelques mots avec Berit Breheim avant de relancer les recherches.

Le palais de justice de Bergen a une entrée massive, surveillée par les quatre vertus cardinales taillées dans la pierre. Elles posent un œil sévère sur quiconque pénètre dans le bâtiment, inculpé ou non. Même les futurs époux peuvent se sentir mal à l'aise au moment d'entrer ; non sans raison, peut-être, compte tenu du taux de divorces.

Je pris les escaliers jusqu'au second. Un huissier m'expliqua où se tenait l'audience de Berit Breheim. J'ouvris la porte avec précaution, passai la tête à l'intérieur, me repérai rapidement et allai m'asseoir sur l'un des bancs du fond, parmi les rares spectateurs.

Berit Breheim était au milieu de sa plaidoirie, et rien dans son attitude ne trahit qu'elle avait remarqué mon arrivée.

« Monsieur le président, reprit-elle d'une voix bien claire, personne ne conteste les faits dans cette affaire. Mais il n'y a aucun doute que la plaignante a invité le prévenu chez elle, de son plein gré, et pas seulement pour un café. Elle a servi de la liqueur, une liqueur de cassis maison, qui plus est, avons-nous appris, et je me permets de vous rappeler la tenue qu'elle portait ce soir-là : une jupe en cuir noir très courte et un haut rouge moulant si décolleté que son soutien-gorge noir était visible. »

Sur le banc du prévenu, un homme d'une trentaine d'années confirma d'un signe de tête, un infime sourire sur les lèvres. De l'autre côté de la salle, un jeune parquetier aux allures de théologien fraîchement émoulu toussota et regarda le juge. Une avocate blonde affublée de fines lunettes se pencha vers sa cliente et fit un commentaire à voix basse. La plaignante avait environ vingt-cinq ans, elle portait un pull gris sous un blazer noir. Elle braqua un regard torve sur Berit Breheim.

« Est-ce étonnant, oserais-je demander, que mon client l'ait perçu comme une invitation sans équivoque ? Que, étourdi par la liqueur de cassis qu'elle lui avait elle-même servie, il n'ait pas bien compris qu'elle avait tout à coup changé d'avis quant à ce qui devait arriver ? »

Le parquetier bondit.

« Monsieur le président ! Je proteste contre l'expression "elle avait tout à coup changé d'avis". Les entretiens préliminaires ont montré qu'il n'a jamais – je répète : jamais ! – été dans les projets de la plaignante d'inviter le prévenu pour autre chose qu'une tasse de café et un verre de liqueur, en conclusion logique d'une soirée par ailleurs agréable. »

Le juge passa une main sur ses fins cheveux gris et hocha la tête avec lassitude.

« Maître Breheim, je vous prie de bien vouloir reformuler votre dernière intervention. »

Berit Breheim se fendit d'un sourire sarcastique

et adressa un hochement de tête éloquent aux assesseurs.

« Je reformule… La plaignante n'a pas changé d'avis. Il n'y a jamais eu de doute sur la nature de son invitation. Je fais référence au rapport des experts. Oui, il y a eu rapport sexuel. Non, on n'a pas pu constater le moindre signe de violence. La plaignante a la lèvre enflée parce que pendant leur rapport, les deux partenaires se sont cogné la tête par accident, comme mon client l'a expliqué. Sur le moment, ils en avaient juste ri. »

Elle ménagea ses effets avant de poursuivre :

« Ma conclusion est donc la suivante. Au vu des éléments de cette affaire, on ne peut affirmer qu'une chose, et c'est celle-là. Nous demandons l'annulation de cette inculpation immotivée selon nous. Nous demanderons par la suite à ce que mon client soit indemnisé en intégralité pour les frais générés par cette affaire des plus désagréables, et qu'il obtienne réparation pour ce que nous percevons comme une accusation mensongère et injustifiée. »

Le parquetier hocha la tête avec emphase. Avec beaucoup de sérieux, Berit Breheim rassembla les documents posés sur la table devant elle, décocha un coup d'œil sévère à la plaignante et alla s'asseoir à côté de son client. Celui-ci se pencha vers elle et lui adressa un sourire reconnaissant. La jeune femme de l'autre côté de la salle éclata en sanglots et se cacha le visage dans les mains. L'avocate passa un bras autour de ses épaules, pour la rassurer, tout en lançant un coup d'œil mécontent à Berit Breheim.

Le juge consulta rapidement sa montre.

« La cour suspend l'audience durant vingt minutes. »

Il donna un coup de maillet sur la table, fit un petit hochement de tête, quitta son fauteuil et alla vers la porte latérale. Tout le monde se leva.

Je croisai le regard de Berit Breheim. Si elle fut surprise de me voir, elle le dissimula bien. Elle fit un signe de tête vers la porte, pour m'indiquer que nous nous verrions dehors.

Les couloirs étroits et les galeries peu spacieuses sur la salle des pas perdus du palais de justice incitent facilement les gens à se rassembler en petits groupes, le plus souvent à chaque extrémité, d'où on se dévisage et où l'on peut discuter sans crainte d'être entendu par ses adversaires. Cette fois-là ne dérogeait pas à la règle.

La plaignante s'était retirée aussi loin de la porte de la salle d'audience qu'elle avait pu sans toutefois la perdre des yeux. Assise sur un banc, elle avait les yeux rivés au sol devant elle, tandis que son avocate et une femme que je supposai être une amie ou une sœur lui parlaient, sans autre réaction qu'un regard accablé et un visage inexpressif.

Le prévenu était entouré d'une poignée d'amis, tous des hommes, d'une femme qui pouvait être sa mère et de quelques journalistes. Le ton était joyeux, et il plaisantait sans arrêt. À intervalles réguliers, les rires de ce groupe parvenaient à la plaignante, qui se recroquevillait littéralement un peu plus à chaque nouvelle salve.

Le parquetier et Berit Breheim échangèrent quelques mots en sortant de la salle d'audience. Berit Breheim m'adressa un signe de tête, ils mirent un terme à leur conversation, et le magistrat contourna le coin du couloir, en direction des toilettes pour hommes. Elle vint vers moi et me donna une poignée de main formelle, en me scrutant du regard. La robe noire lui allait bien. Le contraste avec ses cheveux roux et sa peau blanche lui conférait une touche classique, renforcée par sa grande taille. Elle aurait pu être peinte en audience par un néoclassique : *La femme représentant la loi.*

« Veum… qu'est-ce qui vous amène ?

— Il fallait que je vous demande quelque chose, avant de pouvoir continuer.

— Oui, j'imagine bien que vous ne venez pas tuer le temps ici.

— Non. C'est vous qui m'avez parlé de Hallvard Hagenes. Mais même quand j'ai mentionné son nom pour la seconde fois, vous ne m'avez pas dit que vous étiez sortis ensemble. »

Elle rougit légèrement.

« Oh, qu'on était sortis ensemble… D'abord, ça fait très longtemps, et en plus, ça n'a pas duré.

— Ah non ?

— Il avait une autre version, peut-être ?

— Non, nous… n'avons pas terminé la conversation, si on peut dire.

— Mais vous l'avez vu, si je comprends bien.

— Oui.

— Et pour Bodil ? Il savait quelque chose ?

— Même pas qu'elle avait disparu.

— Eh bien ! » Elle fit un large geste des bras.

« L'autre question que je me posais… À l'époque, en 1957…

— Je n'aurais jamais dû en parler !

— Ah ?

— Il ne peut pas y avoir de rapport ! La seule raison pour laquelle je l'ai évoqué, c'est parce que je pensais… que ça pouvait vous renseigner sur — comment dirais-je — la façon de penser de Bodil.

— C'est-à-dire…

— Que vous finissez par être dans une situation où la mort est la seule issue, comme maman a dû le ressentir. Il ne reste aucun espoir. Comme une espèce de défaitisme autodestructeur.

— Vous pensez l'avoir constaté chez votre sœur, ça ?

— Est-ce que je la connais suffisamment ? répliqua-t-elle avec une mine découragée. Ce n'est pas trop le genre de choses dont on parle au premier venu.

— Non… Pas à n'importe qui. Mais à sa sœur, peut-être. » Un huissier sortit dans le couloir : « Nous sommes prêts à reprendre ! »

« Mais je ne m'attendais pas à vous trouver… de ce côté », repris-je très vite avec un signe de tête vers le prévenu, qui regardait son avocate avec un sourire confiant.

Elle haussa les sourcils.

« Ah non ?

— Je veux dire, vos arguments…

— Oui ? Vous trouvez qu'ils ne tenaient pas ?

— Je n'arrive pas à comprendre que vous acceptiez ce genre d'affaires. En tant que femme, je veux dire. »

Elle me lança un coup d'œil froid.

« Ma mission d'avocate n'est pas d'être une femme, Veum. C'est de veiller à ce que mon client soit traité le plus équitablement possible, que la loi norvégienne soit respectée, que personne ne soit condamné à tort. N'oubliez pas que tout le monde est présumé innocent, jusqu'à ce que le contraire soit prouvé.

— OK, OK ! m'écriai-je en agitant les mains. Oubliez ! Je suis tout sauf un juriste.

— Ça, on peut le dire. » Elle fit un sourire mesuré et rentra avec les derniers dans la salle d'audience.

Je ne suivis pas. Avant que j'aie le temps de dire ouf, il y aurait quelqu'un pour se pencher sur mon cas, et je n'étais pas sûr d'être présumé innocent, même si je trouvais un avocat très compétent pour me défendre.

16

Dans mon métier, il y a deux possibilités quand il faut aller voir les gens. On peut téléphoner avant, dire qui on est et selon toute probabilité être rembarré dès ce stade. Ou on peut aller les voir directement, chez eux ou sur leur lieu de travail. À ce moment-là, ils ont un peu plus de mal à décliner.

Tout ce que je savais de Sara Breheim, c'est qu'elle habitait dans Starefossveien, qu'elle avait eu deux fils avec feu Ansgar Breheim, qu'elle avait été une belle-mère « parfaite » et à en croire Harald Larsen, d'Ustaoset, « pas une montagnarde ». Ce qui ne l'avait pas empêchée de s'établir sur le flanc de la montagne au-dessus de Bergen, juste sous Starefossen et avec tout Fløfjellet comme jardin, dans une maison jumelée dont elle occupait la moitié sud, tournée vers Ulriken.

La femme qui ouvrit lorsque je sonnai conforta l'impression que j'avais d'Ansgar Breheim en tant qu'amateur de femmes. Si la belle et très admirée Tordis Breheim avait été difficile à tenir, la seconde épouse soutenait sans mal la comparaison. À environ soixante ans, cette femme aux cheveux bruns à peine semés de gris décoratif était toujours une beauté indiscutable. Son visage était ovale et doux, et elle dégageait un mélange charmant d'assurance et de grâce. Elle portait une robe noire toute simple sous un cardigan gris chiné jeté sur les épaules, son maquillage était si discret qu'on le remarquait à peine, et une lueur enjouée dans ses yeux bleu foncé me fit spontanément rentrer le ventre et me redresser.

« Sara Breheim ?

— Oui ?

— Je m'appelle Veum. Varg Veum. Votre belle-fille Berit m'a confié une mission, et c'est dans ce cadre que j'aimerais discuter un peu avec vous.

— Une mission ?

— Oui, je suis détective privé, et votre autre belle-fille, Bodil, a disparu.

— Disparu ! répéta-t-elle, épouvantée. Que dites-vous ? Mais… entrez, entrez ! »

Elle me fit traverser l'entrée et monter un escalier. La pièce dans laquelle nous arrivâmes était lourdement meublée : sièges en cuir, secrétaires luisants, porcelaine royale danoise derrière de grandes portes vitrées et rayonnages de livres reliés pleine peau. Des bougies brûlaient dans des photophores en céramique, et quelques bûches rougeoyaient encore un peu dans la cheminée chaulée. À travers une fenêtre à trois pans entourée de plantes en pots, en suspension ou grimpantes, je distinguai la silhouette caractéristique d'Ulriken, au moment où l'une des deux cabines ventrues du téléphérique quittait la station supérieure avec une très légère secousse.

« Asseyez-vous, invita Sara Breheim en m'indiquant un canapé en cuir du genre dont il est ardu de s'extraire une fois qu'on y a pris place. Puis-je vous offrir quelque chose ? »

Je notai rapidement qu'elle s'en tenait au vouvoiement, dix bonnes années après que la chose était tombée en désuétude.

« Non, merci, je…

— Un verre d'eau minérale, alors, au moins ? »

Je hochai la tête. Elle alla chercher une bouteille et eut l'occasion d'exhiber deux fins verres ciselés de son service. L'eau minérale transparente, exempte de tout arôme ajouté, pétillait légèrement.

Elle s'assit.

« Mais racontez-moi. Disparue, vous avez dit ? Bodil ?

— Il y a longtemps que vous ne l'avez pas vue, madame Breheim ?

— Moui, à Noël, je crois. Quand nous nous sommes tous réunis, hormis Randolf, qui est au Spitzberg.

— Au Svalbard.

— Oui, j'appelle toujours ça le Spitzberg, moi, à l'ancienne mode.

— Que fait-il là-bas ?

— Il est ingénieur. Il travaille pour Store Norske. » Elle sourit. « En fait, il doit passer ce week-end.

— Ah bon ? Pour une occasion particulière ?

— Non, non. Il lui restait une semaine à prendre, et puisqu'il n'était pas à la maison pour Noël, il a dû penser que le moment était venu de passer voir sa vieille maman. »

Je sautai sur l'occasion.

« Vieille ? Vous n'êtes quand même pas…

— Merci, monsieur Veum. En tout cas, je ne le suis pas assez pour échapper aux flatteries, à ce que je constate. »

Nos regards se croisèrent, et il y eut un tout petit temps mort avant que je reprenne le fil.

« Cette réunion de Noël…

— Cette année, nous étions chez Rune. Il a plein de place, maintenant, dans sa maison. Il y avait Berit, Bodil et Fernando, Rune et sa famille. Et moi. Nous ne sommes pas plus nombreux.

— Rune est le seul à avoir des enfants ?

— Ah oui. J'ai trois petits-enfants ensorcelants, je vous assure. Ce sont eux que vous voyez en photo sur le buffet. »

Je suivis son regard. Il y avait toute une série de clichés encadrés, certains pris chez un photographe professionnel, d'autres étaient des agrandissements de photos personnelles.

« Alors c'est à l'occasion de cette réunion que vous avez vu votre belle-fille pour la dernière fois ?

— Oui, il me semble. Et on est déjà en avril… Comme le temps passe vite ! »

Elle fit un sourire doux, comme pour souligner notre impuissance à tous face à ce phénomène.

« Et… Il ne s'est rien passé de fâcheux ce jour-là ?

— Quoi, fâcheux ?! C'est-à-dire ? Je vous assure, monsieur Veum, que dans notre famille, il n'y a que paix et tolérance. Dès le début, j'ai fait tout ce qui était en mon pouvoir pour que les deux petites ne se sentent jamais rejetées ou écartées par Rune et Randolf, quand ils sont arrivés, et je crois pouvoir dire que j'y suis parvenue.

— Personne ne prétend le contraire.

— J'en suis bien aise. Et j'aurais été une aussi bonne grand-mère pour les enfants de Bodil et Berit, si elles en avaient eu, que je l'ai été pour ceux de Rune. Mais vous ne m'avez pas encore dit… Qu'arrive-t-il à Bodil ? Elle aurait disparu ? Et Fernando, alors ?

— Il a disparu lui aussi. »

Je lui fis un rapide compte rendu, qu'elle écouta avec gravité.

« Mais c'est… exagéré ! Ils ont dû partir en vacances, Fernando et elle. De toute façon, Berit et Bodil ne se voyaient pas si souvent !

— Non ?

— Non. Je veux dire… plus souvent que quand on se retrouvait tous, mais il n'y a plus de lien proche depuis des années.

— Tiens ? Pourquoi ?

— Oh… Pour commencer, il y a eu cette histoire avec ce garçon.

— Quel garçon ?

— Un petit ami de Berit, qui est venu à la maison, et dont Bodil est tombée très amoureuse. Il est apparu que… c'était réciproque.

— C'est de Hallvard Hagenes que vous parlez ?

— Hallvard, oui. À la suite de ça, elles ont été comme chien et chat… pendant des années. Bodil et Berit. Les choses ne se sont pas arrangées quand elles ont commencé à se disputer à propos du terrain de Morvik.

— Ah oui ?

— Oui, mais c'était Ansgar qui en avait décidé ainsi. Si Berit et Rolf n'avaient pas divorcé, ça se serait terminé devant la justice. Alors ils sont arrivés à une espèce d'accord, quand Berit a revendu sa part.

— Comment votre mari l'a-t-il vécu ?

— Oh, il était déjà mort. C'est pour ça que tout est arrivé, d'ailleurs. Avant sa mort, personne ne disait rien.

— Et ça, c'était en 1983, n'est-ce pas ?

— Qu'Ansgar est mort ? Oui. On lui a diagnostiqué un cancer de… la prostate, et c'était déjà très avancé à ce moment-là.

— Je suis désolé.

— Je vous en prie. Ça peut arriver à tout le monde. »

Elle m'asséna un regard lourd, comme pour bien me faire comprendre : *N'allez pas imaginer que vous êtes à l'abri.*

« Vous le connaissiez peut-être, quand sa première femme est morte ?

— Si je le connaissais ? Que voulez-vous dire ?

— Que… Il vous a épousée l'année suivante, c'est bien ça ?

— Oui, mais il s'était écoulé une année complète, et… Il n'arrivait pas à se résoudre à vivre seul. Comment pouvait-il s'occuper de deux petites filles, accaparé comme il l'était par son travail ?

— Je n'ai pas tout suivi… Dans quoi était-il ?

— La confection masculine. Je pensais que vous le saviez ! Mais nous avons vendu à la mort d'Ansgar. Aujourd'hui, c'est une chaîne suédoise qui a repris.

— Vous étiez partie prenante de cette société, peut-être ? »

Son regard se perdit, loin du mien.

« J'y étais vendeuse, à l'époque. C'est comme cela que nous nous sommes connus.

— Autrement dit… Vous l'aviez *déjà* rencontré quand sa première femme est morte ?

— Bon, oui ! »

Tordis Breheim, souffle raffiné qui entrait, ses cheveux roux en cascade perpétuelle sur ses épaules, sous un petit chapeau élégamment posé de biais, avec sa fourrure et ses chaussures distinguées.

— Bonjour, mademoiselle Taraldsen. Mon mari est là ?

Elle-même, brune, blafarde, vêtue d'un chemisier coquille d'œuf à col ouvert et d'une jupe noire moulante.

— Vous le trouverez dans son bureau, madame Breheim.

Sourire aigre-doux.
— Merci beaucoup.
— Oh, je vous en prie…
Plus tard ce jour-là, elle fut convoquée auprès de Breheim. Il l'avait observée de son regard perçant, qui suscitait chez elle comme un frisson proche du vertige, à chaque fois.
Cette fois, il s'était levé derrière son bureau, l'avait contourné et était venu jusqu'à elle. Il s'était penché en arrière pour l'observer plus attentivement tout en lui passant une main légère sur l'épaule, comme pour en chasser un cheveu.
— Ma femme a trouvé que le chemisier que vous portez aujourd'hui était un rien trop osé, mademoiselle Taraldsen.
— Oh, mais… !
Sans en avoir conscience, elle en avait eu les larmes aux yeux. Elle était incapable de dire si c'était de contrariété, d'effroi ou si c'était parce qu'elle craignait tout à coup de perdre son emploi.
— Allons, allons ! Ne le prenez pas ainsi… Ce n'est pas ce qu'elle voulait dire. Mais vous pourriez peut-être garder cela *in mente*, n'est-ce pas, pour que nous ne l'agacions pas à mauvais escient ?
— Oui, oui, bien sûr, monsieur Breheim ! Je vais me changer dès que… Je vous promets que vous ne me verrez plus jamais avec !
— Mais ne le prenez pas aussi mal, mademoiselle Taraldsen. Pour ma part, je vous trouve très jolie avec ce chemisier, je…
Puis, sans rien ajouter, il avait posé un index sous le menton de son employée, avait relevé un

soupçon sa tête, s'était penché en avant pour déposer un baiser léger sur ses lèvres. Les joues en feu, désorientée, elle était redescendue en chancelant dans son rayon, et…

Il ne s'était rien passé d'autre, elle pouvait le jurer !

« Pas du tout, madame Breheim ! Je n'insinue rien…

— Si vous saviez… Il était malheureux comme les pierres, les temps qui ont suivi. À cause de la mort de sa femme, j'entends. Tout le monde le plaignait, et je… Moi, il me connaissait déjà. Il sentait qu'il pouvait se confier. Et nous nous sommes trouvés, malgré tout.

— Malgré tout ?

— Oui, parce que je n'arrivais pas à croire… Il était marié à une très belle femme, quand même !

— Bon, bon. Vous n'étiez pas si mal, vous-même, j'imagine ?

— Eh bien… » Elle rougit. « Merci, encore une fois, mais comme je vous l'ai dit… À côté d'elle, tout le monde faisait pâle figure.

— Oserais-je vous demander… quel âge vous aviez, à l'époque ?

— Oui, vous osez, à ce que je vois ! s'écria-t-elle avec un courroux feint dans la voix. Mais puisque vous posez si gentiment la question… J'avais vingt-quatre ans, alors vous pouvez sans mal calculer l'âge que j'ai aujourd'hui !

— Je ne m'attache pas tant à ce genre de choses.

— Ah non ? Un homme comme on en voit peu, si je comprends bien.

— Bon…

— Mais Ansgar n'avait que trente ans, alors il n'y avait pas une si grosse différence d'âge.

— Non, elle était jeune, Tordis Breheim, quand elle est morte.

— Oui. Beaucoup trop jeune, évidemment !

— Les événements qui ont conduit à cet accident… Vous en savez quelque chose ? »

Son regard se perdit de nouveau, et une expression un peu étrange, presque juvénile, apparut sur son visage.

« J'en ai été une espèce de témoin, de la cause, en tout cas.

— Tiens donc ! Vous voulez dire… »

Elle hésita.

« Ça n'a jamais été pertinent… de le révéler aux petites, je veux dire. Mais j'étais là quand c'est arrivé.

— Où étiez-vous, dites-vous ?

— Au restaurant du Norge, où Ansgar et ce musicien en sont venus aux mains.

— Mais vous n'y étiez pas avec Breheim ?

— Non, non ! Je vous répète que… J'y étais avec… quelqu'un d'autre. »

Elle avait pourtant accepté quand Ansgar Breheim l'avait invitée à danser un *slow fox*, et elle n'avait pas résisté quand il l'avait serrée tout contre lui en dansant, comme si c'étaient eux, le couple, et non Tordis et lui.

Par la suite, elle avait pensé : c'était peut-être pour cela que Tordis s'était conduite de la sorte avec ce musicien ? Pour contraindre Ansgar à réagir… Mais Ansgar avait été formel : Non, non, Sara ! C'était une chose qui avait commencé depuis longtemps…

Elle revoyait encore la scène. Ansgar qui attrapait le musicien par la veste et le faisait descendre de scène, la dispute bruyante et la bagarre subite… Puis quand tout fut soudain terminé, elle vit Tordis filer vers la porte, talonnée par le musicien excité, tandis qu'Ansgar était assis par terre, le dos contre la scène, une serviette sur la lèvre pour essayer d'empêcher le sang de gicler sur sa chemise et son costume sombre…

« Que s'est-il passé ? demanda un convive qui accourait.

— Il a été rossé par l'un des musiciens, répondit un serveur qui aidait Ansgar à se relever. En tout cas, plus jamais il ne jouera ici, je vous le promets. Le maître d'hôtel était blanc de rage ! Vous le connaissez ? Monsieur Breheim, je veux dire ?

— Non.

Sara s'était penchée en avant.

— Moi si. Moi et mon… Nous sommes employés chez lui, tous les deux.

Le serveur eut l'air soulagé.

— Alors je crois que vous devriez… Il faut que quelqu'un l'accompagne chez lui, ou aux urgences.

Ansgar avait regardé tout autour de lui, et il lui avait fallu du temps pour faire la mise au point sur son employée.

— S-Sara ? bredouilla-t-il, et elle sentit le puissant parfum d'alcool qui s'échappait de sa bouche.
— Oui, c'est moi, monsieur… Nous allons vous raccompagner à bon port, nous… Ne vous inquiétez pas ! »

« Et c'est ce que vous avez fait ?
— J'avais le choix ?
— Et votre cavalier pour l'occasion, qu'a-t-il fait ?
— Il est venu avec moi, bien sûr.
— Et aux urgences…
— Oh, il n'y avait pas grand-chose à faire. Plus de peur que de mal, alors il a été renvoyé chez lui.
— Vous y avez veillé ? Vous et votre cavalier ?
— Oui. Nous l'avons raccompagné jusque chez lui, nous avons ouvert et nous l'avons mis au lit.
— Il était seul ?
— Oui, les petites étaient chez Solveig, sa sœur. Il n'y avait personne d'autre.
— Alors… Après avoir aidé Ansgar à se coucher, que s'est-il passé ?
— Rien. Rien qui nous concerne, en tout cas. Nous sommes rentrés à la maison, chacun chez soi. En tout bien, tout honneur. Il n'y a rien eu… de tel.
— Il a un nom, ce cavalier ?
— Je pense bien, mais je ne vois pas, si longtemps après, quelle importance ça peut avoir pour votre enquête actuelle. J'ai beaucoup de mal à voir le lien, ici.
— J'aurais aimé connaître son nom.

— Et moi, je ne compte pas vous le donner, répliqua-t-elle avec un regard courroucé.

— Pourquoi ?

— Parce que ce ne sont pas vos affaires ! Tâchez seulement de retrouver Bodil, s'il se trouve qu'elle a réellement disparu.

— Vous ne le croyez pas ?

— Pas avant de le voir dans le journal.

— Bon, d'accord. »

Je ne sais pas à quoi c'était dû, mais d'une façon ou d'une autre, nous nous étions embourbés. Ce qui avait débuté comme une conversation fort aimable s'était terminé sur une barrière froide et décourageante, et je ne voyais aucune raison d'essayer de la forcer, en l'état actuel des choses.

« Vous avez eu les réponses que vous veniez chercher, monsieur Veum ?

— Si on veut.

— Alors je vais avoir le plaisir de vous raccompagner.

— Le plaisir est pour vous, dirons-nous. »

Mais c'était un plaisir limité, à en juger par son expression. Elle ne m'abandonna pas avant que je sois sur le trottoir, et au moment où je m'installai au volant, je constatai qu'elle me surveillait depuis la grande fenêtre, comme pour s'assurer que je ne restais pas là, trente-six ans trop tard, à attendre le retour d'un éventuel cavalier éconduit en 1957.

17

Je quittai Starefossveien et suivis l'itinéraire le plus court pour rejoindre Roald Amundsens vei. Sur le terrain de Nymark, un petit groupe de footballeurs participait au premier entraînement de la journée, répartis en deux équipes grâce à des gilets réfléchissants et surveillés par un entraîneur implacable. Je ne m'arrêtai pas pour regarder. Leurs nerfs étaient déjà en assez mauvais état comme ça, après ce catastrophique match amical contre Fyllingen le week-end précédent.

Truls Bredenbekk m'apparut en étonnante forme physique malgré ses soixante-dix ans bien sonnés.

« Johan Hagenes ? Et comment ! Entrez ! » invita-t-il dès que j'eus exposé le motif de ma visite. Et pour souligner à quel point il était dispos, il empoigna la barre chromée fixée au plafond de son entrée et accomplit quelques tractions rapides, en bas, en haut, en bas, en haut, avant de retomber avec souplesse et de me conduire jusque dans un salon, sans la moindre trace d'essoufflement. Je le suivis, impressionné.

« L'important, c'est de permettre aux bras de conserver leur vigueur, m'expliqua-t-il. Même si je joue moins souvent, aujourd'hui. »

Ce qui ne l'empêcha pas de s'installer au piano placé contre un des murs, et de jouer à toute vitesse les strophes d'introduction d'*If you knew Susie.* Puis il bondit de son siège, fonça vers l'un des fauteuils en cuir brun-vert et me proposa : « Café ? »

Je compris très vite qu'il faisait partie de ces gens qui ont du mal à rester inactifs. « Volontiers ! »

Sur ce, il disparut dans la cuisine. Le bruit de l'eau coulant à flots et de tasses tintant contre des soucoupes parvenait jusqu'à moi, et en attendant que l'eau soit chaude, il fit quelques allers-retours jusqu'à la porte pour me demander si je voulais du lait ou de la crème (non merci, ni l'un ni l'autre), si je jouais d'un instrument (seulement de l'harmonica) et si j'avais entendu jouer Johan Hagenes.

« Non, malheureusement. J'avais quinze ans quand il est mort.

— Ah, d'accord… » répondit-il d'une voix lointaine qui n'excluait pas qu'il me repose la question dans la minute.

Le salon assez obscur était petit et le mobilier chargé, avec une radio démodée contre le mur opposé au piano, à côté d'un tourne-disques, d'un lecteur de cassettes et d'une platine CD, ainsi que d'une belle collection de disques, compacts et vinyles. Un petit téléviseur était encastré dans un coin, et un vélo d'appartement lui faisait face. Les sièges usés, la table basse et une table entourée de trois chaises occupaient le reste d'un espace digne d'un parcours du combattant qu'on ne pouvait aborder qu'avec la plus extrême prudence si on voulait arriver au but. Des claquements de ballons, des coups de sifflet stridents et des cris véhéments étaient audibles à travers la fenêtre.

Truls Bredenbekk revint tout à coup, dressa la table en deux temps, trois mouvements, et retourna dans la cuisine pour faire passer le café. Il était petit et fin, avec des cheveux raides rabattus en arrière, brun clair semés de mèches grises. Il avait des doigts étonnamment courtauds, mais qui ne constituaient en aucun cas un handicap dans sa maîtrise du clavier.

« Voilà, enfin ! » s'exclama-t-il. Puis il servit le café et s'assit. Dix secondes plus tard, il se releva et détala dans la cuisine pour y chercher un plateau de biscuits et un pot de confiture de fraises.

Une fois revenu, il plongea son regard dans le mien.

« Je vous écoute, Veum. Que vouliez-vous savoir ? »

J'attendis un instant avant de répondre, le temps de constater qu'il prévoyait de se tenir tranquille.

« Tout d'abord… Comment était Johan Hagenes, en réalité ? Quel genre de type, je veux dire.

— Quel genre de type ? Mouais. C'était en premier lieu le musicien que je connaissais, vous savez. Ce n'était pas un mauvais joueur de saxophone. À cette époque, c'était Stan Getz, la référence. Lui, Al Cohn et Zoot Sims. Il essayait un peu de jouer dans cette veine-là. *Cool, you know*. Mais au fond, il était de l'école Lester Young, un peu plus sec dans son interprétation et précis, rigoureux dans ses improvisations. Nous ne nous voyions pas sur le plan personnel, hormis quand nous nous rencontrions de temps en temps au cours d'un concert, par exemple. Quand c'étaient d'autres qui jouaient, je veux dire.

— Mais à part ça… C'était un coureur de jupons, par exemple ?

— Un coureur de jupons ? Johan Hagenes ? Non. Il était comme moi. Et je ne me suis jamais marié non plus.

— Ce qui veut dire… »

Il se tortilla, un peu mal à l'aise, comme s'il était déjà assis depuis trop longtemps.

« Mais je ne sais pas s'il le ressentait comme un manque. Je veux dire… des mômes et ce genre de contraintes. C'est toujours un obstacle, quand on veut vivre de sa musique, et il devait penser à Stockholm ou Copenhague, lui aussi, comme tant d'entre nous. C'était là que se trouvaient les gros contrats, oui, pour faire des disques, même, si on avait de la chance. Mais ça s'est limité à Bergen pour lui aussi. Bon, deux ou trois invitations à Oslo, naturellement, Stavanger, Haugesund, *you name it*.

— Toutes les grandes métropoles, en d'autres termes ?

— Et il n'était pas mauvais du tout. Il me faisait penser à Leif Pedersen, un grand nom sur le plan local dans les années 30 et 40.

— Combien de temps avez-vous joué ensemble ?

— Eh bien… Hormis une poignée d'invitations, ça a surtout été dans Blåmanden, que nous avons fondé en 1953… »

Il se leva d'un bond, se précipita au piano, s'assit et joua quelques phrases de *Blue Moon* tout en récitant :

Blåmanden
Sur fond de ciel étoilé
Je suis toujours heureux et rassuré
Quand je vois ton profiiiil

Pas de la grande poésie, mais une chanson standard que nous avions transformée avec des strophes locales et que nous jouions tous les quatre, sauf les rares fois où nous avions un chanteur. J'étais l'aîné, j'avais environ dix ans de plus que les autres – Johan Hagenes, Bjorn Heggelund à la contrebasse et Helge Bystøl à la batterie.

— C'était vous la locomotive, alors ?

— D'une certaine façon, oui. Les arrangements étaient de moi. C'est aussi moi qui m'occupais de la plupart de nos contrats, mais c'était Helge qui s'occupait des nanas. » Il joua quelques notes de *Whispering* et chanta une phrase de la traduction norvégienne si populaire : « *Mon amour, viens dans mes bras…* »

« À une occasion, c'est aussi arrivé à Johan Hagenes ? »

Il hocha la tête d'un air absent.

« Vous pensez à… ce qui a provoqué sa mort ?

— Par exemple. »

Il continua à jouer, sans regarder les touches.

« Ce n'était pas la première fois qu'il voyait cette fille.

— Non, c'est ce que j'ai entendu dire. »

Le contrat à Ustaoset à Pâques 1956 était arrivé comme un don de Dieu pour eux. Il se rappelait encore combien ils étaient tendus au moment de descendre du train avec tous leurs instruments et leurs autres bagages. Une voiture vint les chercher à la gare pour parcourir les cinq cents derniers mètres jusqu'à l'hôtel. On les logea deux par chambre, tout au fond d'un couloir au dernier étage du bâtiment. Le soir, ils jouaient. Le matin, ils pouvaient faire du ski, pour ceux que ça intéressait. Autrement dit : Helge Bystøl, qui avait passé ses vacances de Pâques à Kvamskogen quand il était petit, et était un skieur aguerri. Il affirmait par ailleurs, selon des sources dignes de foi, que ça lui donnait de meilleurs atouts vis-à-vis des nanas disponibles qui devaient se trouver là-bas, s'il les avait rencontrées sur les pistes allant vers Skarvet ou Tuva plus tôt dans la journée. C'était Helge Bystøl, le coureur de jupons du groupe, avec son sourire charmeur et ses yeux vifs derrière sa batterie minimaliste. Mais c'était de Johan Hagenes qu'il allait s'agir cette année-là.

« Vous avez entendu parler du coup de foudre, Veum ?

— Entendu parler, c'est exactement ça.

— Je crois que c'est ce qui a dû se passer pour Johan et… cette femme. »

Ils n'avaient pas pu ne pas le remarquer. Dès l'instant où les deux couples, avec cette beauté rousse comme centre de gravité, étaient arrivés, un nerf supplémentaire semblait être apparu dans le saxophone de Johan Hagenes, et il n'avait pour sa part jamais entendu *Polkadots and moonbeams* joué avec une telle intensité qu'il avait l'impression d'entendre les paroles dans sa tête : *There were questions – in the eyes of other dancers...*

La rouquine avait levé la tête. Elle écoutait depuis son siège, aussi immobile qu'une sculpture d'ivoire sous la lumière tamisée jaunâtre, et le regard qu'elle tournait vers Johan Hagenes était à la fois étonné et direct : *But my heart knew all the answers – and perhaps a few things more...*

Il était passé par hasard à leur niveau dans le hall, pendant l'entracte. Il ne sut jamais si quelqu'un avait veillé à ce qu'ils se rencontrent ou si ce n'était dû qu'à l'ironie du sort, mais il avait entendu les premiers mots qu'ils échangeaient.

– ... Breheim.

– Johan Hagenes.

– Mais... Vous êtes de Bergen, vous aussi ?

– Oui, je...

Puis il fut hors de portée.

Quand ils revinrent sur scène après l'entracte, il remarqua que Johan Hagenes avait l'air assez perturbé, et ses joues étaient rouges, comme s'il était sorti.

– Où étais-tu passé ? lui demanda-t-il.

– J'ai eu besoin de prendre un peu l'air, répondit le saxophoniste sans le regarder. Ses yeux étaient depuis longtemps rivés sur l'autre extrémité de la piste de danse, sur l'une des tables près des fenêtres, où la dénommée Dieu-sait-quoi Breheim avait retrouvé sa place. Le premier morceau après la pause fut fort à propos *The one I love belongs to somebody else*.

« C'est à l'entracte suivant que les ennuis ont commencé.

— Que s'est-il passé ? »

Il fit un large geste des bras.

« Allez savoir… Il a fichu le camp à ce moment-là aussi. »

Tout comme il n'avait cessé d'illustrer son récit de courts extraits représentatifs des mélodies en question — *Polkadots and moonbeams* et *The one I love belongs to somebody else* — il passa sans crier gare à des strophes rapides qu'il me fallut un moment pour reconnaître comme *But not for me*. Mais son regard était très, très loin.

Ils revenaient de la seconde pause quand un raffut de tous les diables éclata dans l'entrée. La rousse était conduite de force vers la porte par son mari hurlant, qui la talonnait avec leurs manteaux. Le responsable de l'hôtel fermait la marche avec leurs chaussures, comme pour bien s'assurer qu'ils n'oubliaient rien.

— Il y a des limites à ce qu'on peut accepter !

— Ce n'est pas ce que tu crois !

— Tiens donc ?

— C'était tout autre chose !

— Je vais t'en donner, autre chose, moi, tu vas voir ! Tu vas même le sentir !

Le gérant de l'hôtel avait essayé de jouer les médiateurs.

— Mais, monsieur le directeur Breheim !

L'homme hors de lui s'était immédiatement tourné vers l'intervenant.

— Quant à vous, fermez-la ! Vous voyez à quoi vous exposez vos clients ? ! Quand je parlerai de ça à mes relations...

— Mais monsieur le directeur...

— Monsieur le directeur ceci, monsieur le directeur cela !

Breheim avait ouvert la porte en grand et quitté l'hôtel avec perte et fracas, et quand le gérant de l'hôtel aperçut Helge Bystøl, Bjørn Heggelund et lui, il tourna sa fureur vers eux.

— Vous, vous repartez par le train de nuit ! Là, maintenant ! Pour ce qui est de vous faire payer, vous pouvez toujours courir !

— Nous ? s'étonna Helge Bystøl.

— On peut savoir ce qu'on a fait ? ajouta Bjørn Heggelund.

Ils ne virent Johan Hagenes nulle part, jusqu'à ce qu'il arrive à toute vitesse au beau milieu de la première intro, et lorsque Helge Bystøl lui demanda où il était passé, il répondit simplement, avec une expression tourmentée : Aux toilettes...

— Tu as conscience de ce que tu as déclenché ?

— Déclenché ?

« Le gérant de l'hôtel était fou de rage. Vous

pouvez me croire, Veum. On a été fichus dans le train en pleine nuit et renvoyés chez nous comme du vulgaire fret. Par la suite, nous n'avons plus jamais eu de contrat à l'hôtel d'altitude d'Ustaoset.

— Et tout ça à cause de…

— Je crois… C'était comme s'ils n'arrivaient pas à se tenir à distance l'un de l'autre, dès le tout premier instant. Attirés l'un vers l'autre, impitoyablement.

— Alors quand ça s'est terminé de la sorte, dix-huit mois plus tard… »

Il hocha la tête.

« Oui. Et non. Ça n'a pas été une surprise à proprement parler, mais bien entendu, personne ne pouvait prévoir que ça finirait de façon aussi dramatique.

— Non. Vous en avez parlé avec Johan Hagenes ? De sa relation avec Tordis Breheim, je veux dire ? »

Il se leva avec fougue de son tabouret de piano, alla jusqu'au mur, fit glisser un doigt sur les tranches de sa collection de vinyles, comme s'il en cherchait un sans le trouver. Puis il se tourna de nouveau vers moi.

« Un jour, il m'a dit… C'était tard dans la soirée. Nous étions dans notre chambre de l'Alexandra à Loen, où nous jouions un week-end de mai cette année-là.

— 1957 ?

— Oui. Il m'a dit que cette femme – Tordis Breheim… Qu'il n'avait jamais rencontré quelqu'un qui lui fasse une telle impression. Qu'il ne comprenait pas comment il pourrait vivre sans elle, mais qu'elle avait deux jeunes enfants – deux petites filles, si ma mémoire est bonne – qu'elle n'avait pas le cœur d'abandonner, même si les sentiments qu'elle éprouvait pour lui étaient… aussi forts. Je crois…

– Oui ?

– Je crois tout bonnement que c'était le grand amour de la vie de Johan.

– Et à doses trop importantes, bien des choses peuvent devenir mortelles, ai-je entendu dire. »

Il se figea un instant. Complètement. À tel point que c'en était presque inquiétant.

Des cris furieux nous parvenaient à travers les vitres. L'entraîneur n'allait pas tarder à piquer sa crise.

« Oui, vous avez peut-être raison, répondit-il enfin. L'huile de foie de morue, les vitamines, l'amour…

– Le soir de leur mort… Vous en avez un souvenir précis ?

– Non, je… »

Ils avaient joué deux sets classiques, de la musique dansante formatée, comme l'hôtel le désirait. Il avait assez vite remarqué au cours de la première partie que le couple Breheim était dans la salle, et quand il avait jeté un coup d'œil à Johan Hagenes, il avait vu que celui-ci était déjà dans une espèce de transe, comme un rongeur perdu devant un serpent. Sans avoir jamais rencontré Tordis Breheim en tête à tête, il était persuadé qu'elle avait les yeux verts, il la voyait comme l'incarnation d'Olga Barcowa dans les magazines de détectives qu'il lisait gamin : Olga Barcowa, « le péril vert » …

L'hôtel était grand, plein de salons et de couloirs, d'escaliers de service et de petits réduits, et il n'avait pas la moindre idée de l'endroit où Johan Hagenes avait passé l'entracte entre les première et seconde parties. Mais lorsqu'il était revenu sur scène, il était trop tard pour l'arrêter avant que les projecteurs ne révèlent – en tout cas pour ceux qui se trouvaient à proximité – une trace de rouge à lèvres bien visible sur son col de chemise.

Les autres avaient échangé des coups d'œil mi-envieux, mi-découragés. Le manque de discrétion était de plus en plus flagrant, et quand Johan Hagenes et Breheim s'étaient volé dans les plumes après le second set, presque plus rien ne pouvait surprendre les autres membres du groupe.

Le tableau avait été digne d'un mélodrame américain. Affalé dans les bras d'un serveur, le sang giclant d'une profonde coupure à la lèvre, Breheim observait d'un œil assassin Johan Hagenes, qui accompagnait Tordis Breheim vers la sortie. Johan adressait un regard d'excuse à ses camarades de Blåmanden, Tordis semblait éprouver un mélange de crainte et de désarroi.

Aucun d'entre eux n'aurait imaginé que c'était la dernière fois qu'ils les voyaient. Quand ça s'était produit, ils avaient assez à faire pour réorganiser les arrangements de la troisième partie, avec le piano comme seul instrument solo et un répertoire qui devait par conséquent être révisé.

« Ce n'est que le mardi après-midi que j'ai appris ce qui s'était passé, quand Bjørn Heggelund a appelé pour me dire que Johan Hagenes et Tordis Breheim étaient morts.

— Est-ce que certains d'entre vous ont été convoqués par la police ?

— Oh oui, mais je ne crois pas qu'ils nous aient écoutés. Ça n'avait pas l'air de les passionner, si vous voyez ce que je veux dire.

— Si longtemps après, j'imagine que vous ne vous rappelez pas qui était en charge de l'enquête ?

— Si, figurez-vous, parce qu'il habitait dans notre rue quand j'étais môme. L'agent Neumann, comme on l'appelait. Hans Jacob Neumann.

— Quel âge peut-il avoir, s'il est encore vivant ?

— Plus de quatre-vingt-dix ans, sans aucun doute. Et il est vivant. Je le sais. Essayez à la maison de retraite de la cathédrale. C'est là que je l'ai aperçu la dernière fois que je suis allé voir ma tante Edel.

— Fichtre… Vous avez une bonne vue d'ensemble.

— Pas plus qu'il est naturel, à mon âge. »

Il joua une dernière strophe au piano, comme un point final évident à l'ensemble : *They can't take that away from me*.

18

Au début des années 60, juste après sa construction, la maison de retraite de la cathédrale avait fait office d'annexe temporaire pour l'hôtel Norge, après la destruction de l'ancien bâtiment vénéré et pendant la construction de son remplaçant sur un terrain près d'Ole Bulls plass. À l'époque, le bâtiment s'appelait Norge Apartment Hotel. Il se trouvait un peu en retrait, bien en sécurité derrière la zone tampon que représentait le cimetière St Jakob contre la circulation dans Kong Oscars gate, et abondamment planté de tilleuls, de hêtres et de marronniers.

Le vieil homme en fauteuil roulant, qui à en croire l'hôtesse d'accueil serait *très* heureux de recevoir de la visite, occupait une chambre au septième étage. À mon arrivée, il dormait, une couverture posée sur les genoux, mais l'infirmière qui m'avait accompagné alla le secouer pour le réveiller.

« Hans Jacob ! Réveillez-vous ! Vous avez une visite !

— Quoi ? Qui ? » Il releva la tête et regarda autour de lui. Il m'aperçut et fit un large sourire, comme si j'étais l'un de ses meilleurs amis, qu'il n'aurait pas vu depuis des lustres.

« Il est un peu dur d'oreille, mais à part ça, tout va bien », déclara l'infirmière, une petite brune originaire de latitudes très différentes de celles que laissait supposer son accent caractéristique de Bergen.

Voûté dans son fauteuil, Hans Jacob Neumann faisait penser à un rapace apprivoisé. Il avait le front haut et le crâne dégarni, à l'exception d'une couronne de cheveux, blanche et transparente, qui partait en désordre de l'arrière de sa tête et dessinait une sorte d'auréole contre la lumière de la fenêtre tournée vers l'ouest. Au-dehors, j'apercevais la coupole vitrée de la gare, l'élégante maison de retraite au coin de Kaigaten où l'école des beaux-arts avait maintenant ses locaux, ainsi que la façade joyeusement stalinienne de l'immeuble de la compagnie nationale d'électricité, qui me donnait toujours envie d'entonner avec les Beatles : « *Back in the USSR…* »

J'allai vers lui et tendis la main.

« Bonjour, monsieur Neumann ! »

Il me tendit la sienne.

« Ça va, je vous remercie. Vous êtes le nouveau prêtre ?

— Non, non. Je m'appelle Veum ! Je suis enquêteur !

— Encaisseur ?

— Enquêteur !

— Eh bien ! » Son regard s'éclaira. « Alors, comment ça va, sur mon ancien lieu de travail ?

— Euh…

— Vous avez changé de directeur, à ce que j'en sais.

— Oui, ils…

— Un nœud papillon impressionnant… pouffa-t-il.

— Je suis indépendant !

— Oui, c'est aussi ce que j'ai été, pendant toutes ces années.

— Ah bon ?

— Mais personne ne s'en est jamais plaint. Je me rappelle encore… C'était dans les années 30. Un petit garçon mystérieusement disparu. On a découvert qu'il avait fichu le camp en plein cours, parce que l'instituteur l'avait embêté. Les profs de l'époque, Welle. Il y avait de sacrés tyrans. Enfin… On a lancé une vaste opération de recherches, et vous savez quoi ?

— Non ?

— Deux jours plus tard, nos collègues d'Oslo l'ont retrouvé. Il dormait derrière un banc, dans un parc. Il avait tout bonnement pris le train, juste là, en bas, et avait fait le chemin tout seul, sans que personne lui demande ne serait-ce qu'un billet. C'était toute une époque, ça ! Aujourd'hui, il suffit de vouloir aller aux toilettes pour qu'on vous demande de l'argent !

— Pas ici, quand même ?

— Là-bas ! répliqua-t-il, l'index tendu vers la gare. Mais il était fier comme un coq quand je l'ai rencontré. Parce que c'est moi qu'on a envoyé pour le ramener sain et sauf à la maison. Je n'étais qu'inspecteur, à l'époque, mais je n'ai pas oublié le trajet en train dans les montagnes. En fait, c'était la première fois que j'allais jusqu'à Oslo, Welle. »

Je hochai la tête en effectuant de grands mouvements, convaincu que ça, il le remarquerait, en tout état de cause.

« Je fais des recherches… commençai-je, avant d'élever significativement la voix. Sur une vieille affaire !

– Ah oui ? »

Il me regarda avec curiosité. Son visage était étroit, son nez imposant, ses yeux bleus et humides. Il avait la poitrine creuse, et il ne restait pas beaucoup de muscles sur ce corps fluet. Il fallait un peu d'imagination pour se le représenter trente-cinq ou trente-six ans plus tôt, plein d'énergie, grimpant et dévalant à toute vitesse les escaliers de ce qui avait jadis été le commissariat principal de Bergen, l'ancien bâtiment de travaux forcés d'Allehelgens gate, à présent disparu depuis longtemps.

« Un couple qu'on a retrouvé dans la mer ! Dans une voiture ! Près de Hjellestad ! »

Il hocha lentement la tête, et ses lèvres remuèrent sans bruit avant que les mots ne percent, comme un direct mal synchronisé dans une émission de télévision.

« C'est exact. Je me souviens. C'était tellement… comment dirais-je… inhabituel, que ça s'est gravé, là-haut. » Au prix d'un effort certain, il leva une main et la pointa vers sa tempe, comme pour s'assurer que je ne me méprendrais pas. « À la fin des années 50, c'est ça ? »

J'acquiesçai. « 1957 !

— Je me souviens... Quelque chose nous a fait tiquer. L'autopsie a montré que, selon toute vraisemblance, le type était inconscient au moment où la voiture est entrée dans l'eau. Il avait des traces de coups au visage, et une grosse marque ici... » Il désigna l'une de ses tempes. « Mais on a découvert qu'il s'était battu avec le mari de cette femme la veille au soir, au restaurant de l'hôtel Norge. Et le coup à la tempe, il avait pu le recevoir quand la voiture avait effectué sa sortie de route.

— Vous avez enquêté là-dessus ? ! » criai-je.

Il me regarda, interloqué. « Bien sûr.

— Et à quelle conclusion êtes-vous arrivés ?

— Quoi ?

— La conclusion !

— Ah... » Il sourit, hocha la tête. « Le veuf avait une espèce d'alibi, même s'il n'était pas en béton. Lui aussi avait été blessé au cours de cette bagarre, et un couple de gens qui le connaissaient l'avaient accompagné — d'abord au centre de secours, puis chez lui. Ils ont tous les deux prétendu qu'il n'avait pas pu être en mesure de conduire. Et il avait bu. Ce n'est que le dimanche soir qu'il a débarqué au pas de charge chez sa sœur, à qui il avait confié les deux enfants pour cette nuit-là.

— Vous avez des souvenirs d'une précision remarquable !

— Non, non. Mais j'avais deux filles, moi aussi, et je me rappelle avoir pensé que ce devait être abominable pour elles de perdre leur mère de la sorte.

— Oui. Est-ce qu'on l'a recherchée ? Mme Breheim !

— Non. C'est un propriétaire de bateau, à Hjellestad, qui a découvert la voiture… le mardi vers l'heure du dîner, si je ne m'abuse. Oui, ils s'appelaient Breheim ! Non, il n'était pas allé voir la police. Compte tenu de la sortie fracassante qu'elle avait faite au Norge, il devait bien savoir où elle était, d'une certaine façon — ou avec qui elle était, en tous les cas. Mais que ça ait aussi mal tourné pour eux, il ne pouvait pas s'en douter.

— Non ?

— Un vilain tableau. Je ne l'oublierai jamais. »

La grosse grue avait sorti l'Opel noire de la mer. Un vent froid soufflait depuis le Raunefjord, et une petite poignée de policiers contemplaient d'un œil maussade l'eau qui coulait de la voiture, comme d'un aquarium cassé. Ce n'est que quand le véhicule atterrit sur le quai qu'ils virent distinctement les deux silhouettes qui s'étreignaient sur les sièges avant, elle au volant, le regard fixe et vitreux, lui la tête sur la poitrine de la conductrice, comme s'il dormait. Personne ne parlait. Tout ce qu'ils entendaient, c'était l'eau qui ne cessait de ruisseler, et les mouettes qui criaient comme des oiseaux de proie au-dessus d'eux : les créanciers de la mort, fidèles au poste, attentifs.

Je le regardai. Il était donc présent ce mardi de septembre 1957, quand Tordis Breheim et Johan Hagenes avaient été tirés des flots. Il les avait vus depuis le quai, au moment où l'on ouvrait les portières pour extraire les deux cadavres, les déposer sur des civières et les emmener au Gades institutt pour autopsie, pendant que la voiture partait pour les ateliers techniques de la police afin d'y subir un examen approfondi.

Il s'était trouvé sur ce quai. Hans Jacob Neumann. Mais avait-il quelque chose à raconter ? Qui puisse jeter une lumière nouvelle sur ces événements ?

« Vous avez inspecté le chalet ? ! hurlai-je.

— Oui, oui ! On a trouvé les empreintes digitales des deux trépassés — et celles de plusieurs autres personnes, bien entendu. Celles de M. Breheim, comme on pouvait s'y attendre, le chalet était à lui et à sa femme, quand même. Les empreintes du gars dans la voiture…

— Hagenes !

— Hansen ?

— Hagenes !

— Oui… Sur une bouteille de vin rouge et quelques verres, et à deux ou trois autres endroits. Plus pas mal d'autres jeux d'empreintes, qu'on n'a eu ni le temps ni l'occasion d'identifier.

— Avez-vous eu l'impression qu'il y avait eu quelqu'un d'autre sur les lieux ? En plus de Mme Breheim et Hagenes ? !

— Dans le chalet ? » Il pencha la tête sur le côté et fit la moue. « Mouais… Impossible à dire. Mais il n'y avait que deux verres, et la bouteille ne portait que les empreintes de Mme Breheim et de ce… Hageset.

— Vous avez parlé d'un couple ! Qui l'avait raccompagné chez lui depuis le poste de secours ! Breheim ! Vous vous rappelez leurs noms ? !

— Non, malheureusement. Les noms, ce n'est pas mon fort, Welle. Désolé. »

Je souris, hochai la tête et lui fis comprendre d'un geste que ça n'avait pas tant d'importance. « Vous avez trouvé autre chose ? Quand vous avez inspecté la voiture ! »

Son regard se perdit.

« Tout ce dont je me souviens… L'une des portières arrière n'était pas correctement refermée. Sur une voiture récente, ça aurait allumé une espèce de veilleuse.

— Il a pu y avoir une troisième personne dans la voiture, autrement dit, qui a sauté en marche ? »

Il me dévisagea, l'air perdu.

« Une troisième personne ! Qui a sauté en marche ? ! »

Il fit de nouveau un signe qui voulait dire : *Qui sait ?* Avant d'ajouter : « Le saxophone de ce type était sur le siège arrière. Je crois qu'on s'est dit qu'il l'avait posé là lui-même et n'avait pas claqué la portière comme il fallait. C'est vite arrivé…

— Oui, c'est vite arrivé, murmurai-je. Ça va être plutôt coton de prouver le contraire, en tout cas, après toutes ces années.

— La seule chose qui nous ait interpellés… c'était que l'embouchure du saxophone avait disparu.

— Mais elle était restée au chalet, à ce que j'ai entendu dire. »

Il posa sur moi un regard lointain.

« Ah oui ? Oui, ce doit être ça, maintenant que vous le dites. Mais ça indiquait en tout cas qu'ils étaient partis à la hâte.

— En effet. » J'appuyai ma réponse de grands hochements de tête, pour qu'il comprenne que j'étais d'accord.

Hans Jacob Neumann sourit.

« Il se plaît, alors, le nouveau directeur ?

— Je n'oublierai pas de lui poser la question la prochaine fois que je le verrai.

— Oui, c'est toujours comme ça », répondit Neumann sur un ton quelconque, comme si nous nous étions retrouvés par hasard lors d'un cocktail de la maison de retraite, ou d'une réunion d'aînés, comme ils appelaient ça dans le milieu.

Je restai encore un moment, et il me conta quelques anecdotes plus ou moins décousues de sa longue carrière de représentant de la loi dans la ville entourée d'environ sept montagnes, car même la police n'avait jamais réussi à déterminer combien il y en avait et lesquelles étaient les bonnes.

Lorsque je pris congé, il me serra la main et planta son regard dans le mien. « Passez le bonjour à tout le monde de ma part, Welle ! Et revenez me voir bien vite ! Il n'y a rien de tel qu'une conversation avec de bons collègues. »

Je hochai la tête, souris et redescendis au rez-de-chaussée, non sans une infime dose de mauvaise conscience dans la poitrine. Qu'est-ce que je trafiquais, au fond ? N'était-il pas temps de revenir au présent, d'arrêter de se perdre dans une affaire de 1957, close depuis belle lurette ? Ou les ombres s'étendaient-elles vraiment aussi loin qu'on en avait parfois l'impression ?

Avant de m'installer au volant, je m'arrêtai pour contempler les vieilles stèles du cimetière St Jakob. Tant de défunts, tant de secrets, dans la tombe pour toujours…

19

À mon retour au bureau, un message m'attendait sur le répondeur. « *Allô, Veum ! Ici Torunn Tafjord. J'appelle de Hambourg. Vous pouvez me rappeler dès que possible ?* » Elle laissait un numéro de téléphone avant de terminer son message : « *Salut !* »

Je réfléchis cinq secondes. Puis je haussai les épaules et composai ledit numéro. Elle répondit rapidement.

« Ici Torunn.

— C'est Veum.

— Ah, super. Merci de rappeler. Vous avez trouvé des renseignements sur ce dont je vous ai parlé ?

— D'après mes infos, il est question d'Utvik i Sveio. Je n'ai pas grand-chose d'autre à vous apprendre.

— Bon. Et l'autre affaire sur laquelle vous planchiez ?

— Oui ?

— Oh, je voulais juste dire… Vous avez avancé ?

— Pas beaucoup. J'ai peur que ma renommée

d'enquêteur soit en passe de prendre un sacré coup dans l'aile.

— Eh bien…

— Mais… poursuivis-je au même instant.

— Désolée…

— Non, je me demandais… Que faites-vous à Hambourg ?

— Le *Seagull* a fait escale ici, en attendant des temps plus cléments.

— Ce qui veut dire ?

— Rien, sauf qu'ils semblent attendre quelque chose. Des instructions, j'ai l'impression. L'ambiance à bord a l'air assez explosive, à ce que j'ai pu constater. Entre les officiers, en tout cas.

— Mais ils prévoient toujours d'aller jusqu'à Utvik ?

— Je crois. Ils ont chargé un container à Casablanca, et ils n'ont pas l'intention de le débarquer ici, quoi qu'il en soit.

— Que contient-il ?

— Ah, ça, Veum… Je n'en ai pas la moindre idée. Mais j'avais une autre question à vous poser.

— Je vous en prie.

— Le nom de Birger Bjelland, ça vous dit quelque chose ? »

Je ne répondis pas.

« Allô ? Vous êtes là ?

— Oui.

— Vous avez entendu ma question ?

— Oui, mais… Il est en prison.

— Ah bon ? Ce serait ça, la raison, alors ?

— La raison pour quoi ?

— Pour qu'ils soient bloqués ici.

— Pas impossible, mais s'ils veulent attendre que Birger Bjelland ressorte, ils sont là pour un bon moment.

— Quel genre de type est-ce ?

— Mmm… Comment dire ? Un homme d'affaires, pour enjoliver un peu les choses. Impliqué dans diverses formes de crime organisé, prétendent certains. C'est entre autres pour ça qu'il est enfermé. Un vaste réseau de prostitution, que j'ai contribué à percer à jour.

— Pas mal !

— Mais les activités mafieuses sont encore à un stade précoce en Norvège, et il faut espérer que ça ne se développera jamais davantage. À l'échelle européenne, Birger Bjelland est un nain, mais sur le plan national, il a trempé dans pas mal d'affaires. Marché financier parallèle, face cachée des courses de chevaux, et comme je vous l'ai dit, prostitution organisée.

— Il pourrait être en lien avec Trans World Ocean ?

— Une perspective intéressante, je dois le reconnaître. J'aimerais beaucoup poser la question à monsieur le directeur administratif Bernt Halvorsen, la prochaine fois qu'il refusera de me parler.

— Vous avez eu du mal à l'approcher ?

— C'est le moins que l'on puisse dire.

— Mmm…

— Mais comment l'avez vous su ? Je veux parler de son nom ?

— J'ai eu l'occasion de surprendre une conversation entre deux officiers.

— L'occasion ?

— Oui.

— Vous avez vos méthodes, à ce que je vois.

— Tout comme vous avez les vôtres. »

Je hochai la tête, comme si elle pouvait me voir.

« Je devrais peut-être…

— Oui ?

— Je peux passer deux ou trois coups de fil. Et je pourrais aller voir à Sveio si je trouve quelque chose. S'il ne se passe rien d'autre, je peux y faire un saut demain. Ça vous intéresserait ?

— Beaucoup !

— En contrepartie…

— Mmm ? » Elle avait presque l'air d'attendre une proposition indécente.

« Eh bien… Si vous tombez sur le nom de Fernando Garrido, n'hésitez pas un seul instant. Appelez-moi, quelle que soit l'heure !

— À vos ordres, chef ! répliqua-t-elle avec un petit rire sourd.

— C'est bien la première fois qu'on m'appelle comme ça…

— Il y a une première fois pour tout, non ?

— Si.

— À bientôt, alors.

— Au revoir. »

Je raccrochai et me mis à observer le téléphone, comme si je m'attendais presque à ce qu'elle rappelle.

Elle ne le fit pas, alors je sortis l'atlas pour regarder un peu plus précisément où se trouvait Utvik i Sveio. Puis j'appelai le numéro de Bodil Breheim et Fernando Garrido. Toujours pas de réponse. Je ne téléphonai pas à Berit Breheim. J'avais l'intention d'aller la trouver en personne, sur son terrain, cette fois.

20

Stavkirkeveien se trouvait un peu à l'écart, sous la forme d'une impasse bordée d'une sélection de maisons individuelles sur la butte entre Fantoft et Paradis. Le nom était trompeur, car si l'on voulait accéder à l'église en bois debout calcinée, il fallait quitter la rue et suivre un sentier qui s'enfonçait dans les bois. Tout ce à quoi Stavkirkeveien donnait accès, c'était le club de tennis de Fana, que personne n'avait jamais trouvé opportun d'incendier. Mais ce site aussi avait sans le moindre doute connu des jours meilleurs.

La maison de Berit Breheim était discrètement en retrait derrière un grillage vert et une haie compacte de rhododendrons chargés de boutons. Au moment où j'ouvris le portail noir en fer forgé, j'entendis une sonnerie à l'intérieur de la maison, et quand je posai le pied sur les marches devant l'entrée, un haut-parleur crachota à côté de la porte.

« Oui ?

– C'est Veum.

— Un instant. »

Trente secondes plus tard, j'entendis ses pas à l'intérieur. La lumière s'alluma dans l'entrée et colora les carreaux jaunes dépolis de la porte. Elle ouvrit et m'interrogea du regard.

« Vous les avez trouvés ?

— Non, malheureusement. »

Elle portait un pantalon moulant en velours vert foncé brillant comme un miroir et un haut un peu plus ample, légèrement plus clair.

« Alors de quoi est-il question, à présent ?

— Je peux entrer un moment ? »

La perspective n'eut pas l'air de l'enchanter.

« J'ai quelques questions subsidiaires. »

Elle fit un sourire crispé.

« Bon, bon, d'accord ! J'espère que ce ne sera pas long.

— Je croyais que l'affaire sur laquelle vous travailliez s'était terminée aujourd'hui.

— Il y en a d'autres qui attendent ! répondit-elle vertement.

— Je m'en doute… Mais c'est vous qui êtes venu me chercher !

— Non, je… Désolée. » Elle ne put s'empêcher de sourire de nouveau, avec une certaine lassitude cette fois. « J'ai toujours les nerfs un peu à vif quand une affaire est close, et qu'on est dans l'attente du verdict. Je veux dire… on s'est beaucoup investi… Enfin, ce n'est pas toujours évident de faire admettre qu'on y a passé du temps.

— Bon…

— Je pense à ce que vous avez vu ce matin,

quand nous nous sommes croisés au palais de justice. Mais n'oubliez pas... Nous avons un système juridique à préserver. Même le plus infâme agresseur a droit à un procès équitable.

— Bien sûr. Je ne voulais pas...

— Non, on ne le veut jamais, c'est ça ? rétorqua-t-elle avec une belle ironie, comme si elle n'avait pas encore quitté la salle d'audience. Mais... Que vouliez-vous me demander ? »

Je regardai autour de moi. Nous étions dans l'entrée. Les murs étaient rouge foncé, presque bordeaux. Ils étaient ornés de tableaux d'animaux : quelques chiens à l'arrêt, un avec une perdrix des neiges dans la gueule, des chats qui jouaient avec une pelote de laine. Des images inoffensives, sans autre trace humaine que l'intervention du peintre.

Elle baissa les yeux sur sa montre.

« Bon, bon ! Entrez, alors...

— Vous attendez quelqu'un ?

— J'attends un... ami. Mais pas avant un bon moment. »

Je hochai la tête et la suivis jusqu'au salon, une courte volée de marches plus haut. La pièce tournait le dos à la rue, vers un petit jardin planté d'arbres fruitiers, de rosiers et de parterres de fleurs. Une porte coulissante ouvrait sur une terrasse dallée garnie d'élégants meubles peints en blanc qui ne venaient ni de chez IKEA ni de chez Bohus, à ce que j'en voyais. Mais cette porte était fermée. La température ne permettait pas encore les petits tête-à-tête en extérieur. Au lieu de cela, elle avait mis le couvert sur une petite table devant la fenêtre : deux plateaux, des assiettes, des couverts, des verres à vin et des bougies encore éteintes.

Je haussai très légèrement les sourcils.

« On dirait presque que vous fêtez quelque chose. »

Elle me regarda et poussa un soupir.

« Que j'en aie terminé avec cette affaire, enfin !

— C'est le juge que vous avez invité, peut-être ? »

Elle fit un sourire aigre-doux.

« On peut en venir aux faits ? Les nôtres, je veux dire ! »

Je hochai la tête, et elle ajouta : « Alors asseyez-vous ! »

Je m'installai dans un gigantesque canapé en cuir, marron foncé avec des reflets dorés. Un coup d'œil circulaire me permit de me faire une idée de l'essentiel des œuvres d'art accrochées aux murs. La nature dominait toujours, mais surtout à travers des champs de fleurs et des arbres. La seule exception, c'était l'image forte d'une baleine harponnée, tirée à terre par un groupe de pêcheurs en habits du début du XIXe siècle. Le paysage marin était écrasant ; il aurait pu s'agir d'une reproduction d'I.C. Dahl, à ce que j'en savais. Le côté aquatique se concrétisait par un grand aquarium éclairé par l'arrière et peuplé d'un assortiment judicieux de poissons fort décoratifs qui fendaient l'eau en mouvements pleins d'élégance.

Elle poussa un soupir exagéré.

« Alors ? ! s'exclama-t-elle avec impatience.

– Oui, oui… J'étais fasciné par vos tableaux. Ils donnent une idée de votre personnalité que… que l'on ne devine pas en audience, en tout cas.

– Mais ce n'est pas pour exposer des thèses vaseuses sur ma personnalité que vous êtes venu, j'imagine ? »

Elle passa une main dans ses cheveux roux, savamment en désordre, maintenant qu'elle était sur son terrain.

« Non. J'en reviens à ce trio d'il y a quelques années. »

Elle me lança un coup d'œil plein de méfiance.

« Dites-moi, c'est ma mère et ses frasques que vous remettez sur le tapis encore une fois ?

– Non, pas aujourd'hui. Il est question de vous, de votre sœur et de Hallvard Hagenes, en… 1972, c'était bien ça ?

– Ah oui ? Il y a… combien ça fait, vingt et un ans ?

– Assez longtemps, dans une vie humaine, acquiesçai-je.

– Oui ? Ce qui veut dire ?

– Mais pas assez pour que la rancune soit éteinte.

– Écoutez, Veum…

– J'ai discuté avec votre belle-mère, l'interrompis-je, la main levée.

– Avec Sara ? D'accord… Et qu'avait-elle à dire ?

– Ceci : que ce qui s'était passé quand Hallvard Hagenes vous avait quittée pour Bodil, avait laissé des traces si profondes... »

Elle ouvrit la bouche et émit un son plein de mépris, une expression scandalisée sur le visage.

« ... que vous aviez été “comme chien et chat”, ce sont ses termes. Bodil et vous, pendant de nombreuses années.

— C’est la chose la plus idiote que j’aie entendue ! J’étais à leur mariage. Nous nous sommes vues... pour des réunions de famille.

— À quelle fréquence ?

— Assez souvent.

— Et puis elle m’a parlé de votre dispute concernant la propriété de Morvik.

— Alors vous lui direz de ma part qu’elle délire ! On a réglé cette affaire il y a belle lurette ! »

Je me penchai vers elle.

« Dites-moi, Berit. Avez-vous souvent vu Bodil et son mari ? »

Elle fit un large geste.

« Assez souvent, je vous dis ! Il faudrait que je tienne la comptabilité de ces occasions ? Quel rapport avec leur disparition ?

— S’ils ne réapparaissent pas très vite, vous serez contrainte d’aller voir la police ! Un avis de recherche diffusé dans les médias aurait beaucoup plus d’efficacité que mes recherches auprès de gens plus ou moins connectés à cette affaire.

— Pas de police avant que nous ne soyons tout à fait sûrs, j’ai dit !

— Sûrs de quoi ?

— Qu’ils ont réellement disparu !

— Mais pour en revenir à… Quand l'avez-vous vue pour la dernière fois ?

— Bodil… » Son expression se fit lointaine.

« Parce que quand vous avez raccompagné Fernando chez lui, à sa sortie du commissariat ce dimanche, vous ne l'avez pas vue ?

— Je vous répète que non ! Je me suis contentée de le débarquer. Mais je l'avais eue au téléphone. Ça aussi, je vous l'ai dit.

— Votre belle-mère a parlé d'une réunion pour les fêtes de fin d'année chez l'un de vos demi-frères. Rune, c'est ça ? »

Elle hocha la tête.

« Elle ne vous avait pas vues depuis, ni l'une ni l'autre. Et vous ? Vous avez rencontré votre sœur depuis Noël ? »

Son regard vacilla.

« Eh bien… Nous étions occupées toutes les deux, chacune de son côté.

— Quand votre beau-frère a été interpellé pour tapage nocturne, pourquoi a-t-il demandé à ce que ce soit vous son avocat ?

— J'imagine qu'il ne connaissait personne d'autre !

— Ah non ? Dans son secteur d'activité ?

— Ce n'était pas vraiment un avocat d'affaires dont il avait besoin.

— Non, mais… Quand vous avez discuté… Il n'a rien dit sur ce qui avait initié cette dispute ?

— Non. Pas le moindre mot. Et je ne lui ai pas posé la question.

— Pourquoi ?

— Ma vie privée ne les regarde pas, alors…

— … la leur ne vous regarde pas ?

— Exactement.

— Mais vous voulez que je les retrouve ?

— Je veux être certaine qu'il ne leur est rien arrivé !

— Je vois. » Puis j'ajoutai, après une courte pause : « Et la vie privée vieille de vingt et un ans ? On peut en parler ?

— Non. Parce que ça n'a rien à voir.

— Mais c'est vous qui avez rencontré Hallvard Hagenes la première ?

— Je ne veux pas en parler, ai-je dit !

— Il y a longtemps que vous ne l'avez pas vu, lui, alors ? »

Elle était cramoisie. « Dites-moi, il faut vous le préciser combien de fois ?

— Écoutez… Au risque de me répéter : c'est vous qui êtes venue me chercher. Et c'est vous qui m'avez parlé de Hallvard Hagenes.

— J'ai parlé de lui, d'accord ! En relation avec ce qui était arrivé à maman… et à son oncle.

— Et son nom a réapparu dans un autre contexte, celui qui nous occupe. Mais même à ce moment-là, vous n'avez pas voulu admettre que vous étiez sortis ensemble.

— Admettre ? Il n'y a rien à… C'étaient quelques gouttes dans l'océan, Veum. Une très vieille histoire.

— Il va peut-être falloir que je discute un peu plus avec lui, alors si vous voulez bien me donner votre version d'abord…

— Seigneur ! » Elle regarda l'heure de nouveau. « Qu'est-ce que vous voulez obtenir ? Les confessions d'une jeune fille ? Ou plutôt… d'une jeune femme ? »

Une femme qui aimait, pour la toute première fois.

C'est cela qu'elle avait été. Et il l'avait trahie, avec sa sœur.

« Que voulez-vous que je vous dise ? Qu'y a-t-il à raconter ? » Elle parlait presque sur un ton absent. « Je suis sortie avec Hallvard. Ça a occasionné… »

Elle se rappelait…

Réellement ?

Les premiers coups d'œil par-dessus la table ? Un rire dans le jardin, pendant qu'elle était rentrée chercher de l'eau et du sirop ? Quelques pas rapides pour s'éloigner l'un de l'autre, quand elle avait contourné un peu vite la maison où Hallvard et Bodil…

Mais ça n'avait pas été le fruit de son imagination. Ça avait été le début d'une chose qui s'était déclarée tout à coup, comme une maladie, avant que tous ne soient soudain guéris et que Hallvard ait quitté leurs vies, le plus simplement du monde.

Elle se rappelait…

Ils étaient allés à Hjellestad, et elle avait dû s'aliter à cause d'un rhume estival qui l'avait rendue fiévreuse, pendant que Hallvard était resté avec Bodil et « deux ou trois copines » à Grønneviken pour se baigner.

Elle se le rappelait comme si c'était hier !

Elle était allongée à l'intérieur, dans la forte lumière du jour. Au loin, elle entendait des enfants jouer, un moteur de canot sur le fjord, une radio dont le volume était poussé plus que de raison.

Elle s'était sentie mise à l'écart, si extérieure à toute autre vie qu'elle avait méprisé sa fièvre, avait enfilé un jean, un T-shirt et des tennis avant de traverser le bois jusqu'à Store Milde, de suivre la route vers Grønneviken et le nouvel arboretum. Elle était passée devant les toilettes publiques et descendue jusqu'à la mer, sans les trouver nulle part. Puis, sur un coup de tête, elle avait coupé par les buttes, à travers les arbres, où les gens venaient souvent se faire bronzer.

Et elle les avait vus…

Elle s'était figée, comme une statue de glace, et c'était d'ailleurs ainsi qu'elle s'était sentie : glacée, des pieds à la tête, avec une croûte de givre autour du cœur. *Hallvard… et Bodil…*

Ils étaient allongés sur une couverture, et il n'y avait aucune copine. Bodil était sur le dos, dans son bikini jaune, les jambes légèrement écartées. Lui était étendu sur le flanc, tourné vers elle. L'une de ses mains lui caressait les hanches. L'autre soutenait sa tête. Les doigts de Bodil jouaient dans les cheveux mi-longs de la nuque du jeune homme. Puis elle l'avait attiré vers elle, et ils avaient paru se fondre dans un long et horripilant baiser…

Elle était plantée là, dans l'ombre des arbres.

Hallvard et Bodil n'en finissaient plus de s'embrasser.

Elle était repartie en silence, sans se manifester, mais quand ils étaient revenus au chalet, quelques heures plus tard, Bodil avec les joues bien rouges et Hallvard avec un regard qui fuyait sans cesse, ils avaient dû s'en apercevoir.

— Tu nous as vus ? avait demandé Bodil lors d'un règlement de comptes plusieurs mois plus tard. Tu étais là, quand on l'a fait ?

— Quand vous avez fait quoi, petite sœur ? Hein ?

« Vous êtes content, à présent, Veum ? » Elle me lança un coup d'œil enflammé, comme si c'était moi qui l'avais offensée. « Ça vous excite, peut-être, d'entendre ce genre d'histoires dans la bouche d'une femme ? »

Je secouai la tête, et elle revint à son récit.

« Ils sont restés ensemble peu de temps, Bodil et lui. Et puis ça s'est arrêté, ça aussi. Je crois… Elle avait obtenu ce qu'elle voulait. Elle voulait juste créer un précédent, d'une certaine façon. Montrer qu'elle était l'égale de sa grande sœur, qu'elle était grande, elle aussi. Et Hallvard… » Elle haussa les épaules. « Il y avait d'autres hommes.

— Oui ?

— Oui, confirma-t-elle sur un ton sec. Mais je n'ai vraiment plus le temps, Veum. Il faut que je prépare le repas.

— Oui, je… suis désolé. » Je me levai. « Votre ex-mari, Rolf…

— Lui, en tout cas, il n'a rien à voir dans cette histoire ! » Son visage s'empourpra. « C'était bien ce genre d'affaires que vous refusiez, non ?

— Oui, mais…

— Alors je vous conseillerais de vous en tenir à vos déclarations. Rolf était un salaud, la plus grosse erreur de toute ma vie, et si vous prononcez son nom encore une fois en ma présence… Je vous préviens, Veum. Ne faites pas ça !

— Bon… » J'écartai les bras. « Mais j'ai suivi la piste pour ainsi dire jusqu'au bout. Je ne vois tout bonnement pas ce que je pourrais faire, à présent. Demain, j'essaierai dans une autre direction, en rapport avec Trans World Ocean. Il peut y avoir un lien, ici, sans que je voie très bien lequel.

— Mais il avait démissionné, c'est ce que vous m'avez dit.

— Oui. Du jour au lendemain, m'a-t-on expliqué. »

Elle me scruta du regard.

« Vous ne trouvez pas… C'est comme s'ils avaient tout prévu depuis le début, non ?

— À quoi pensez-vous ?

— Pour commencer, Bodil démissionne… et se met à son compte. Puis c'est son tour à lui. Comme s'ils étaient en train de tout liquider !

— D'une certaine façon… oui. »

Elle se mit à regarder gravement droit devant elle, et je vis, comme une ombre sur son visage, à quoi elle pensait : le pacte macabre de 1957, en partant du principe que c'était bien ce qui s'était passé.

Elle me raccompagna à l'extérieur et resta sur les marches jusqu'à ce que j'aie refermé le portail derrière moi. Dans la maison, j'entendis encore une alarme. Je m'installai au volant, roulai jusqu'au bout de la rue, fis demi-tour et redescendis sans me presser. Juste avant de bifurquer vers Storetveitveien, je me rangeai et sortis mon téléphone mobile. Je composai le numéro que Hallvard Hagenes m'avait donné de sa voiture. Pas de réponse. Je composai son numéro personnel. Pas de réponse là non plus. Il jouait peut-être quelque part. À moins qu'il n'ait été invité à une soirée chez quelqu'un que nous connaissions tous les deux…

Je pouvais rester là à attendre, bien entendu. Ou je pouvais revenir une heure plus tard, sonner chez Berit Breheim encore une fois et me faire mettre à la porte pour de bon, selon toute vraisemblance. Je pouvais aussi essayer de passer à travers la haie, faire le tour de la maison en catimini et jeter un coup d'œil par la fenêtre du salon. Mais le portail était sous alarme. Elle s'était peut-être protégée d'une autre façon encore. Je pouvais enfin rester dans ma voiture jusqu'à ce que son invité s'en aille, évidemment – plus tard dans la soirée, au beau milieu de la nuit ou seulement aux premières heures du jour.

Je conclus que j'avais moi aussi besoin de sommeil, et je rentrai donc à la maison. J'avais prévu de me lever tôt. Deux tronçons en bac et entre deux et trois heures de route me séparaient d'Utvik i Sveio, à l'aller comme au retour. Mardi matin de bonne heure, je pris la voiture en direction de Halhjem, avec NRK Hordaland sur l'autoradio et pas grand-chose d'ébouriffant non plus dans la cervelle.

21

La Statens vegvesen entretenait toujours le rêve d'un trajet Stavanger-Trondheim sans une seule traversée en bac. Le tunnel sous le Børnafjord était encore à des années-lumière, mais les liaisons triangulaires dans le Sunnhordland avaient reçu la bénédiction des politiques. Les automobilistes pouvaient par conséquent se réjouir d'une hausse prochaine des tarifs de bacs pour constituer la cagnotte du projet. Les journaux laissaient cependant entendre qu'il faudrait patienter un bon moment avant que les premiers travaux de dynamitage ne commencent. La meule de l'État fonctionnait au ralenti, dans le Sunnhordland comme partout ailleurs.

Deux traversées en bac et quatre tasses de café plus tard, je roulais dans le Sveioland, sur la nationale 47 en direction de Haugesund. Arrivé dans Sveio, je bifurquai de nouveau et suivis les panneaux indicateurs de la côte. Je dus quand même m'arrêter un instant pour consulter la carte sur les derniers kilomètres.

Une large voie d'accès goudronnée descendant vers la mer était fermée par un portail solide. La propriété était ceinte d'une clôture haute de trois mètres, garnie de fil barbelé à son sommet. Un panneau sur le portail indiquait : *ACCÈS INTERDIT. ZONE INDUSTRIELLE.*

Je descendis de voiture et approchai prudemment. De l'autre côté du portail, la route se perdait dans un creux naturel du paysage. Je secouai le portail. Il était verrouillé, et sécurisé en plus à l'aide d'une grosse chaîne fermée par un cadenas. Pour l'ouvrir, il me faudrait de meilleurs outils que ceux que j'avais apportés.

Je regardai plutôt autour de moi. Je distinguais à peine la mer. De part et d'autre de la petite combe, la végétation était dense mais basse, modelée par le vent fort qui sévissait si souvent sur cette partie du littoral. Il devrait être possible de grimper sur l'une des buttes autour de la clôture, pour voir un peu mieux.

Je fis reculer la voiture jusque sur la route, et la garai si loin du milieu de la chaussée que même une toupie aurait pu passer. Je visai alors le sommet le plus proche et me frayai un passage à travers les buissons au bord de la route. Au bout de dix minutes d'escalade et de progression laborieuse, je sortis des buissons et arrivai sur une butte battue par les vents. J'avais vue sur Sletta, où la mer avait remonté ses manches et où les mouettes rasaient les crêtes de vagues, comme autant de flocons d'écume arrachés à l'élément liquide. Plein sud, j'avais le phare de Ryvarden. Au nord-ouest, je voyais l'extrémité sud de Bømlo.

En contrebas, il y avait les bâtiments de ce qui avait dû être un jour un site industriel côtier très actif. À présent, tout semblait mort. Les treuils sur le quai avaient été démontés depuis longtemps, de nombreuses vitres étaient cassées, et aucun bateau n'était amarré. La seule chose qui donnait une certaine impression de modernité, c'était la large bande d'asphalte qui descendait jusqu'au quai.

La butte sur laquelle je me trouvais avait un versant raide vers la haute clôture qui interdisait l'accès aux importuns de ce côté-là aussi. Si je revenais un jour, il me faudrait penser à apporter un coupe-boulons. Je ne voyais aucune raison d'essayer de forcer la grille pour le moment.

Je restai encore un moment à observer les alentours. J'avais devant moi un littoral dans toute sa puissance. Il ne fallait pas beaucoup d'imagination pour se représenter les bateaux vikings longeant la côte, depuis l'époque de Haraldr hárfagri jusqu'à l'âge d'or de la puissance norvégienne, sous les règnes de Hákon Hákonarson et Magnús lagabætir. Mais les temps avaient changé. Les bateaux vikings avaient cédé la place à des navires de croisière et des express et, au loin derrière l'horizon, ce n'était pas l'Islande qui attendait, mais les installations pétrolières de la mer du Nord.

Je m'arrachai à mes rêveries et rejoignis la voiture. Un ou deux kilomètres plus haut, j'étais passé devant une petite épicerie. Sur le chemin du retour, je m'y arrêtai.

L'endroit était vieillot, sa modernisation partielle. Mais pas désuet au point qu'il y ait un marchand derrière le comptoir. Les marchandises étaient rangées sur des étagères, et il y avait une caisse près de la porte. Le choix était plutôt réduit, à ce que j'en voyais, mais les propriétaires des chalets alentour n'avaient pas encore pris le secteur d'assaut pour la belle saison.

Une quinquagénaire blonde et un peu enveloppée nettoyait les rayonnages. À mon arrivée, elle leva deux yeux vifs et curieux. Je regardai autour de moi.

« Une tablette de chocolat au lait et une bouteille d'eau minérale, s'il vous plaît.

— Je vous en prie, nous sommes là pour ça, répondit-elle en s'emparant de la plus grosse tablette qu'elle put trouver. Celle-ci conviendra ?

— Oui, merci.

— Vous voulez de l'eau plate ou de l'eau gazeuse ?

— Gazeuse. »

Quand j'eus payé et qu'elle fut occupée à glisser mes nombreux achats dans un sac plastique, je demandai sur le ton le plus badin possible :

« Dites-moi… Cette zone industrielle près de la mer, elle est encore en activité ? »

Elle me dévisagea, sans lâcher les articles, comme si elle ne voulait soudain plus me les céder.

« La zone industrielle ? Vous pensez à l'ancien Starfish ?

— Oui… sûrement. » Je tendis un doigt. « Derrière un portail, au bord de l'eau.

— Alors la réponse est : oui… et non.
— Ce qui veut dire ?
— Ils ont fait faillite en 1989, après avoir fonctionné depuis le début des années 20. Mais ils ont cédé l'affaire à de jeunes yuppies, et deux ans après, ils mettaient la clé sous la porte pour de bon. Ma fille y travaillait. Aujourd'hui, elle a déménagé à Haugesund, comme tant d'autres.
— Ça, c'était pour la partie "non" de la réponse.
— Exact. Parce que le quai en lui-même sert encore, mais pour quoi…
— Ah oui ?
— Oui, des camions y viennent de temps en temps. Pas de façon régulière, et très souvent la nuit.
— Quel genre de camions ?
— Des camions-citernes, je dirais. Mon gendre pense que ça pourrait être lié à du stockage de déchets.
— Je vois.
— Mais je n'en sais rien. Je ne connais pas bien ces choses-là.
— Ça n'a pas l'air absurde. Des déchets sensibles, alors, qui sont expédiés par bateau.
— Il a aussi parlé de ça.
— Mais vous ne les avez jamais vus ? Personne ne s'arrête jamais pour faire des courses ?
— Les rares fois où ils viennent dans la journée, si. Ils passent acheter des clopes, le plus souvent. Ou ils veulent quelque chose à boire — Coca, eau minérale… Mais je ne leur ai jamais rien demandé. Je ne suis pas du genre à poser des questions quand il ne faut pas.

— Non ?

— Non. Ça ne me regarde pas, en fin de compte. Je suis contente du petit chiffre d'affaires que ça génère. Je vais vous dire… c'était plus vivant dans le temps, à Utvik. Il faut entendre les vieux parler de la grande époque du hareng !

— Qui commence à dater.

— Oui, c'est le moins que l'on puisse dire. Oh oui. »

Quand nous eûmes conclu que nous étions aussi d'accord sur ce point, je songeai qu'il n'y avait vraisemblablement plus grand-chose à tirer d'elle. Elle trouva enfin judicieux de me remettre le sac plastique contenant le chocolat et l'eau, comme une chose que j'aurais méritée au terme d'un long et fidèle service. Je remerciai pour ces emplettes, retournai m'installer au volant et repartis vers le nord.

D'autres traversées en bac m'attendaient, d'autres tasses d'un café qui avait passé beaucoup trop de temps dans la verseuse, et les mêmes vieux matelots dont le regard ne portait qu'à quelques centimètres. C'était le lot des habitants du Vestland, parce qu'ils avaient décidé un jour de s'établir dans un coin du pays constitué presque exclusivement d'îles éparpillées, de hautes montagnes et de fjords encaissés. Le cauchemar d'un directeur interdépartemental des routes ; le quotidien de plein de gens.

À Valevåg, il y avait une demi-heure d'attente. Quand le bac finit par se traîner dans le petit détroit, j'étais pratiquement endormi.

22

Sur le bac entre Sandvikvåg et Halhjem, je m'offris un plat chaud, des boulettes de porc haché en sauce brune. J'appelai Hallvard Hagenes depuis Halhjem. Il attendait une course à Flesland, expliqua-t-il. Je pouvais réessayer en arrivant près de Bergen. Au sommet des Vallaheiane, je me rangeai sur le côté. Tout le Bergensdal se dépliait devant moi, scintillant dans le crépuscule bleu brumeux. Je rappelai. Il conduisait quelqu'un à Åsane.

« Pour combien de temps en avez-vous ?

— Écoutez, Veum. Je peux faire une petite pause quand cette course sera terminée. Au café de la gare, le Caroline. On peut s'y retrouver dans une demi-heure environ.

— Parfait. »

Il fut à l'heure, avec une petite marge de cinq minutes. Je m'étais installé près d'une fenêtre. Les grandes vitres sur Kaigaten me permettaient de voir la petite chapelle qui avait jadis appartenu au couvent de Nonneseter. Peu de temps auparavant, on avait découvert l'existence d'un bordel dans le bâtiment voisin, ou plutôt un institut de massage, comme les institutions de ce genre se font appeler de nos jours.

Hallvard Hagenes alla se chercher un café et une gaufre, avant de se laisser tomber sur une chaise en face de moi.

« Nous ne sommes pas allés jusqu'au bout de notre conversation, hier, commençai-je.

— Ah non ? demanda-t-il en levant les yeux de sa gaufre, qu'il était en train de recouvrir de confiture, à disposition dans un petit ramequin.

— Il y a plusieurs zones d'ombre, à des moments différents, si je puis dire. »

Il plia l'un des cœurs et le poussa petit à petit dans sa bouche.

« Tiens donc ? murmura-t-il entre deux bouchées.

— Mais commençons par le début. Ce qui s'est passé entre Tordis Breheim et votre oncle, en 1957, vous n'en savez sans doute pas grand-chose…

— Ah, ça ! Tout juste les circonstances réelles. Il y a eu ces rumeurs de pacte macabre, dont je vous ai parlé hier. En dehors de ça… Ce n'était pas vraiment le genre de choses dont on parlait quand des enfants étaient à proximité, et je devais avoir à peu près deux ans quand c'est arrivé. Par la suite, ça n'a jamais été qu'un événement flou du passé, très vite évoqué quand j'ai rencontré Berit.

— Bon. Alors à propos… Le second point, c'est quand vous avez quitté Berit pour sa sœur, Bodil. »

Il me décocha un coup d'œil mauvais. Pendant quelques secondes, il cessa de mâcher.

« Quitté, quitté... C'est elle qui...

– Mais vous avez été pris sur le fait, non ? Bodil et vous.

– Sur le fait ? De quoi parlez-vous ?

– À Grønneviken.

– Dites-moi, qui avez-vous... C'est Berit qui... »

Grønneviken, fin mai, 1973...

Oui, il devait le reconnaître. La petite sœur de Berit lui avait tapé dans l'œil, avec ce regard plein de défi, ce sourire séduisant et ce corps fin et nerveux.

Quand Berit avait eu de la fièvre et avait dû garder le lit, il n'avait vu aucun inconvénient à aller se baigner avec Bodil, et là, entre les arbres, sur une couverture qu'ils avaient dépliée par terre, ils s'étaient embrassés, encore humides après le bain, leur peau bronzée encore semée de gouttes d'eau salée comme autant de petites perles. Il avait vu le contour de ses mamelons à travers le haut de son bikini, durs comme de petits cailloux, et elle n'avait pas écarté la main qu'il passait prudemment dessus ; au contraire, elle avait poussé son bas-ventre contre celui du jeune homme, avait regardé aussi loin que possible dans ses yeux avec un sourire ravageur et avait posé les mains sur sa nuque pour l'attirer vers elle.

« Elle n'a jamais rien dit...

– Non ? »

Ça n'avait donc pas été une illusion, quelqu'un les avait vus. De toute façon il l'avait senti, dès l'instant où ils avaient passé le seuil, en rentrant au chalet. Il l'avait vu dans les yeux de Berit, dans son expression butée, sa raideur soudaine et la froideur qu'elle avait manifestée à son égard, les jours suivants, quand elle fut remise sur pieds. Ils étaient dans le car qui les ramenait en ville, tandis que Bodil était restée au chalet avec une copine de classe arrivée trop tard pour empêcher ce qui s'était déjà produit.

« Il ne m'a pas fallu longtemps pour comprendre que c'était terminé, et ce n'est qu'à ce moment que… j'ai rejoint Bodil.

— Ah bon ? Revoyons ça point par point. C'est Berit qui a cassé…

— Oui, et sans rien me dire ! Elle m'a juste rembarré, a dit qu'elle avait d'autres impératifs, qu'elle n'avait jamais le temps de me voir, et puis… ça a été fini.

— De ce point de vue, vous pourriez toujours être ensemble, en d'autres termes.

— Toujours ? répéta-t-il sans comprendre. Que voulez-vous dire ?

— Ne vous méprenez pas… Mais la rupture n'a jamais été prononcée ? C'est à ça que je pensais.

— Non. »

Il avait rencontré Bodil sur Torgalmenningen, en juillet, alors qu'il faisait un stage d'été chez

Hansa et ne devait commencer à travailler qu'en début de soirée ce jour-là ; de son côté, elle était seule en ville. Il la revoyait : courte jupe en jean délavé et chemisier blanc léger qui laissait deviner le motif à fleurs de son soutien-gorge. Après un long mois de juin pluvieux, le soleil avait enfin crevé les nuages, et les rayons renvoyés par les cheveux blonds de Bodil l'obligeaient à plisser les yeux. C'était peut-être pour ça qu'elle riait ?

— C'est ce qu'il faut comprendre ? Tu n'es plus avec Berit ?

— On dirait bien.

Comme sur un coup de tête, elle s'était étirée vers lui et l'avait embrassé sur la joue.

— Ah, mais alors il faut fêter ça ! Tu viens ? À la maison ?

Il y était allé. Ils s'étaient assis dans le jardin de Sudmans vei pour boire du vin blanc dans des verres à pied, et elle avait souri et ri de tout ce qu'il disait. Avec un petit sourire rusé, elle avait ôté son chemisier avant de lui demander de l'imiter. Elle avait passé les mains sur son torse et l'avait dévisagé de cet étrange regard séducteur qui le faisait fondre comme neige au soleil. Ils étaient entrés dans la grande maison, haute de plafond, fraîche, meublée avec goût, où le bois poli dominait. Dans le lit des parents — le mien est trop étroit, avait-elle précisé tout en dégrafant sa jupe — ils avaient fait l'amour, sans retenue et avec une intensité telle que le souvenir de Berit avait pâli de coït en coït, premier, deuxième, troisième… Plus tard, ils avaient couru nus à travers la maison, comme s'ils étaient seuls au monde. En se sirotant, en s'attirant, en jouant avec l'autre…

« Bon, d'accord ! J'ai craqué. J'ai rencontré Bodil en ville, au milieu de l'été, je l'ai accompagnée chez elle, et nous… » Il fit un large geste. « Vous savez… Nous étions jeunes et imprévisibles…

— Et ensuite… vous êtes restés ensemble ?

— Mouais. »

Il se rappelait encore… Plus tard ce jour-là, quand il lui avait fallu partir travailler. Elle lui avait envoyé un regard blessé.

— Mais… tu dois y aller ?

— C'est mon job d'été ! J'ai besoin de cet argent…

— Même aujourd'hui ?

Elle s'était enroulée autour de lui, l'avait retenu, s'était transformée en un de ces jouets en caoutchouc qui se collent et dont il est impossible de se défaire.

— Je suis désolé. Il le faut, Bodil ! Ils m'attendent…

Quand il était parti, elle avait eu l'air chagriné, et il avait su — plus tard — ce qu'il avait déjà compris : ça ne durerait pas, c'était un fragment d'un phénomène écrasant et incompréhensible qu'il était trop jeune pour pouvoir appréhender.

« Ah oui ? Vous diriez qu'elle était… incontrôlable ?

— Eh bien… à l'époque, oui… »

Il avait passé toute sa nuit à la chaîne d'assemblage de la brasserie Hansa comme en transe, aveuglé par les ténèbres, avec une sensation lourde et inéluctable sur la poitrine. Il avait ensuite souvent repensé qu'il avait vécu l'été 1973 comme transpercé par un rayon de soleil. Chaque fois qu'il saisissait son saxophone, c'était comme si une nouvelle note était née en lui, une chose que son sax ténor n'arrivait pas à exprimer, une joie furibarde qu'il n'aurait pu illustrer qu'avec un sax alto, comme Charlie Parker dans *How High the moon*.

Bodil et lui... Ils avaient été deux grands enfants qui chancelaient au bord du précipice sans fond que représentait le reste de leur vie. Quand septembre était arrivé, ce fut soudain fini. Elle poursuivit son vol, comme un papillon vers de nouvelles étamines, tandis que lui se réfugiait dans la musique : *I can't give you anything but love, baby...*

« Nous étions deux jeunes de dix-huit ans qui savaient à peine quoi faire des sentiments qu'ils éprouvaient pour la première fois... Je veux dire... Nous n'étions pas assez adultes, tout simplement, et nous nous sommes perdus. À l'automne, c'était terminé. » Il fit un sourire en coin. « *September song*... L'une de mes préférées.

— Mais pas pour toujours, hein ?

— Pas pour toujours... *quoi* ?

— Vous l'avez revue.

— Laquelle ?

— De laquelle préférez-vous parler en premier ?

— Je ne vois pas trop où vous voulez en venir, Veum. »

Je ne répondis pas. À vrai dire, je ne le savais pas trop moi-même.

« Commençons par Bodil. Puisque c'est elle qui a disparu. »

Il s'empourpra.

« Je ne sais rien à ce sujet ! Pas plus que ce que vous m'avez dit hier, en tout cas, ajouta-t-il, comme s'il éprouvait le besoin de rectifier.

— Alors on en revient à notre point de départ. Vous l'avez revue. »

Il me retourna un regard froid.

« Cette ville est trop petite pour qu'on puisse s'éviter indéfiniment, Veum. D'accord, j'ai revu Berit *et* Bodil, comme vous dites. Mais de là à prétendre…

— De là à prétendre…

— Écoutez, Veum. Donnez-moi une seule bonne raison pour que je vous raconte… Ça ne vous regarde pas ! Qui j'ai rencontré, avec qui j'ai pu avoir une liaison, ça ne vous regarde tout simplement pas !

— Bon, bon, d'accord ! » Je me penchai très légèrement. « Mais quoi qu'il en soit, vous êtes allé faire prendre l'air à votre sax chez Bodil, pas plus tard qu'en février cette année.

— Comment le savez-vous ? répliqua-t-il, l'œil torve.

— Vous niez ? » Il ne répondit pas. « Alors ?

— Bon, oui ! Oui, je suis allé la voir, et je lui ai joué un morceau ou deux, mais c'était… complètement fortuit, un… Il n'y a pas un roman qui s'appelle *Rendez-vous avec les années perdues*, quelque chose comme ça ?

— Je crois que c'est *oubliées*.

— En tout cas, c'était ça. Un rendez-vous avec ce qui a été, un rappel loupé. Ou pour m'en tenir au vocabulaire musical, une reprise qui ne sera jamais aussi bonne que l'original.

— Mais vous avez joué tout le morceau ?

— Non, figurez-vous ! »

Il était sorti boire une ou deux bières après avoir joué, au Stundesløse, et là, près du comptoir, alors qu'il attendait une nouvelle commande, elle s'était soudain trouvée à côté de lui…

— Hallvard ?

— Bodil !

Ils avaient passé quelques secondes à se regarder. Oh oui, son vernis à elle aussi avait pris des égratignures, elle avait des pattes d'oie autour des yeux, des rides près de la bouche, mais juste ce qu'il fallait pour que ça lui aille, et son regard était toujours aussi séducteur, avec en plus une touche de sombre mélancolie.

Elle s'était penchée en avant, comme l'ombre de cette journée estivale de 1973, sur Torgalmenningen, et avait déposé un baiser sur sa joue : Comment vas-tu ?

— Bien, je crois.

Elle avait lancé un coup d'œil par-dessus l'épaule du saxophoniste.

— Tu es seul ?

— Avec deux ou trois collègues. Des musiciens. Et toi ?

— Fernando est en voyage.

— Fernando ?

Comme en 1973, il l'avait accompagnée chez elle. Ils s'étaient servi chacun un verre dans le bar généreux. Elle lui avait fait part des joies et des peines de son existence, et avait fini par lui demander : Joue-moi quelque chose, Hallvard ! Joue comme tu le faisais à l'époque. Joue-moi *Yesterday*…

— *Yesterday* ?

— Comme une pierre commémorative à la mémoire de ce que nos vies sont devenues. "*Yesterday, all my troubles seemed so far away…*"

Il avait assemblé son saxophone pour elle. Debout dans le grand salon, il lui avait joué *Yesterday*, puis *Time after time*, pour finir par *September song…*

« Mais nous étions échaudés, Veum, à tel point que… Nous ne sommes pas tombés dans le panneau, cette fois-là, ni l'un ni l'autre. »

Je le regardai. Il taisait quelque chose. Je le voyais bien.

« Mais vous êtes revenu ?

— Non… Croyez-moi si vous voulez, mais… C'est la dernière fois que je l'ai vue.

— Et vous n'avez même pas eu un petit bisou ?

— Si, j'ai eu un petit bisou. »

Ils étaient près de la porte. Par la suite, il avait songé : Nous nous détachions nettement dans l'ouverture. Si quelqu'un nous avait vus…

Il avait la caisse de son instrument dans une main, et ce qui ressemblait à une expression niaise sur le visage.

– Hallvard…

– Oui…

Elle était venue tout contre lui, s'était dressée sur la pointe des pieds, avait passé les bras autour de son cou, et c'est elle qui l'avait embrassé, pas le contraire, pas au début, pas avant qu'il ne soit prisonnier de cette étreinte. Il avait posé la caisse, et…

Au moment de s'en aller, avec encore des restes de l'onde de choc dans le corps, il avait levé les yeux vers la maison voisine. Il n'y avait de lumière à aucune des fenêtres. L'une d'elles était entrebâillée, mais c'était le seul signe de vie.

Sur la route, le taxi qu'ils avaient appelé l'attendait. Il sentait encore son baiser comme une pellicule sur ses lèvres, un goût de cendre dans la bouche, une odeur de fumée dans les narines. Il aurait toujours pu faire demi-tour et redescendre. Mais il ne l'avait pas fait. Il était monté dans le taxi et avait donné l'adresse où il voulait aller, à Rosegrenden.

« Et c'est tout ?

– C'est tout. »

Je fis tourner la cuiller dans ma tasse de café, vide depuis longtemps.

« Et Berit ? »

Une lueur d'agacement brilla dans ses yeux.

« Quoi, et Berit ?

— Quand l'avez-vous vue pour la dernière fois ?

— Quand je l'ai…

— Êtes-vous allé chez elle… hier au soir, par exemple ? »

Il repoussa son siège.

« Voyons, Veum ! Je comprends de moins en moins. Qu'est-ce que vous cherchez, au juste ? Vous me dites que Bodil et son mari ont disparu. Puis vous demandez carrément… tout un tas de choses, depuis ce qui est arrivé à mon oncle et la mère de ces filles en 1957, jusqu'à… À quoi voulez-vous en venir ? »

Il se leva. Je le suivis des yeux. Il avait raison, évidemment. Il avait toutes les raisons d'être indigné. À quoi voulais-je en venir ?

Je haussai les épaules.

« Désolé, Hagenes. Mais… je ne sais pas. Il y a quelque chose qui me chiffonne, dans cette affaire. Une disparition dont on ne veut pas parler à la police, des dissensions passées qui ressurgissent sans arrêt, comme des bulles de gaz qui remontent du fond d'un lac, un bateau qui doit arriver…

— Un bateau qui… Vous vous sentez bien, Veum ? »

Il avait parfaitement le droit de poser la question. Je n'avais aucune bonne réponse à lui donner. Il partit, et j'attendis une trentaine de secondes. Puis je m'en allai à mon tour, retrouver ma voiture pour rentrer chez moi. Je n'avais rien de mieux à faire.

23

L'appartement était silencieux et obscur. La télévision était audible à l'étage inférieur, l'unique réconfort de ce veuf vieillissant. Je ne voyais jamais ses petits-enfants. Ses enfants, tous les six mois. Il m'arrivait de penser : Nous devrions peut-être nous rapprocher l'un de l'autre. Faire une partie d'échecs, ce serait toujours ça.

J'allumai une ou deux lampes et regardai autour de moi. Mon propre téléviseur était muet dans un coin de la pièce. La bibliothèque était surchargée et dans le désordre le plus complet, avec des livres debout et couchés comme pour constituer un chaos total. Les rares fois où je cherchais un titre en particulier, ça revenait à essayer de trouver une aiguille dans une meule de foin. Les illustrations au mur étaient de médiocres dessins du début des années 70, que Beate m'avait laissés quand elle avait quitté le nid, juste à temps pour l'année internationale de la femme, en 1975. Elle poursuivait son vol joyeux ; je restais planté là, comme le coucou que j'étais. Sur une commode dans la chambre, il y avait quelques photos encadrées, une de ma mère prise vers 1950, une de mes parents ensemble juste avant la guerre, et une de Thomas en confirmand, en 1985.

C'était inéluctable. C'était et ça restait la demeure d'un vieux célibataire. Après Beate, les femmes étaient venues et s'en étaient allées, la plupart pour de bon, sauf Karin, qui avait quand même sa base dans Fløenbakken, une base qu'elle ne quitterait sûrement pas de son plein gré, et en tout cas pas pour ce que je pouvais lui proposer dans Telthussmuget.

Je fouillai dans la pile de CD et finis par trouver ce qu'il me fallait par une soirée comme celle-là : Ben Webster, par exemple à la Renaissance à Hollywood le 14 octobre 1960, à l'époque où je terminais ma scolarité à la Katedralskole et où j'étais éperdument amoureux de Rebecca, mon premier grand amour. *Gone with the wind*, jouait Webster, avant de poser la question la plus essentielle dans la vie de beaucoup de gens : *What is this thing called love ?*

J'allai dans la cuisine, sortis la bouteille de Simers du placard au-dessus de l'évier et me servis un demi-verre d'aquavit. Il était temps de faire le point.

La question centrale, c'était bien sûr : où Bodil Breheim et Fernando Garrido se trouvaient-ils ? Et comme corollaire possible de la réponse : que leur était-il arrivé ? Pouvait-il y avoir un rapport avec le bateau de la TWO qui attendait une accalmie à Hambourg ? Quelle avait été la cause de ce tapage nocturne pendant le week-end de Pâques ? Était-ce parce que Bernt Halvorsen et Bodil avaient eu leurs petits secrets ? Était-ce pour cela que Garrido avait démissionné si brutalement ? Ou était-ce à cause de Hallvard Hagenes et de son saxophone si loquace ? *Yesterday, all my troubles seemed so far away…*

Le nom qui faisait le lien entre les deux affaires, c'était Trans World Ocean, par le truchement de Bernt Halvorsen. Je l'inscrivis en tête de ma liste de commissions pour le lendemain.

Quand Webster eut joué un autre set, cette fois en compagnie d'Oscar Petersons trio pour un enregistrement de 1959, je revissai le bouchon de la bouteille et allai me coucher, avec un roman que j'essayais de terminer depuis bien trop longtemps, comme tant d'autres choses dans ma vie.

Le lendemain matin arriva beaucoup trop tôt. Les averses faisaient la queue au-dessus d'Askoy, et je descendis au bureau sous un parapluie pour relever le courrier et les messages sur le répondeur avant de lancer l'assaut suivant contre Bernt Halvorsen et Trans World Ocean.

Le carrefour entre Vetrlidsalmenningen, Bryggen et Torget est l'un des plus sournois de toute la ville. On ne peut jamais être certain de l'endroit d'où viendront les voitures la fois suivante. Le mieux, c'est d'attendre bien sagement que le petit bonhomme soit vert, comme le citoyen respectueux des lois qu'il nous arrive d'être.

J'y parvins un rien trop tard pour passer dans les temps. Les derniers piétons gagnaient à grand-peine la terre de l'autre côté. Du côté de Torget, deux troupeaux compacts de véhicules attendaient que le feu passe au vert. Pas mal de gens s'étaient déjà amassés autour de moi. Les plus impatients me piétinaient littéralement les talons pour prendre le meilleur départ quand les feux tricolores se décideraient enfin. C'est alors que ça se produisit. Au moment où les véhicules des files du côté de Torget emballaient les moteurs et accéléraient avec une belle homogénéité, je sentis une bourrade nette et franche dans le dos. Je trébuchai vers la chaussée, perdis mon parapluie, et une femme cria juste à côté de moi : « Attention ! ! » Mais il était trop tard, et ce n'était pas ma faute.

Ce fut l'un de ces instants de l'existence où tout arrive en une seule seconde. Il y eut un crissement de freins, un concert d'avertisseurs, un claquement puissant quand deux voitures se percutèrent et continuèrent vers l'avant, tandis que j'effectuais un bond désespéré en l'air, comme pour sauter le plus haut possible au-dessus de tout danger. J'atterris sur le capot d'une des voitures et en glissai en crabe, tentai en vain de me rouler en boule, atteignis le pavé sur le dos, sentis un bon coup dans le flanc et fus envoyé par saccades sur la chaussée, pendant que le film de tout ce que j'avais fait au cours de ma vie passait à une vitesse telle dans ma tête que j'eus du mal à en voir ne serait-ce qu'une image. Un court instant, j'eus Harry Hopsland en l'air devant moi, mais il ne tombait pas seul vers la mort, cette fois ; il avait planté son regard dans le mien, et nous plongions ensemble, vers une obscurité sans fond. Le film sauta alors, les images disparurent, le blanc envahit l'intérieur de ma tête, comme si j'étais aveuglé par un flash, puis tout devint noir, des ténèbres perçantes, sourdes, où il ne restait qu'un tout petit peu de lumière, comme les dernières braises vacillantes d'un feu de camp qui finit par mourir. Et voilà, songeai-je, et j'entendis une voix gargouiller dans le lointain, au moment où elle filait par la bonde : *Appelez une ambulance, quelqu'un ! Les secours…*

24

Harry Hopsland et moi tombions sans discontinuer, comme deux jumeaux de la douleur à travers les ténèbres. Puis il disparut d'un coup, et je poursuivis ma chute seul. Les Tigrou ne poussent pas. Trans World Ocean. Qui êtes-vous ? Bodil ? Non, ce doit être Berit… Bodil, je ne l'ai jamais… J'ai atterri, dans une obscurité complète. Désorienté, je regarde autour de moi. Très haut au-dessus de moi, la lumière filtre. Les genoux pliés et douloureux, je me mets en marche. Un long et pénible escalier au milieu de rien. Il suffit que j'arrive au sommet, et je verrai… quoi donc ? La vérité ? Je suis la lampe de la vie, mais qui est le con qui a éteint la lumière ? ! C'est toi, Beate ? Beate !

L'obscurité enveloppe l'escalier. Marche après marche.

Je la vois encore, tout là-haut. La lumière.

J'ouvre lentement les yeux. Deux visages sont penchés sur moi. Maman ? Papa ! Non, ils sont habillés en vert… La femme fait un sourire prudent. Son visage est doux comme des pans de velours qui se déplient devant moi. Je lève une main, avec précaution. Je veux la toucher. Elle prend ma main dans la sienne, fraîche et apaisante. Elle sourit. Je lui rends son sourire. L'homme m'observe attentivement. Il pose des doigts secs et chauds autour de mon œil. M'aide à le garder ouvert. Me fixe. Je ferme l'autre. Il lâche le premier, ouvre l'autre. Je ferme le premier.

Nausée.

J'ai la nausée.

Je remue. La femme me maintient. « Là, là… Du calme… »

L'homme fait un signe de tête à la femme. Elle passe ses doigts sur mon avant-bras. Quelque chose de froid et mouillé. Une piqûre au bras, et je ferme les yeux. Je suis au sommet de l'escalier. Je regarde autour de moi. C'est beau. Un paysage montagneux semé de profondes vallées vertes. Brume et soleil. Je m'assieds. Souffle. Je vais me reposer, à présent… Me reposer.

C'était le soir quand je rouvris les yeux. La lumière était forte, elle me brûlait les yeux. Je tournai la tête. Les fenêtres ressemblaient à deux plaques noires brillantes qui reflétaient la pièce.

Un jeune homme était assis à côté de mon lit. Il avait des cheveux courts, un peu en bataille, qui pointaient sur son crâne, et le regard qu'il posa sur moi était aimable et attentif.

« Veum ?

— Oui. » Je levai prudemment la tête. « Où suis-je ?

— À l'hôpital de Haukeland.

— Qu'est-ce que je fais ici ?
— Vous avez eu un accident.
— Ah ? »

Il posa un bloc-notes sur mon lit, prit son stylo dans l'autre main et me tendit la patte droite.

« Bjarne Solheim. Inspecteur de police. »

Je reposai la tête sur l'oreiller. Ce mouvement avait suffi à me donner envie de vomir.

« Quel jour sommes-nous ?

— Mercredi soir. Vous n'êtes resté inconscient que… depuis ce matin. Vous vous rappelez un peu de ce qui s'est passé ?

— Non. Il y avait un escalier.

— Un escalier ? » répéta-t-il, interloqué.

Je me sentais vanné.

« Oui. Non, je ne me rappelle pas.

— Vous avez été renversé par une voiture au carrefour devant le Kjøttbasar, à neuf heures moins cinq ce matin. »

Vide.

« Ah ? »

La porte derrière lui poussa un soupir. Une femme vêtue de vert entra. Elle était brune, ses cheveux étaient attachés dans la nuque. Son dialecte me rappelait quelque chose. Lindås, peut-être.

« N'oubliez pas que vous ne devez pas ennuyer le patient avec vos questions ! » déclara-t-elle sur un ton sévère à l'attention du jeune policier.

Il lui fit un sourire charmant.

« Je note juste ce qu'il dit, répondit-il en reprenant son bloc. Et il est bavard.

— Il est réveillé », intervins-je. Je ne savais pas trop si j'appréciais ce que j'entendais.

La brune m'adressa un sourire aimable. Un beau sourire.

« Excusez-moi. Je ne voulais pas parler dans votre dos.

— Non. Il vous en remercie. »

Elle approcha.

« Comment vous sentez-vous ?

— Fatigué. Complètement crevé.

— C'est le traumatisme crânien. Mais à part ça, le médecin dit que vous vous êtes exceptionnellement bien sorti de cet accident.

— Ah oui ?

— Mais il vous le dira lui-même, demain. À présent, je crois que vous avez besoin d'être un peu tranquille. » Elle décocha un coup d'œil implacable à Solheim. « Vous allez pouvoir dormir ; c'est ce dont vous avez le plus besoin.

— Merci. »

Le policier se leva. Il était mince et musclé, il paraissait dans une forme remarquable.

« Vous avez le bonjour de Helleve, d'ailleurs. Il aimerait beaucoup discuter avec vous, dès votre sortie.

— Il va me poursuivre pour comportement dangereux sur la voie publique, c'est ça ?

— Il pensait sans doute à autre chose. Mais on ne va pas vous embêter avec ça maintenant. Pas aujourd'hui.

— Alors à très bientôt », répondis-je en levant une main en un faible salut.

L'ange de Lindås m'apporta un verre d'eau et quelques comprimés. Peu de temps après, je sombrai dans un sommeil profond, sans rêve.

Je m'éveillai le lendemain matin avec une migraine carabinée. Quand je remuai, je me sentais courbaturé et cassé de partout. Avec la même prudence que s'ils étaient en verre, j'essayai tous mes membres, l'un après l'autre. La jambe droite en l'air, doucement. La gauche. Le bras droit en haut, en bas. Le bras gauche tendu sur le côté, une traction sur le montant du lit, retour au point de départ.

La porte s'ouvrit, et une blonde enjouée entra, suivie par une collègue rousse. « Bonjour ! » firent-elles en guise de salut d'une voix qui montait dans les aigus. La blonde posa un plateau de petit déjeuner, tandis que la rousse me demandait si je voulais essayer de me lever. Le mieux serait que j'y arrive seul, précisa-t-elle, et je ne vis aucune raison de protester.

Je m'assis dans le lit, repoussai l'édredon sur le côté, baissai ma chemise de nuit sur mes cuisses nues, balançai les jambes hors du lit, et avec une toute petite impulsion, pendant qu'elle veillait et me soutenait discrètement d'une main attentive sous un bras, je posai les pieds par terre. La pièce tangua un rien, mais à part ça, tout allait bien. À une exception près.

« J'ai un mal de crâne pas possible, murmurai-je.

— C'est tout à fait normal. » Elle m'accompagna dans la petite salle de bains, et m'y laissa seul pour une toilette minimaliste.

Je me regardai dans le miroir. J'avais des zones sombres sous les yeux. Les poils de barbe pointaient, dans des nuances allant du blond au brun, du gris à l'argenté. Mon corps me donnait l'impression d'avoir couru dix marathons l'un derrière l'autre, en montée et dans un fort vent contraire. J'étais raide, ankylosé, moulu. Le moindre mouvement créait une réaction négative dans chacun de mes muscles. Et la céphalée claironnait sur l'ensemble. Je me sentais comme un homme de la veille. Le lendemain était une utopie que jamais je ne connaîtrais.

Je me préparai lentement. Quand je revins dans la chambre, elle avait changé les draps et aéré. Je m'assis avec un oreiller dans le dos, et elle me demanda si je préférais du café ou du thé.

« Du thé. Mais quelque chose contre la migraine, en premier lieu. »

Elle hocha la tête et quitta la pièce. Et revint peu de temps après avec les antalgiques, que j'avalai avec un verre d'eau avant mon repas. Puis on me donna du thé. Je me demandai s'il y avait autre chose à réclamer, tant qu'elle y était.

« Vous n'auriez pas un journal ?

— Vous croyez que vous arriverez à lire ?

— J'espère de tout cœur ne pas avoir oublié comment on fait !

— Je vais voir si j'en trouve un au bureau. Mais mangez, ça vous fera du bien. »

Je mangeai, et elle avait raison. Ça me fit du bien.

Je m'allongeai dans le lit et fermai les yeux. Oui,

je me rappelais être parti de chez moi. Dans Nikolaikirkeallmenningen, vers Øvregaten. Au bureau de tabac de Vetrlidsalmenningen pour y acheter le journal, et puis…

Je ne savais pas si j'avais attendu ou non que le feu passe au vert devant le Kjottbasar, ou s'il s'agissait d'un autre jour. Au fond, je suivais le même chemin chaque matin sans exception.

Ce que je me rappelais ensuite, c'était… Tigrou ? Les Tigrou ne poussent jamais ; ou était-ce au contraire ce qu'ils faisaient, justement ?

Trans World Ocean. Berit et Bodil Breheim. Mes affaires… Elles, en tout cas, je ne les avais pas oubliées. Je me rappelais l'essentiel de ce à quoi j'avais réfléchi la veille au soir. Ma conversation avec Hallvard Hagenes et tous ceux que j'avais rencontrés ces derniers jours : Kristoffersen et Bernt Halvorsen chez TWO, le voisin de Morvik, Harald Larsen à Ustaoset, Sara Breheim, Truls Bredenbekk et l'ancêtre fragile Hans Jacob Neumann.

La seule chose dont je ne me souvenais pas, c'était… Tigrou ?

Ma copine rousse revint avec un journal déjà lu et relu, que je me mis à feuilleter assez superficiellement. Une manchette m'apprit que c'était *Fini pour Srebrenica*. Les forces serbes assiégeaient la ville et ses défenseurs musulmans. Une trêve des armes avait été décrétée, l'évacuation était en cours, et on spéculait sur de possibles bombardements occidentaux. Les Hardangervidda étaient toujours fermés pour l'hiver, et l'entraîneur de

Brann, Hallvard Thoresen, faisait preuve d'un optimisme objectif avant la rencontre à domicile contre Lillestrøm ce soir-là.

Il est possible que je me sois assoupi un moment. En tout état de cause, je sursautai quand la porte s'ouvrit tout à coup pour laisser entrer six ou sept personnes qui se postèrent en demi-cercle autour de mon lit et me dévisagèrent comme quelque chose que la mer aurait rejeté à terre, et qu'on n'avait encore jamais vu.

Un homme que j'avais la vague impression d'avoir déjà vu parcourut le rapport suspendu à la tête de mon lit, s'arrêta à deux ou trois endroits, plissa le front ailleurs, avant de finir par jeter un regard mesuré vers moi, l'air pas content.

« Vous vous en tirez remarquablement bien, Veum.

— Ce qui veut dire ?

— Vous souffrez d'un traumatisme crânien. De quelques côtes fêlées… ici. » Il indiqua l'endroit sur son propre flanc. « Douloureux, mais sans gravité. Vous avez des contusions sur le dos et passerez par la plupart des couleurs de l'arc-en-ciel dans les jours qui viennent, mais à ce qu'on a pu voir, aucune vertèbre n'a été touchée. Et qui plus est… Le bassin est intact, vous avez dû atterrir le dos rond et rouler. En outre, vous êtes en bonne condition physique, avec une musculature puissante. C'est ce qui vous a sauvé.

— Alors combien de temps prévoyez-vous de me garder ? »

Il me lança un coup d'œil surpris.

« Combien de temps ? Vous étiez sur le départ ? »

Deux ou trois des jeunes gens derrière lui rirent. L'une des femmes leva les yeux au ciel. Il sourit.

« Tout va bien, Veum. Si vous nous promettez de ne pas vous agiter pendant au moins une semaine, nous pouvons signer votre bulletin de sortie dès à présent. Vous aurez bien entendu une ordonnance pour des antalgiques, que vous passerez prendre à la pharmacie de l'hôpital avant de partir, et nous vous revoyons pour un examen de contrôle… mercredi prochain, vous notez ? » Les derniers mots étaient adressés à l'une des accompagnantes, qui hocha la tête et prit note.

« Mais alors je vais vous laisser, conclus-je avec un sourire forcé.

— Ne vous sentez pas trop pressé de revenir, Veum. Et n'oubliez pas…

— Quoi donc ?

— Regardez à gauche la prochaine fois que vous traverserez la rue. »

25

Je pris un taxi pour me rendre à mon bureau. L'idée de me faire ballotter dans le bus m'était insupportable. Ne vous agitez pas pendant une semaine ! Facile à dire, pour lui qui pouvait compter sur une pension de retraite généreuse…

Je contrôlai le répondeur. Personne n'avait essayé de me joindre. C'était sans doute aussi bien.

J'appelai Berit Breheim. Elle était en réunion à l'extérieur, mais j'expliquai à sa secrétaire ce qui m'était arrivé, en précisant que si elle n'avait pas de nouvelles de ma part dans les jours à venir, c'en serait la raison. Elle devrait prendre contact elle-même s'il y avait du nouveau dans l'affaire qu'elle m'avait confiée, ajoutai-je. La secrétaire était l'amabilité incarnée, et me promit qu'elle le ferait. Transmettre.

« Merci. »

J'avais à peine reposé le combiné que le téléphone sonna de nouveau.

« Veum ? Tu me reconnais ? »

Il ne m'aurait pas. D'accord, il avait adopté un

parler danonorvégien, mais son dialecte de Voss refaisait surface à intervalles réguliers, plus compact que le nuage de fumée de cigarette au-dessus du Pentagone par une fin de soirée pendant le festival Vossa Jazz. Atle Helleve était la dernière recrue en date du groupe d'investigation de la police de Bergen, un sympathique natif du Hordaland, doté d'un caractère bien plus mesuré que celui qui avait fait la réputation du tout nouvellement retraité Dankert Muus. Avec un peu de chance, je ne reverrais jamais Muus. Mais d'un autre côté, la fée de la chance n'était pas celle qui s'était penchée le plus bas sur mon berceau. Et comme Hallvard Hagenes me l'avait confié deux jours plus tôt : cette ville était trop petite pour qu'on puisse s'éviter pendant des lustres.

« Que puis-je pour toi, Helleve ? demandai-je en espérant que l'ironie ne serait pas trop évidente.

— On se demandait si tu ne pourrais pas passer nous voir. Il y a une chose dont on aimerait beaucoup discuter avec toi.

— Ah oui ? En fait, je suis convalescent.

— Et c'est justement pour ça.

— Je vois. Eh bien… Tu m'offres une tasse de café ?

— Si tu peux te contenter d'une version sans pousse-café.

— Le pousse-café que vous avez à proposer n'est pas terrible de toute façon. Ça va. J'arrive.

— Et Veum…

— Oui ?

— Regarde bien avant de traverser, hein ?

— On m'a donné le même conseil à Haukeland.

— Ah, tu vois ; on est tout plein à ne vouloir que ton bien.

— Bizarre que je ne m'en sois encore jamais aperçu. »

Nous raccrochâmes de concert. Mais je ne bougeai pas. Il n'y avait qu'à l'admettre : j'étais dans une forme exceptionnellement mauvaise. La batteuse à l'intérieur de mon crâne tournait à plein régime, mais l'entretien laissait à désirer, et elle faisait un barouf de tous les diables. L'écho me filait une migraine de compétition. Je n'avais d'autre alternative que de me traîner jusqu'à l'armoire à pharmacie au-dessus de l'évier pour m'accorder deux bons comprimés des analgésiques rapportés de Haukeland. Je me rinçai ensuite avec soin le visage à l'eau froide, pour tenter d'y apaiser la sensation fébrile. J'avais la nausée, le tournis, l'impression d'avoir cent ans.

« Allez, debout, vieil aigle », lançai-je à mon reflet, mais tout ce que j'obtins en retour, ce fut une grimace blafarde sur une bouille que je ne reconnaissais que vaguement.

À la sortie, il y avait un problème avec la lumière. Elle était vive, agaçante et aussi agréable qu'un décapant sur mes yeux. La circulation faisait un bruit terrible, et quand je m'arrêtai pour attendre le feu rouge à l'angle du Lido, je ressentis une pointe d'angoisse dans le ventre. Ce fut soudain d'une grande clarté. Je n'avais pas traversé au mauvais moment. Quelqu'un m'avait poussé !

J'attendis que les gens aient avancé sur le passage piéton à gauche et à droite pour leur emboîter le pas. Je traversai Vågsallmenningen sur l'arrière de l'ancienne bourse rouge sale, depuis longtemps annexée par les institutions bancaires, et m'estimai heureux de ne pas avoir à traverser d'autres grands axes avant qu'il ne reste plus que Domkirkegaten. Encore une fois, je suivis le conseil du corps médical et des services de police. Je regardai attentivement, entre autres par-dessus mon épaule, et je traversai. J'entrai à l'hôtel de police, me manifestai au poste de garde et pris l'ascenseur jusqu'au troisième étage du nouveau bâtiment, où Atle Helleve vint m'accueillir. Ils étaient plus stricts sur les accès à ces étages, à présent. Il fallait espérer que ce ne serait pas aussi délicat de ressortir.

Atle Helleve avait taillé sa barbe et était passé chez le coiffeur, mais son corps puissant menaçait toujours de faire disparaître les boutons de sa chemise dans leurs boutonnières, comme autant de cailloux à la surface du Volavatn par une calme journée d'été. Il me fit un bon sourire, me serra la main comme si nous étions deux vieux copains et m'invita à entrer.

« Le café est prêt.

– Depuis combien de temps ? »

Mais il n'était pas seul dans son bureau. Une femme brune se leva d'un des fauteuils, une feuille dans la main et une expression songeuse sur le visage. Ses grandes lunettes lui donnaient l'air intellectuel, et elle était vêtue avec discrétion, d'un tailleur gris foncé à jupe suffisamment longue et d'un pull-over à col cheminée crème orné d'une petite broche ovale en or au-dessus du sein gauche, ovale lui aussi. Nous nous observâmes. Elle fit un tout petit sourire en constatant que je la reconnaissais.

« L'inspecteur principal Bergesen vient d'arriver chez nous après avoir quitté Kripos, expliqua Helleve en passant. J'ai cru comprendre que vous vous connaissiez. »

Le sourire de l'intéressée se crispa un rien.

« Monsieur Veum et moi nous sommes retrouvés dans le même bateau, si on peut dire, en décembre dernier. L'express côtier à destination de Trondheim. Nous travaillions sur la même affaire, pardessus le marché.

— Mais c'est aussi tout ce que nous avons partagé… Quel bon vent vous amène à Bergen ?

— Votre charme irrésistible, peut-être ? » Elle laissa l'allusion flotter quelques secondes avant de faire un large geste du bras. « Non. D'une certaine façon, je devais en avoir assez de tous ces déplacements, et de plus, je vais me marier. »

Je lançai un coup d'œil en biais à Helleve.

« Pas avec toi ?

— Non, non, si seulement… répondit-il avec un large sourire.

Bon. Annemette s'est trouvé un biologiste basé à l'université de Bergen.

— Bon, ce n'est sûrement pas parce que vous aviez besoin d'un virtuose du grille-pain pour votre mariage que vous m'avez demandé de faire le saut jusqu'ici… Si ? J'ai peur de ne pas être à proprement parler désopilant, en ce moment.

— Non, c'est ce qu'on constate », répondit Helleve, presque gêné. Bergesen et lui échangèrent un regard, et il se rengorgea un peu. « Mais installe-toi, Veum ! Attends… Je vais te servir un café.

— Mazette ! »

Je m'exécutai, et le café était étonnamment bon, dès la première gorgée. Ils avaient nettoyé la cafetière, peut-être. Je regardai l'un, puis l'autre. Pendant un court instant, nous ressemblâmes sûrement à ça : trois vieux amis qui préparaient des noces.

« Alors, qu'est-ce qui se passe ? »

Helleve se tourna vers Bergesen, qui lui fit signe de prendre la parole.

« Comme tu l'as compris, nous avions posté un homme dans ta chambre à Haukeland.

— Oui, j'ai compris un peu plus tard que ma petite personne faisait l'objet de toutes les attentions.

— L'inspecteur Solheim était chargé en premier lieu de noter tout ce que tu dirais, pendant que tu étais encore plus ou moins inconscient.

— Ça peut être des choses assez scabreuses, m'a confié un jour une infirmière anesthésiste… » Je fis un clin d'œil à Bergesen.

« Alors on peut dire que tu as passé l'âge de ce genre d'élucubrations, nota Helleve.

— Et je le déplore.

— Nous avons le compte rendu ici. »

Il fit un signe de tête vers la feuille que tenait Bergesen, et elle me la tendit spontanément.

Je la regardai. Même si ce n'était pas ce qu'on faisait de plus scabreux, je ne pus m'empêcher de rougir. Heureusement que je ne me promenais pas avec des secrets d'État dans la tête !

(Gémit, quelques mots incompréhensibles.)
Harry ! On tombe ! Harry ? Harry… (Pleurs.) (Incompréhensible.)
Les Tigrou ne bousculent pas.
TVO (? ? ?) (Té… vé… o.)
Bodil ? Non, Berit ? Non…
Tigrou ?
(Incompréhensible.)
La lumière… Qui a…
Beate ?
(Se réveille, me regarde bien en face et me demande : « Où suis-je ? »)

« Il y avait pas mal de nanas, là-dedans, Veum, constata Helleve.

– Dont le prénom commence toujours par *B*, ajouta Bergesen.

– J'ai un faible pour les femmes dont le nom commence par *B*. Mais je ne fais pas toujours la distinction entre le prénom et le nom de famille. »

Voyant qu'elle allait rougir, j'ajoutai : « Vous avez bien dû le remarquer, en décembre ? »

Elle céda, avec un sourire timide.

« Mais Harry a été le seul à te faire pleurer, s'immisça Helleve.

– Oui, mais il est mort, répondis-je, un rien déstabilisé.

— Non… Il ne s'agit pas de cette affaire avec Birger Bjelland ?

— C'est ça. En février dernier. Harry Hopsland. Comme vous vous en souvenez peut-être, il m'a attaqué au couteau sur un chantier à Sandviken. Dans le feu de l'action, il est… passé par-dessus bord. Je l'ai annoncé moi-même à Police Secours, et même Muus n'a pas proposé que je sois poursuivi. C'était de la légitime défense, Helleve. Ça faisait des années qu'il rêvait de me choper.

— Te choper ?

— Oui. Depuis l'époque où je travaillais à la Protection de l'enfance.

— D'accord. Et il collaborait avec Bjelland ?

— En tout cas, il était de mèche avec lui, à cette occasion.

— Est-il possible de dire que Bjelland s'est servi de lui contre toi ?

— Sans aucun doute. Mais où veux-tu en venir, Helleve ? »

Il prit une feuille sur le bureau, une copie de celle que j'avais dans la main, à ce que j'en vis.

« Ces autres noms, là… Bodil, Berit, Beate… Tu peux m'éclairer ?

— Bodil et Berit font partie d'une enquête sur laquelle je bosse en ce moment. Rien de criminel, jusqu'à présent.

— Quel genre d'enquête, alors ?

— Une disparition. »

Il attendit la suite. « Ah oui ?

— On pourra y revenir… au besoin. Beate… » Je toussai. « Il doit s'agir de mon ex.

— Ex ?

— Nous avons divorcé en 1974, répondis-je avec un sourire penaud. Qu'est-ce qui m'a pris de la mentionner…

— Les premiers amours ne se flétrissent pas, peut-être ? commenta Bergesen depuis la ligne de touche. N'oubliez pas qu'en théorie, vous pourriez ne plus être de ce monde, à présent, Veum.

— Je vais y réfléchir.

— Ce sur quoi Solheim n'était pas sûr… TVO, c'est exact ?

— Oui. C'est plutôt bien compris. Il faut juste remplacer par un W au milieu. TWO, Trans World Ocean, une compagnie de transports maritimes qui pourrait avoir un lien avec cette enquête dont je vous ai parlé.

— Le sens du devoir jusqu'au bout, à ce que je vois. L'enquête actuelle… et ton ex-épouse. Tes dernières pensées, en théorie. »

Je me sentis déprimé par cette déclaration, sans trop savoir pourquoi. « Eh bien… » je cherchai de l'assistance du côté de Bergesen, qui se contenta d'un sourire en coin et remonta ses grandes lunettes au sommet de son nez.

« Tu veux développer un peu ? demanda Helleve.

— Sur l'enquête ?

— Oui. »

Je secouai la tête, mais cessai sur-le-champ. Ça faisait revenir la migraine.

« Ma cliente a insisté pour que je n'implique pas la police. Mais d'un autre côté… Si vous promettez de la boucler et si vous me donnez en contrepartie un coup de main avec des éléments concrets, je peux vous en exposer les grandes lignes. »

Ils échangèrent un regard, et Helleve hocha la tête.

« C'est entendu. »

Sans entrer dans le détail, je leur parlai de la disparition de Bodil Breheim et Fernando Garrido. Je ne mentionnai pas les événements de 1957, ni le *Seagull* et son départ retardé de Hambourg.

« Il est tout à fait possible qu'il y ait une explication naturelle à tout ça. Ce doit être pour cette raison que la famille ne veut pas que la police s'en occupe. »

Helleve acquiesça.

« Mais dans ce cas, que veux-tu en échange, Veum ?

— Le week-end qui a précédé sa disparition, Fernando Garrido a été amené ici pour tapage nocturne, et il a passé la nuit en cellule de dégrisement. J'aimerais bien voir le rapport de cette arrestation et — si possible, encore mieux — discuter avec les policiers qui y ont participé.

— Tu as la date ?

— La nuit du samedi au dimanche des Rameaux, le 4 avril. »

Il composa le numéro de Police Secours et mit les bons rouages en mouvement.

« Ils rappelleront, Veum.

— Super. Mais… C'est juste pour avoir des

explications là-dessus… commençai-je avec un signe de tête vers le rapport de Solheim, que vous m'avez invité ici ? Qu'est-ce qui a pu donner une telle importance à ma petite personne, d'un seul coup ? »

Ils échangèrent un nouveau coup d'œil, comme si je n'avais pas compris depuis belle lurette que l'affaire devait être plus riche et compliquée qu'il n'y paraissait. Puis Helleve me regarda de nouveau bien en face. Il se pencha vers moi, avec gravité.

« Tu dis une autre chose, ici, Veum. Sur les Tigrou.

— Les Tigrou ne bousculent pas, compléta Bergesen.

— Oui, je vois ça… commentai-je avec un sourire en coin.

— Tu te rappelles ?

— Quoi donc ?

— Que tu as été bousculé !

— Pour être tout à fait honnête, Helleve… Non. Je ne me rappelle même pas que j'attendais au carrefour, comme tout le monde le prétend, mais je sais… J'ai traversé à cet endroit un nombre incalculable de fois, et je ne bougeais pas. Je n'étais pas entraîné vers l'avant, et je n'ai pas démarré trop tôt. Ça n'aurait servi à rien. Rien ne pressait.

— Alors en d'autres termes… »

Je hochai la tête avec circonspection, pour ne pas titiller mon mal de crâne.

« Oui, je supposerais la même chose. Quelqu'un a dû me pousser.

— Tout juste. C'est aussi notre opinion. Ça nous place devant une tentative de meurtre, et par conséquent, nous prenons la liberté d'enquêter sur cette histoire.

— Mais qu'est-ce… »

Il m'interrompit en levant une main.

« Ce n'est pas tout ce que nous avons, Veum. Il y a autre chose. Et c'est pour ça qu'on t'a prié de venir nous voir.

— Ah oui ? » Je sentis un pincement désagréable dans le ventre, comme une brûlure d'estomac. « Et quelle est cette autre chose ?

— Ceci, répondit Helleve de façon très protocolaire. L'un de nos indicateurs a remis le rapport d'une rencontre avec l'un de ses informateurs, où il écrit, je cite… » Il prit une autre feuille sur le bureau et lut à voix haute. « *Le contact a évoqué une rumeur tenace dans le milieu ; selon laquelle il existait depuis plusieurs mois déjà un contrat sur la tête du détective privé Varg Veum, adresse professionnelle Strandkaien 2, et que la personne derrière ledit contrat était le susnommé B. Bjelland, en ce moment en détention provisoire à la prison centrale de Bergen.*

— Adresse professionnelle ? murmurai-je. Ça en jette…

— Ça n'en reste pas moins une affaire sérieuse, Veum, pour celui qu'elle concerne.

— Et c'est moi, hein ?

— Oui. »

26

Annemette Bergesen et Atle Helleve me contemplèrent avec une certaine tristesse, comme si c'étaient eux qui avaient projeté ma condamnation à mort.

« C'est le genre de pratique que nous prenons très au sérieux, Veum, reprit Helleve. Nous allons faire tout ce qui est en notre pouvoir pour y mettre un terme.

— Voilà pourquoi, alors… le type à Haukeland…

— Ça aussi, oui », approuva-t-il.

Je fis un large geste.

« Bon, bon… Ces rumeurs me suivent depuis septembre dernier, quand je travaillais à Oslo sur une affaire qui a horripilé au dernier degré un… comment l'appeler… une relation d'affaires que Birger Bjelland avait là-bas.

— Tu en étais conscient, autrement dit ?

— J'ai surpris une conversation, là-bas, mais… Puisqu'il ne se passait rien, au bout d'un certain temps j'ai conclu qu'il s'agissait de menaces en l'air, cette fois aussi. Les aléas du métier, en quelque sorte. Ce n'était pas la première fois, c'est le moins que l'on puisse dire.

— Mais mets-toi à leur place, Veum. L'envie de mener à bien cette mission n'a pas dû faiblir, après que tu as révélé plus ou moins seul les éléments qui l'ont mis sous les verrous, pour pas mal d'années, espérons-le.

— Et il peut y en avoir d'autres, ajouta Bergesen, si nous pouvons démontrer l'existence de ce prétendu contrat — et remonter jusqu'à son instigateur.

— Il a déjà dû être convoqué chez le directeur. Puisqu'il a raté son coup. Cherchez ce qui reste de lui quand vous irez faire le ménage chez le dirlo…

— Trêve de plaisanterie, Veum. » Helleve se pencha vers moi. « Tu veux que nous mettions en place une protection policière ? »

Je ne pus m'empêcher de pouffer de rire.

« Désolé, Helleve, mais tu sais que c'est la première fois qu'on me propose un truc pareil ? Ça ne serait pas arrivé du temps de Muus.

— Je suis sérieux !

— La police ne peut pas rester les bras croisés quand il se passe des choses comme ça, intervint de nouveau Bergesen. Que vous le vouliez ou non, nous allons être obligés de nous intéresser d'un peu plus près à votre quotidien, dans les semaines qui viennent.

— Ah, si vous pouvez vous occuper de la tranche 22 heures-6 heures du matin, pas de problème…

— Possible que vous n'y voyiez qu'un prétexte à rigolade, répliqua-t-elle froidement. Mais nous, non.

— Tant que vous ne vous mêlez pas de mes enquêtes, d'accord.

— À propos… » Helleve décrocha, composa le numéro de Police Secours et eut le responsable au bout du fil. « Avez-vous eu le rapport qu'on recherchait, qu'est-ce que ça donne ? »

Pendant qu'il écoutait, je me tournai de nouveau vers sa collègue.

« Quand le mariage doit-il avoir lieu, si je puis me permettre de poser la question ?

— Pas de souci, répondit-elle avec un sourire. À la mi-juin.

— Vous avez trouvé un endroit où loger, alors ?

— On cherche. Vous avez quelque chose à nous proposer, peut-être ?

— Il faut d'abord mettre un contrat sur la tête du retraité au rez-de-chaussée. Mais d'un autre côté, j'en ai un depuis si longtemps…

— On va trouver. »

Helleve raccrocha.

« Tu peux aller les voir en bas, Veum. L'un des agents qui a amené l'intéressé est de garde. Tu pourras lui parler aussi, par la même occasion.

— Merci. Mais alors… » Je commençai à me lever.

« C'est bon. N'oublie pas ce dont nous avons parlé. Et n'hésite pas à nous appeler, au cas où il se passerait quelque chose.

— Merci pour vos bons vœux. » Je fis un clin

d'œil à Annemette Bergesen. « Oui, d'ailleurs, en parlant de vœux...

— Compris. »

J'allai à la porte.

« De toute façon on se reverra, je le crains. Bergen est une toute petite ville, comme vous en ferez bientôt l'expérience. »

Ristesund m'attendait quand j'arrivai à Police Secours. C'était un agent baraqué doté d'une moustache brun-roux, de cheveux blonds et d'un bon caractère.

« Non, pas toi personnellement. Mais si c'est toi qui as amené Fernando Garrido après le tapage nocturne pendant le week-end pascal, c'est à toi que j'aimerais parler, oui. »

Il me regarda avec suspicion.

« C'est la belle-sœur qui t'a engagé ? L'avocate ? Il n'y a rien en cours, j'espère ?

— Une petite demande d'indemnité ? Non, non. Si ce sont les éventuels aspects juridiques qui te font peur, je peux te rassurer. Mais... On peut discuter dans un endroit tranquille ?

— Oui, là-dedans. » Il indiqua le bureau au fond de la pièce. « Je vais juste... » Il se pencha par-dessus son collègue chenu au guichet et prit le journal de bord. « Voyons voir... C'est ici, dimanche 4 avril à 00 h 40. *Homme, 40 ans, amené pour tapage nocturne. Patrouille envoyée après un appel téléphonique du voisin. L'intéressé s'est rebellé avec tant de force qu'il a fallu le menotter et qu'il a été placé en cellule de dégrisement. Dossier n°*... Bon. » Il leva les yeux. « J'ai déjà fait une copie du rapport. On pourra voir ça à l'intérieur. Un café, peut-être ?

— Non merci. Je viens de... » Je ne pris pas le risque une seconde fois. Ça pourrait balayer la bonne impression.

Nous entrâmes dans un étroit bureau minimaliste. Ristesund s'installa à la petite table contre un mur, jeta un coup d'œil à l'économiseur d'écran sur le PC, fit tourner son fauteuil et m'indiqua le fauteuil invité juste à côté de la porte. Il me tendit le rapport dactylographié, signé par lui-même et un autre collègue, un certain Bolstad.

« Tu ne peux pas l'emporter, mais tu peux le parcourir, regarde. »

Le rapport était presque aussi sommaire que la pièce dans laquelle nous nous trouvions. Tout ce qu'il apportait à ce que je savais déjà, c'était que la personne interpellée, Fernando Garrido — mentionnée ici avec ses nom, date de naissance et adresse — avait été « *sérieusement éméché* », que son épouse — identifiée comme Bodil Breheim — avait paru « *perturbée et inquiète* », que la patrouille appelée avait fait « *tout ce qui était en notre pouvoir* » pour calmer les esprits, mais que Garrido s'était « *opposé si vigoureusement à notre intervention que nous avons fini par devoir lui passer les menottes et le conduire en cellule de dégrisement* ». Il figurait plus loin que « *des poursuites pour violences contre un représentant de la force publique* » pouvaient être envisagées et que le lendemain, Fernando Garrido avait appelé « *de sa propre ini-*

tiative » maître Berit Breheim, « *par ailleurs sa belle-sœur* », et qu'il avait ensuite été relâché.

« Il s'est passé autre chose dans cette affaire ? » demandai-je.

Ristesund tira un peu sur sa moustache et haussa les épaules.

« Pas que je sache. C'est à notre parquetier de peser le pour et le contre concernant des poursuites, bien sûr. Mais ce n'était pas si grave que ça, et puisque la personne en question n'avait pas de casier et n'avait jamais eu affaire à la police, je suppose que ça n'aurait rien donné. Je veux dire… Nous ne sommes pas vraiment des mauviettes, Bolstad et moi, alors on ne peut pas dire qu'il représentait une menace sérieuse pour nous.

— Il n'a pas réussi à vous blesser, alors ?

— C'est l'impression que ça donne ? répliqua Ristesund avec un grand sourire réjoui.

— Vous avez eu une idée des raisons de ce désordre ?

— Non, mais nous connaissons notre monde. Il était rond comme une bille, énervé comme une puce. Elle, de son côté, avait l'air pour le moins stressé. "Perturbée", je crois qu'on a écrit. Ou c'était lui qui était jaloux, ou c'était le contraire. C'est le plus souvent…

— Le contraire ? Qu'est-ce qui pouvait faire penser qu'elle était à l'origine de la dispute ?

— Non, non, ce n'est pas ce que je voulais dire. Mais le plus souvent dans ce genre d'occasions, c'est de jalousie qu'il est question. Ou parce qu'elle a dépensé trop d'argent pour des vêtements et des choses comme ça. Ou parce qu'ils n'auraient jamais dû emménager ensemble, d'une façon générale. Comme d'habitude. Alors papa boit comme un trou, maman en prend une sur la poire, et le lendemain, tout le monde est de nouveau pote.

— Tu dis… Avez-vous relevé des traces de coups sur elle ? »

Il réfléchit un instant.

« Non. Pas que je me souvienne. Mais d'un autre côté, elle n'a pas eu à se déshabiller. Si tu voyais certaines photos qu'on a aux archives, ici, de victimes de violences conjugales, ça te ferait froid dans le dos, Veum ! Le visage peut donner le change, ainsi que les avant-bras, toutes les parties visibles, mais quand on les emmène aux urgences et qu'on leur demande de se déshabiller… Des bleus partout. Des brûlures de cigarette. Tailladées au couteau ou à la lame de rasoir. » Il fit la grimace. « Ce qu'on peut accepter ! À croire qu'il n'y a pas de limites !

— Mais dans le cas présent, vous ne soupçonniez pas ce genre de choses ?

— Non. Mais ce que je dis…

— Oui ?

— Ce que je dis, c'est que tout est possible. Pourquoi ne lui poses-tu pas la question à elle ? Ou ne demandes-tu pas à sa sœur de lui parler ?

— C'est bien là le problème. Pas moyen de leur parler.

— À qui ?

— Bodil Breheim et son mari. Ils ont disparu, tout bonnement. »

Il me dévisagea, estomaqué.

« Qu'est-ce que tu veux dire ? Ils ont été portés disparus ? »

Je secouai la tête.

« C'est ici que j'entre en scène. Il peut y avoir une raison naturelle. Ils ont pu s'apercevoir que pour recoller les morceaux, il fallait qu'ils partent en vacances ensemble. Garrido venait de démissionner, et avait sans doute pas mal de congés à prendre.

— Bon, mais alors, c'est ce qui a dû se passer, non ?

— Ce ne serait pas non plus très inhabituel, ça ? »

Il émit un grondement plein de bonhomie.

« Si je te racontais, Veum... Il y a quelques mois, nous avons amené un type pour à peu près la même chose. Lui et sa femme étaient comme chien et chat, et la dernière chose qu'elle a hurlé, quand on l'a fait monter en voiture, c'est : "Enfermez-le pour de bon ! Je ne veux plus le voir !" Mais à ton avis, qui s'est pointé en préventive le lendemain matin, dans ses plus beaux habits et une valoche à la main ? Eh oui, un charter les attendait pour les emmener aux Canaries. Il n'avait quand même pas oublié ? Elle avait les billets, et ils roucoulaient tant et plus quand ils sont partis rejoindre la voiture venue les chercher. Alors... » Il fit un large geste. « Ils doivent prendre du bon temps quelque part au soleil, ce Fernando et sa régulière.

— Espérons que tu aies raison, Ristesund. »

Ça vibrait à l'arrière de mon crâne. La céphalée faisait son grand retour.

Au moment de quitter le commissariat, une seule chose m'intriguait : pourquoi chaque fois que quelqu'un était persuadé qu'il y avait une explication naturelle à toute cette histoire, j'avançais un peu plus dans la conviction que ce n'était pas le cas ?

27

J'avais besoin de prendre l'air.

Et si je faisais un tour à Morvik ? me dis-je. À ce que j'en savais, ils avaient pu refaire surface.

Je pris la voiture dans Øvre Blekevei. Avant de démarrer, je tentai derechef de joindre Berit Breheim, mais sa secrétaire dut déplorer qu'elle ne soit pas encore revenue.

« Elle a bien eu mes messages ? insistai-je.

– Je vais noter que vous avez appelé encore une fois », répondit-elle d'une voix un peu plus lasse.

C'était une agréable journée d'avril, les nuages allaient et venaient, et une douce brise de secteur sud soufflait entre les très rares gouttes de pluie. Quand j'arrivai au sommet de Hesthaugvegen, le fjord avait l'air tendu comme une peau de tambour entre le continent et Askøy. Un seul et unique caboteur traçait un petit sillon dans l'étoffe, en remontant le chenal vers le nord.

Je bifurquai au panneau qui signalait *ROUTE PRIVÉE*. La porte du garage était verrouillée ce jour-là aussi. Il n'y avait pas de voiture devant, et personne ne réagit quand je sonnai. Mais je n'entrai pas. Au lieu de cela, je suivis l'allée de graviers autour de la maison. Si ma mémoire était bonne, j'avais vu le toit d'un hangar à bateau depuis le salon, lors de ma dernière visite.

Exact. Un escalier abrupt plongeait depuis la terrasse devant la maison vers la mer. Le hangar était tourné vers la baie, au nord. À l'ouest du bâtiment, un ponton flottant en béton avançait dans l'eau. Tout au bout de ce quai, je vis un homme avec un chapeau de pêcheur sur le crâne et une canne à pêche à la main, regardant vers le large. Il ne tourna la tête que lorsque je fus arrivé assez bas dans l'escalier pour qu'il entende le son de mes semelles sur le béton irrégulier. C'était l'attentif voisin, Sjøstrøm.

Je le rejoignis sans me presser.

« Ça mord ? »

Il fit un signe de tête vers le seau en plastique jaune posé à côté de lui.

« Un peu. »

Je lançai un coup d'œil dans le seau, et y vis deux cabillauds bien adultes et un qui frisait tout juste la majorité.

Il me décocha un regard curieux.

« Du nouveau ?

– J'espérais que vous pourriez répondre à cette question.

– Moi ?

– Oui. Qu'ils étaient revenus, je veux dire.

– Ah…

– Vous ne les avez pas vus ?

— Non, je… »

Il donna une brusque secousse. Il leva la canne, constata avec une certaine satisfaction qu'elle se courbait et se mit à rembobiner avec prudence.

« Ça n'a pas l'air mal, ça… Veum, c'est bien ça ?

— Oui.

— Attendez un moment, et vous repartirez avec un dîner gratuit.

— Ils sont comestibles ?

— Et comment ! Il y a tant de courant ici que ce sont des poissons de première catégorie. Je vous le garantis. Ils contiennent juste assez de phosphore pour que vous puissiez trouver votre zigounette quand vous devez aller pisser dans le noir.

— Alors… »

Je le regardai remonter d'une main experte la morue gris-brun d'un petit kilo, à ce que j'en vis. En gestes maintes fois répétés, il lui tordit le cou et la jeta dans le seau avec les autres. « Regardez, là-dedans ! C'est Tonton qui vient vous rendre visite ! »

Je fis un signe de tête vers le hangar à bateau.

« Cet abri, il appartient à Breheim et Garrido, j'imagine ?

— Oui ? Mais ils n'ont pas encore mis le bateau à l'eau.

— Vous n'en avez pas, vous ?

— Non, je… » Il renvoya l'hameçon loin dans l'eau, en un geste plein d'élégance. « J'en avais un, mais après mon divorce, je n'avais plus les moyens.

— Oui, je connais le problème.

— Mais je vais me trouver un petit canot, ou un

truc dans le genre. J'ai une place là-bas. » Il désigna un point d'amarrage sur les rochers au sud du quai. « C'est presque indispensable, un bateau, quand on habite un endroit comme ça. » Il hocha la tête vers le large, et fit un sourire satisfait. « Il y a plein de dîners gratuits, là-dedans, Veum. On peut joliment court-circuiter le budget mensuel, de cette façon.

— Vous ne savez pas par hasard où ils gardent la clé du hangar à bateau ?

— Tâtez sous le revêtement. Si je ne me trompe pas, il doit y avoir un double accroché à un clou, tout près d'un des piliers en béton. Je crois avoir vu Garrido en sortir une de là.

— Alors je vais jeter un coup d'œil.

— Je vous en prie.

— Bonne pêche, en attendant.

— Hop là ! » Cette fois, la canne décrivait un angle à quatre-vingt-dix degrés, et il se concentra de nouveau dessus.

« N'oubliez pas de revenir chercher votre dîner. Après.

— Merci. »

Je retournai vers le hangar à bateau. La porte latérale était fermée par un cadenas classique. Je suivis le conseil de Sjøstrøm et passai une main sous le revêtement derrière les piliers de béton. Mes doigts trouvèrent un sachet plastique accroché à un clou. Je le détachai, l'ouvris et en sortis la clé. Puis je déverrouillai la porte latérale. Avant d'entrer, je vis Sjøstrøm sortir un gros cabillaud de l'eau.

Le hangar était vide. En tout cas, il n'y avait

aucun bateau. Le chariot qui avait servi à le déplacer était remonté au maximum, et des rails rouillés passaient sous la porte en direction de la mer. Une échelle était appuyée contre le mur du fond. Divers accessoires de pêche étaient suspendus à l'autre mur : fil, nasses et bouées — en bon état, mais peu utilisés, à ce que j'en constatai. Plusieurs pots de peinture à bateau et de laque, quelques caisses vides et des sacs plastique aux contenus variés composaient le reste de l'inventaire dans ce local glacial baigné des doux soupirs de la mer qui entrait et sortait sous la porte.

Je regardai autour de moi. Il n'y avait rien de particulier à remarquer en dehors de ce que j'avais déjà vu. Des canettes de bière et des bouteilles de Coca vides étaient posées dans un coin. L'une des bouteilles de Coca contenait un liquide transparent. Je dévissai le bouchon et reniflai prudemment. Essence de térébenthine. Je la refermai.

Il y avait de l'agitation entre mes oreilles. Un pied-de-biche contre l'arrière de mon crâne. Quelqu'un essayait-il d'entrer ? De sortir ? Je dus m'asseoir, et tendis la main vers la caisse la plus proche. Je me sentais pris de vertige, à la limite du malaise. Le bateau avait disparu. La voiture aussi. La maison était vide. D'une certaine façon, c'était comme si Bodil Breheim et Fernando Garrido n'avaient jamais existé.

La tête lourde, je me levai et ressortis à la lumière du jour. Je laissai la porte ouverte derrière moi et repartis à pas lents sur le quai. Sjøstrøm lança un coup d'œil rapide dans ma direction, puis derrière moi, puis sur moi de nouveau, comme s'il avait lu des choses épouvantables sur mon visage.

« Il n'y avait pas de bateau.

— Que dites-vous ? ! s'exclama-t-il, abasourdi. Il n'y avait pas de bateau ?

— Allez voir, si vous ne me croyez pas… »

Il me tendit la canne à pêche et suivit le conseil.

« Si vous pouvez me tenir ça un moment… »

Je pris l'instrument et inspirai à fond, pendant qu'il allait jusqu'au hangar et entrait. Je ne relançai pas l'hameçon. Je n'avais jamais eu la main heureuse pour la pêche.

Il me rejoignit. « Vous aviez raison », confirma-t-il, une remarque que je m'abstins de commenter. Puis il me reprit la canne à pêche et relança l'hameçon, très loin, avec une expression perplexe.

« La seule explication plausible, c'est qu'ils ont dû le vendre, à l'automne dernier, quand je suis parti quinze jours au soleil.

— Ou bien vous l'auriez vu, vous voulez dire ?

— Absolument, acquiesça-t-il.

— Et s'ils étaient partis dedans, ces jours-ci ? Enfin, à Pâques, quoi. »

Il tourna la tête vers le large, et je suivis son regard, comme si la réponse se trouvait quelque part par là. Il secoua lentement la tête.

« D'accord, il faisait beau, à Pâques, mais… Non. C'est trop tôt dans l'année. Pour la journée, d'accord, mais pas pour plusieurs jours — ou plusieurs semaines ! — comme maintenant… »

Je poussai un soupir.

« Bon… On est bien avancés. Je ne sais pratiquement plus où orienter mes recherches. Vous avez dit que vous habitiez ici depuis combien de temps, Sjøstrøm ? »

Il commença à rembobiner lentement.

« Depuis 1978 ou 1979. Nous venions de nous marier. Dix ans plus tard, c'était fini. Le mariage, je veux dire.

— Alors ça va faire quatre ans que vous êtes seul ?

— Une demi-décennie l'an prochain, Veum. Vous imaginez ?

— J'en ai fêté pas mal, Sjøstrøm. Dans ce bateau, en tout cas, vous n'êtes pas seul.

— Non, vous n'avez peut-être pas tort.

— Lors de notre dernière conversation, j'ai cru comprendre que les relations entre vous et vos voisins n'avaient jamais été idylliques…

— Eh bien… Je vous l'ai dit, ils nous ont pris la vue, quand ils ont fait construire… là-haut. » D'un signe de tête il indiqua la butte derrière le hangar à bateaux. « Mais ce n'était pas non plus la guerre totale. Nous partagions les frais pour la route qui dessert les propriétés. Il y avait des travaux, de temps en temps. Gravillonnage, drainage, des choses comme ça. Oui… des trucs de voisins.

— Et votre ex-femme ?

— Mon ex ?

— Oui ? Deux voisines, comme Bodil Breheim et elle… »

Il haussa les sourcils et souffla, plein de mépris.

« Des voisines ! Parlons-en. Mon problème, c'est qu'elle n'était jamais à la maison. Elle travaillait à toute heure du jour et de la nuit. Ça vous étonne que nous n'ayons jamais eu d'enfant ? On avait à peine le temps de les fabriquer. Voilà le nouvel idéal féminin, Veum. C'est un expert qui vous le dit. Tout pour la carrière, zéro intérêt pour la famille. Une foutue féministe, voilà ce qu'elle était !

— Jusque-là…

— Et Bodil, elle ne valait guère mieux.

— À quoi faites-vous allusion ?

— Bof… Avec tous les hommes qui venaient la voir.

— Il n'y en avait quand même pas autant ?

— Ah non ? Je vous l'ai dit. Il y a eu ce saxophoniste, et puis l'autre…

— J'ai discuté avec Hallvard Hagenes. Il n'est venu qu'une seule fois, m'a-t-il dit.

— Bon… C'est possible. Mais l'autre type, je l'ai vu plusieurs fois.

— Et vous êtes certain que c'était elle qu'il allait voir ?

— Personne d'autre n'habite là-bas.

— Je pensais à Garrido.

— Alors c'est plutôt curieux qu'il ne soit jamais venu quand Garrido était là… Non ?

— Si… »

Il se tourna de nouveau vers la mer. Et lança une nouvelle fois l'hameçon.

« Bon… Il va falloir que je songe à m'en aller.

— Mais… » Il fit un mouvement de tête vers le seau en plastique. « Je vous ai promis le dîner. »

Je baissai les yeux sur les poissons morts. Le dernier cherchait encore sa respiration, comme un boxeur poids lourd suspendu aux cordes du ring après le dernier compte à rebours.

« Je ferai sans, Sjøstrøm. La prochaine fois, peut-être.

— La prochaine fois est une fripouille, Veum. »

Il n'avait peut-être pas tort. La prochaine *était* une fripouille.

28

Quand je revins au chalet, je me rendis compte que je n'étais plus le seul à souhaiter le retour au bercail de Bodil Breheim et Fernando Garrido. On avait garé une Audi Quattro noire juste derrière ma voiture, et Kristoffersen, de chez TWO, observait la porte d'entrée avec la même expression que s'il prévoyait de la tailler en pièces à mains nues.

Il m'aperçut, et son humeur ne s'adoucit pas sensiblement.

« Veum ! aboya-t-il. Qu'est-ce que vous foutez ici ? »

J'approchai prudemment.

« J'ai très envie de vous poser la même question. »

Il se tourna vers moi, dans toute sa largeur, sortit une cigarette et l'alluma. Puis il souffla avec mépris la fumée dans ma direction.

« J'ai besoin de parler à Garrido.

— Vous n'êtes pas le seul.

— Non, mais moi, c'est important.

— Et en quoi, si je puis me permettre de demander ?

— Nous ne sommes pas à jour sur quelques points professionnels.

— Ah oui ? Qui concernent quoi ? »

Il fit un large geste.

« On ne peut pas quitter une société comme Trans World Ocean, comme ça, et se croire libéré de tout. Il restait des piles de dossiers à traiter sur son bureau. Et à votre avis, qui les a récupérés ?

— Alors vous voulez le faire revenir pour un petit CDD, peut-être ?

— Il est parti comme s'il avait le diable à ses trousses !

— Ce n'était pas vous, alors ? »

Il se rengorgea. « Que voulez-vous dire ?

— Que… Vous ne m'avez pas donné l'impression d'être la personne la plus délicieuse qui soit.

— Et qu'est-ce que ça peut vous foutre ? »

Je dessinai un petit cercle avec le pouce et l'index droit, que je levai vers lui.

« À peu près ça, Kristoffersen. Tant que ce n'est pas l'une des raisons de sa disparition. »

Il plissa les yeux.

« Vous avez trouvé où il est ? »

Je fis semblant de réfléchir.

« À cet instant précis, certains éléments indiquent qu'il aurait pu partir en mer.

— En mer ? »

Je fis un signe de tête vers le large.

« En tout cas, leur bateau n'est plus là.

— Tiens donc ?

— Vous allez voir qu'ils ont jeté l'ancre à Utvik.

— À Utvik ? » Son visage s'assombrit. « Qu'est-ce que vous entendez par là, Veum ?

— Je ne sais pas si vous vous rappelez, mais quand nous avons eu cette agréable petite conversation, à la fin de la semaine dernière, je vous ai demandé si la disparition de Garrido pouvait avoir un rapport avec le *Seagull.* »

Il était davantage sur ses gardes. La cigarette faisait penser à un plongeoir entre ses lèvres, et les muscles de sa mâchoire se contractèrent.

« Le *Seagull ?*

— Il est attendu à Utvik, n'est-ce pas ?

— Ou-ii ? hésita-t-il.

— Bon. C'est pour ça que Garrido a démissionné, non ? »

Il approcha. Je le vis serrer les poings, et ils étaient de belle taille. Je l'avais remarqué dès notre première rencontre. Malgré tout, je ne le lâchai pas des yeux. Je supposais que l'information viendrait de là, s'il se décidait à en venir aux mains.

« Dites-moi, Veum… Qui représentez-vous, exactement ?

— Je ne vous l'ai pas dit ? La famille.

— Celle de Garrido ?

— Non, celle de Bodil. Sa sœur.

— Vous voulez dire… Berit ?

— Oui, je veux dire… Berit. Vous la connaissez ? »

Il émit un petit rire plein de mépris et de colère. « Et qu'est-ce qu'elle cherche ? Le paradis sur terre ?

— Ce qu'elle cherche ?

— Elle est avocate, non ? Ces gens-là ne font jamais rien s'il n'y a pas de profit à la clé.

— Contrairement à des gens comme vous, vous voulez dire ?

— Contrairement à tout le monde, Veum !

— Mais j'aimerais en revenir à…

— Et moi donc ! Quand vous verrez Garrido, Veum… Si vous le voyez…

— Vous n'en êtes pas très sûr non plus, apparemment.

— Rendez-moi le service de lui transmettre le message suivant : dites-lui que son ancien collègue Kristoffersen aimerait le rencontrer, seul à seul, et qu'il ne doit pas chercher l'entourloupe, parce que dans ce cas…

— Oui, dans ce cas ? »

Il fit subitement volte-face. Il gagna la porte à grands pas, leva un pied et flanqua un bon coup dans le battant. Avant de se tourner de nouveau vers moi.

« Dans ce cas, je viens démolir sa baraque, avec lui dessous, dites-le-lui. Et je le ferai seul. Je n'ai besoin de l'aide de personne !

— Belle clarté dans le message, il faut le reconnaître…

— Vous transmettez ?

— Je vais voir. Mais d'un autre côté… Ce n'est pas vous qui m'avez engagé, Kristoffersen. Combien êtes-vous prêt à mettre ?

— Dites un prix, Veum.

— Plus que vous ne pouvez offrir, je le crains.

— Ah oui ? répliqua-t-il, ironique.

— Une attitude honnête, et de bonnes intentions.

— Vous êtes dans les moins chers, si je comprends bien.

— Si peu cher que vous n'en avez pas les moyens », rétorquai-je.

Pendant une seconde ou deux, nous nous dévisageâmes. Il donna alors un dernier coup de pied dans la porte de chez Garrido, fit demi-tour et gagna sa voiture d'un pas décidé. Pendant un court instant, je craignis qu'il fasse subir le même traitement à ma Toyota. Mais il choisit l'autre option. Il la snoba avec superbe, s'assit au volant de son Audi et démarra, avant de partir en marche arrière vers la route sans m'adresser ne serait-ce qu'un petit signe de tête. J'en fus profondément blessé. J'eus les larmes aux yeux pendant tout le trajet retour.

29

À la troisième tentative, je pus joindre Berit Breheim. J'étais revenu au bureau, et il n'y avait pas un seul message sur mon répondeur.

« J'allais vous appeler, déclara-t-elle quand on me l'eut passée.

— Alors je fais faire des économies au cabinet.

— Je viens juste d'arriver. J'avais plusieurs réunions, et…

— Oui ?

— Mon demi-frère Randolf a appelé. Il était en ville, et il voulait déjeuner avec moi.

— Exact. Votre belle-mère a dit qu'elle attendait sa visite, quand je lui ai parlé. C'est là-bas qu'il loge ?

— Chez Sara ? Oui.

— Et vous avez déjeuné ensemble, alors ?

— Oui, nous… Il était inquiet pour Bodil, lui aussi. Sara lui avait dit… oui, que vous étiez venu. Bodil et lui avaient longtemps gardé le contact, a-t-il dit, mais ces dernières années, c'était devenu de plus en plus sporadique, et depuis Noël, il n'avait plus de nouvelles.

— Depuis Noël ?

— Oui. Il avait reçu une carte de vœux, c'est tout.

— Mmm.

— Mais… » Elle changea de ton. « Comment allez-vous ? J'ai appris que vous aviez été victime d'un accident ?

— Oui. Quelqu'un m'a reçu sur le pare-chocs devant le Kjottbasar. J'ai peur de ne pas valoir tripette, en ce moment.

— C'est épouvantable ! Mais c'était un accident, je suppose ?

— Je l'espère de tout cœur. Dans le cas contraire, c'était raté. »

Elle hésita.

« Alors… que comptez-vous faire, à présent ?

— À vrai dire, je n'en sais rien. Je reviens de Morvik. J'ai constaté que leur bateau avait disparu lui aussi. Mais le voisin pensait qu'ils avaient pu le vendre. À l'automne dernier.

— Bon.

— J'ai encore une chose à vérifier. La famille en Espagne.

— Oui, j'y ai pensé. Je l'ai déjà fait.

— Je croyais vous avoir entendue dire…

— Oui, mais ça commençait à faire un bon moment. J'ai appelé son frère et j'ai un peu tourné autour du pot. En laissant sous-entendre que Bodil et Fernando étaient en vacances quelque part où il fait chaud, sans préciser où on pourrait les joindre.

Je voulais savoir s'ils étaient passés les voir. Mais la réponse était négative. En tout cas, ils ne sont pas allés à Barcelone.

— Vous avez le nom de ce frère ?

— Vous ne me faites pas confiance ? réagit-elle.

— Oh si, bien sûr… Mais au cas où.

— Eduardo Garrido. » Elle me donna aussi son numéro de téléphone. « Et si vous appelez, surtout, faites attention à ce que vous dites. Les liens entre les deux familles sont déjà assez délicats.

— Que voulez-vous dire ?

— Oh, rien d'inhabituel. L'énorme différence de culture, en premier lieu. Vous comprenez, je pense ?

— Moui, peut-être. Mais… Bon, alors je crains que nous n'ayons joué presque toutes nos cartes pour l'instant. Le seul lien qui me reste concerne Trans World Ocean et la démission soudaine de Garrido. Un de ses collègues, un certain Kristoffersen, brûle de le retrouver, lui aussi. Et j'aurais bien aimé discuter un peu plus avec ce Bernt Halvorsen. Pas impossible que j'essaie la vieille méthode qui consiste à aller le voir à son domicile. Les gens comme lui sont souvent plus vulnérables sur leur territoire.

— C'est pour ça que vous êtes venu me voir à l'improviste l'autre soir, alors ? » Elle l'avait demandé sur un ton badin, mais la nuance amère ne m'échappa pas.

« Je suis désolé. Vous avez vu clair dans mon jeu.

— Faites-moi savoir dès que vous aurez du nouveau.

— Vous n'êtes pas facile à joindre.

— Essayez quand même. »

Je raccrochai et notai un nouveau nom sur mon bloc : *Randolf Breheim*. Bernt Halvorsen y était déjà. J'ajoutai un point d'exclamation derrière le premier et soulignai le second, sans que ça trahisse autre chose qu'une attention particulière à accorder à l'un comme à l'autre.

Encore une fois, je fus frappé par l'étroitesse de mon champ d'action. Si j'avais été policier, j'aurais pu obtenir les copies des listes de passagers au départ de l'aéroport de Flesland, sur les liaisons maritimes dans l'Ouest du pays, peut-être même des chemins de fer. De la sorte, j'aurais eu la confirmation ou l'infirmation que Bodil Breheim et Fernando Garrido avaient utilisé ces moyens de transport. J'aurais pu appeler Telenor pour avoir des relevés de leurs lignes téléphoniques ; qui ils avaient appelé, qui les avait appelés. En tant que détective privé, je devais me contenter de moi-même et de mon imagination fort limitée. Par ailleurs, ma tête était en piteux état pour le moment, après sa rencontre de mercredi matin avec le pavé.

Tel que je me sentais, c'était un avantage de pouvoir travailler par téléphone. Je composai le numéro de Sara Breheim. Une voix de jeune homme répondit :

« Ici Breheim.

— Bonjour. Ici Varg Veum. Vous êtes Randolf Breheim ?

— Oui.

— C'est moi qui fais quelques recherches autour de la disparition de votre demi-sœur, Bodil.

— Oui, je suis au courant.

— Accepteriez-vous de discuter un peu avec moi ?

— À propos de quoi ?

— De Bodil, tout d'abord.

— Eh bien… Je ne vois pas quelle contribution je peux apporter.

— Ça, c'est à moi de voir. Quand pouvons-nous nous rencontrer ?

— Aujourd'hui, je suis occupé, mais… demain matin, peut-être. J'ai deux ou trois courses à faire en ville.

— Un café à l'Ervingen, à neuf heures et demie… ça irait ?

— Euh… D'accord. Mais ne vous faites pas d'illusions. Ça fait plusieurs années que je n'ai pour ainsi dire plus de contacts avec Bodil.

— Tout peut avoir un intérêt. À demain, alors ?

— D'accord. Au revoir.

— Au revoir. »

Je restai un moment à contempler le téléphone dans ma main. Puis je regardai l'heure. Bernt Halvorsen faisait sûrement partie de ceux qui travaillaient tard. Mais à l'heure des émissions enfantines, même les plus acharnés passaient à la maison, pour contrôler que ces chers petits anges avaient encore les yeux ouverts, de préférence vers le téléviseur et qu'ils ne seraient pas trop mis à contribution. Après ça, il pouvait retourner au travail ou s'enfermer dans son bureau personnel, à moins qu'il ne s'agisse de l'un de ces jours où sa femme le traînait au théâtre, à une dégustation de vin, au cinéma ou Dieu sait vers quelles activités insupportables pour lui avec lesquelles elle pouvait occuper son temps libre. Depuis mes années à la Protection de l'enfance, j'avais vu les résultats lamentables de cette forme de vie de famille, et je n'avais pas l'impression que le climat s'était beaucoup amélioré chez les chefs d'entreprise depuis cette période.

Puisqu'on était jeudi, ils servaient des boulettes de pommes de terre et des salaisons deux étages en dessous de mon bureau. J'y pris un repas en compagnie d'un pasteur retraité spécialisé dans l'art d'écrire les cantiques, et nous nous plongeâmes chacun dans notre journal ; lui assez naturellement dans le quotidien chrétien *Dagen*, moi dans un organe de presse bien plus douteux, vu de Tel Aviv. Puis le pasteur partit, selon ses propres dires pour un concert vespéral à la Korskirke. J'allai pour ma part chercher la voiture et mis le cap sur Hopsneset, où j'arrivai à peu près au milieu des émissions pour la jeunesse.

Dans les années 1880, quand Edvard Grieg s'était installé à Troldhaugen, la zone était située loin de tout et tout le monde. À présent, sa propriété était encerclée par des voies rapides et des constructions modernes, et le Nordåsvann, jadis si paisible, était un bassin de décantation partiellement réhabilité, entouré d'immeubles sans cesse plus nombreux et sillonné par les hors-bord à la belle saison. *Le printemps* de Grieg passait depuis longtemps dans des canalisations. Les gens de Hopsneset vivaient dans un faste reculé. Très peu d'entre eux descendaient du peuple primitif de la ville toute proche, l'écrasante majorité étant arrivée en même temps que les paquets de mer sur leurs comptes en banque, du genre de ceux qui ne rejoindront la terre ferme que juste avant l'Apocalypse.

Je trouvai Bernt Halvorsen dans une maison à la façade faite de verre et de béton et aux pignons en pierre naturelle, derrière une clôture noire à claire-voie et au bout d'une allée gravillonnée recouverte de marbre pilé, sans trop de surprise puisque Marmorøy ne se trouvait pas très loin. Mais sur un point, je m'étais trompé. C'était peut-être un meilleur père que je l'avais pensé de prime abord. En tout cas, ce fut son épouse qui ouvrit ; une femme réservée mais aimable avec des cheveux blonds, de petites lunettes et une expression interrogatrice sur le visage. Je m'en rendis compte en une seconde : je l'avais vue quelque part au cours de la semaine écoulée.

« Madame Halvorsen ?

— Oui ?

— Je m'appelle Veum. Est-ce que Bernt Halvorsen est là ?

— De quoi est-il question ?

— D'affaires, je le crains.

— Il lit des histoires aux enfants. »

Je lançai un coup d'œil derrière elle, dans la grande entrée.

« Pas moyen de s'immiscer ?

— C'est si important que ça ?

— Il s'agit d'un bateau. Si vous pouviez lui glisser le message… Dites-lui que Veum est revenu, comme convenu, et qu'il est question du *Seagull.*

— Ah oui ? Ça ne peut pas attendre demain ?

— Que lit-il, qu'il soit si ardu d'interrompre ?

— *Les Frères Cœur-de-Lion*, d'Astrid Lindgren.

— Ah… » Je regardai l'heure. « Mais je peux attendre qu'il ait terminé. Que faites-vous dans la vie ?

— Je suis avocate, répondit-elle d'une voix glaciale.

— Tiens donc ! Alors vous connaissez sans doute maître Breheim. Berit Breheim. »

Elle leva les yeux au ciel.

« J'étais en procès contre elle il n'y a que deux ou trois jours.

— C'est ce qui me semblait. Je savais que je vous avais déjà vue. Avocate au titre de l'aide juridictionnelle, c'est ça ? »

Elle m'observa.

« C'est ça… Vous avez discuté avec Berit. Je m'en souviens, maintenant.

— Vous vous appelez par vos prénoms ?

— Oui, grands dieux ! C'est seulement en audience que nous sommes dans deux camps distincts, de temps en temps. Nous sommes avocates toutes les deux, quand même.

— Mais dans cette affaire, elle n'était pas dans le bon camp, selon vous ?

— Aucun doute là-dessus ! Elle n'a pas fait spécialement bonne impression, en tant que partie adverse, qu'en pensez-vous ?

— Non, pour être honnête, non. En fait, j'étais de votre côté, moi aussi. »

Quelqu'un l'appela depuis l'intérieur de la maison. Elle me lança un regard d'excuse.

« Ils ont peut-être terminé. Je vais aller voir. »

À tout hasard, elle claqua la porte derrière elle et me planta sur le perron. Je tournai le dos à la maison. Une pelouse bien entretenue, pas encore tondue cette saison. Les fleurs printanières étaient en pleine floraison, jonquilles et crocus, tulipes et rhododendrons en boutons, rosiers éclos depuis peu. Deux ou trois arbres fruitiers, quelques buissons de petits fruits. Une balançoire et un portique. L'idylle parfaite. Un bel endroit où grandir.

La porte s'ouvrit derrière moi. Bernt Halvorsen faisait penser à un videur dans l'ouverture. « Veum ? » demanda-t-il avec une tête informant que je ne devais pas essayer de resquiller avec de faux papiers sur mon âge, il m'avait vu venir.

« Oui, bonjour ! C'est bien que vous ayez eu un moment pour me parler.

— Je n'ai absolument pas prévu de vous parler, comme vous dites. Qu'est-ce qui vous prend de venir ici, me déranger chez moi ?

— Vous avez fait savoir vous-même, par le truchement de votre adorable chien de garde de

Kokstad, que j'étais contraint de revenir un autre jour. Eh bien… me voici !

— Écoutez, Veum…

— Eu égard à votre épouse, je n'ai pas mentionné Bodil Breheim.

— Bodil Bre… » Il sortit pour de bon, tira la porte derrière lui et gronda d'une voix crispée :

« Qu'est-ce que c'est que ce cirque ? Qu'est-ce que vous essayez d'insinuer ? »

J'hésitai. La céphalée était revenue. J'avais du mal à rassembler mes idées.

« Écoutez, Halvorsen, commençai-je d'une voix lasse. Les faits suivants ne font aucun doute : Fernando Garrido a démissionné de chez vous. Du jour au lendemain. Dans la nuit du samedi au dimanche des Rameaux, il s'est retrouvé en cellule de dégrisement pour tapage nocturne chez lui, en résultat de votre visite de samedi midi.

— Quoi ? !

— Et maintenant, il a disparu. Tout comme Bodil. Un témoin digne de foi vous a observé non seulement ce samedi-là, mais plusieurs fois auparavant, chez eux. Pendant que Garrido était en déplacement. Ça me donne le droit de poser des questions, non ?

— Un témoin digne de foi ?

— Oui. »

Je le vis hésiter un instant.

« OK, admit-il alors. Je reconnais les choses suivantes : *Un*. Oui, Fernando Garrido a démissionné, très brutalement, mais ce n'était pas en réponse à un souhait de ma part. Bien au contraire !

— Ah oui ?

— *Deux*. Oui, je suis allé chez eux le samedi dont vous parlez. Pas pour rendre visite à Bodil, comme vous le sous-entendez, mais pour convaincre Fernando de changer d'avis. Nous avions besoin de lui. Il fait du bon boulot.

— Mais il a refusé ?

— Oui.

— Pourquoi, à votre avis ?

— Il n'a donné aucune raison, il avait l'air très décidé, presque…

— Oui ?

— Non, il avait l'air nerveux, d'une certaine façon, et il a réagi avec beaucoup de fougue quand j'ai essayé de lui faire entendre raison.

— Ce n'est pas parce que vous étiez allé voir sa femme en son absence qu'il a mal réagi, alors ? »

Il éleva un rien la voix.

« *Trois*. Je ne suis jamais allé chez Bodil et Fernando en l'absence de Fernando !

— Mon témoin prétend le contraire.

— Ce sont des mensonges !

— Que Garrido vous a surpris, ce samedi.

— Surpris ? Je suis arrivé un peu avant lui. Rien de plus.

— Ah oui ?

— Oui !

— Parole contre parole, comme on dit dans une salle d'audience.

— Mais ce n'est pas là que nous sommes en ce moment.

— Non. »

Il me lança un coup d'œil mauvais.

« Ma femme dit... Vous avez évoqué l'un de nos bateaux.

— Oui. Le *Seagull*. Il est à Hambourg, c'est bien ça ?

— C'est possible. Qu'a-t-il de si intéressant, le *Seagull* ?

— Je crois que vous le savez mieux que moi, Halvorsen. »

Il soutint mon regard.

« Je ne vois absolument pas à quoi vous faites allusion !

— Mais ça finira bien par arriver.

— Dites-moi, pour qui travaillez-vous, Veum ?

— Kristoffersen m'a posé la même question.

— Kristoffersen ?

— Il cherche Garrido, lui aussi.

— Non sans raison, le cas échéant. Il a laissé derrière lui tout un tas de travaux en cours. S'il ne revient pas sur sa décision de démissionner, il y aura beaucoup de choses à voir avec lui. On ne s'en va pas comme ça !

— La famille de Bodil se demande aussi ce qu'ils sont devenus. Vous ne pouvez pas les aider, alors ?

— Tout ce que je peux imaginer, c'est qu'ils sont partis pour de longues vacances non méritées !

— C'est curieux, c'est ce à quoi tout le monde pense. Mais personne n'a reçu de carte postale, et ils n'ont dit à personne où ils comptaient aller. C'est bizarre, vous ne trouvez pas ?

— Très ! Ce sera tout ?

— Si vous n'avez pas d'autre contribution à apporter, oui.

— Alors bonsoir, Veum. Je n'ai pas dit *au revoir.* » Il ouvrit la porte et rentra.

« Et pourtant, on ne sait jamais ! » glissai-je avant qu'il ne referme complètement.

Mais il m'avait fermé la porte au nez. Ce que j'avais à dire ne l'intéressait pas, lui non plus. Un coup d'épée dans l'eau, ça aussi. Tout ce qu'il me restait, c'était une migraine.

30

Avant de rencontrer Randolf Breheim le lendemain, je fis un saut au bureau pour contrôler le répondeur et passer en revue le courrier éventuel.

Un message un peu frénétique de Torunn Tafjord attendait sur le répondeur : « *Le* Seagull *a quitté Hambourg. Je le suis. Je vous appellerai quand j'arriverai à Bergen.* » Un court instant, je l'imaginai en train de suivre le bateau, comme une mouette au-dessus de la mer du Nord. À moins qu'elle n'ait assez d'énergie pour pagayer.

Le courrier ne contenait à peu près que des factures, que je déposai sur la pile, soigneusement triées selon la date limite d'encaissement. Celles du dessus avaient dépassé la leur depuis longtemps, mais j'estimais qu'il s'écoulerait encore une ou deux semaines avant l'arrivée des premières torpilles. Si j'avais besoin de quelque chose, c'était d'un payeur fiable et généreux. Je devrais peut-être envoyer ma première facture à Berit Breheim avant qu'elle ne change d'avis.

Je descendis avec le premier journal de la journée à l'Ervingen, pris un café et cinq gaufres en cœur et me dénichai une place près d'une fenêtre. Page 2, je trouvai un appel de la police de Bergen. Ils cherchaient « *des témoins de l'accident survenu au carrefour Kjøttbasar/Torget le mercredi 21 avril à 8 h 55* », lisait-on. « *Un homme d'une cinquantaine d'années a été percuté par une voiture venant de Torget et allant vers Bryggen.* » À mon grand soulagement, je constatai que « *le lendemain, l'accidenté a quitté l'hôpital sans blessure grave* », mais la police voulait néanmoins discuter avec « *d'éventuels témoins oculaires de l'accident* ».

Un homme à la barbe rousse soignée, aux cheveux noirs et au teint frais s'approcha de ma table. Je vis sur-le-champ qu'il ne m'était pas tout à fait inconnu.

« Veum ? »

Je hochai la tête, et nous nous serrâmes la main.

« Randolf. Je vous ai vu au palais de justice. »

Je le situai rapidement dans mes propres souvenirs. C'était l'un des copains qui s'étaient rassemblés autour du prévenu à l'interruption de séance. Je me rendis compte qu'il y avait ici un autre lien avec le procès auquel sa sœur avait participé la semaine précédente, sans que je voie le moindre rapport avec l'enquête qui m'occupait.

Il alla au comptoir, et j'en profitai pour l'observer en douce. Il me semblait reconnaître certains traits de sa mère sur son visage, mais la mâchoire inférieure et la bouche devaient venir de son père, avec un sourire crispé qui pouvait facilement paraître arrogant. Il revint avec un Coca et un sandwich baguette crevettes-salade.

« J'espère que ça se passera bien.

— Pour ?

— Pour Terje, évidemment ! Le verdict tombe aujourd'hui à trois heures. Mais il sera acquitté.

— Vous en êtes certain ? »

Il mordit dans son sandwich et avala avant de répondre.

« Si toutes les minettes avec qui vous couchez devaient vous traîner devant les tribunaux, ce ne serait pas triste ! Les seuls à y gagner, ce seraient les avocats.

— Dont votre sœur.

— Oui, oui. Elle s'en sort sans aucun doute très bien sans mon aide.

— Mais c'est vous qui lui avez fourni cette affaire, peut-être ?

— C'est moi qui ai conseillé à Terje de l'appeler, oui. » Il sourit de toutes ses dents. « Vous savez… Dans une affaire de viol, si vous êtes défendu par une femme… Pas con, ça, hein ?

— En effet. Comment connaissez-vous Terje, alors ? Et il s'appelle Terje comment ?

— Terje ? Terje Nielsen. On se connaît depuis qu'on est mômes. Son oncle, Kåre Brodahl, travaille dans le même magasin que mon cousin. Et on s'est retrouvés dans le même lycée, à Tanks.

— Alors il connaissait déjà Berit, lui aussi ?

— Il savait qui elle était, bien sûr. Mais vous savez… Berit a… quoi ? Treize ans de plus que nous. Quand nous traînions ensemble après les cours, elle était partie depuis longtemps de la maison.

— Quelles relations entretenez-vous avec votre frère et vos demi-sœurs ? »

Il haussa les épaules.

« Aussi bonnes que possible. On a formé deux groupes, vous vous en doutez, mais la vieille a veillé à ne faire aucune différence, à tel point que Bodil et Berit ont été presque plus gâtées que Rune et moi.

— Gâtées ?

— Oui, en termes d'attention, quoi. Le droit de partir en vacances seules, des choses comme ça. Si nous protestions un tant soit peu, la vieille nous rappelait : "N'oubliez pas qu'elles sont à plaindre, les garçons. Elles ont perdu leur mère de façon affreuse." » Il imita un peu la façon de parler de sa mère.

« Mais elles étaient nettement plus âgées que vous, comme vous le faites remarquer.

— Oui, oui. Je ne me plains pas. Ne vous méprenez pas.

— Et par la suite ? Une fois adultes, vous avez gardé le contact ?

— Plus ou moins. J'ai passé ces dernières années au Svalbard, et avant ça, j'étais à Trondheim. Il y a des réunions de famille et ce genre de choses, bien sûr. Même Rune, je finis par ne plus le voir qu'à ces occasions. Il a une famille, des gosses. Quant à moi, je suis un vieux célibataire et j'aime jouer.

— J'avais cru comprendre.

— Mais c'était surtout Bodil qui vous intéressait, il me semble. » Il posa sur moi un regard sceptique. « Est-ce vrai qu'elle et Ferdinand auraient disparu ?

— Il s'appelle Fernando, je crois.

— Oui, je sais. Mais nous, on trouvait que c'était beaucoup plus marrant de l'appeler Ferdinand.

— Je vois. Eh bien… Disparus ou simplement partis sans prévenir les proches, je ne sais pas encore.

— Ils doivent le savoir au boulot de… Fernando ?

— Il venait de démissionner.

— Quoi ? De TWO ?

— Oui. Ça vous surprend ?

— Dans la mesure où… qu'est-ce qu'il va faire d'autre ? Ou est-ce qu'un concurrent l'a débauché, par exemple ?

— Possible. Je n'en sais rien. Vous le connaissez bien ?

— Pas très. Nous étions à leur mariage, évidemment. Parfait, d'ailleurs. Il avait une sœur superchouette, soit dit en passant. Mais je ne parle pas trop espagnol, et son anglais laissait franchement à désirer, alors… » Il sourit d'une façon qu'il souhaitait peut-être mystérieuse. Elle me parut surtout niaise. « Ils étaient venus en bande d'Espagne, mais ils se surveillaient bien les uns les autres. Je ne crois pas qu'ils tablaient sur d'autres alliances.

— Alors il n'y a rien eu pour vous ?

— Rien de… durable, non.

— Comment était le contact avec Bodil, ces derniers temps ?

— Ah, ça, mauvais. En fait, je crois que je ne l'ai pas vue — ni… Fernando — depuis Noël il y a un an et demi.

— Mais Berit a dit que Bodil et vous vous entendiez bien, avant ?

— Avant, oui. Il y avait une moindre différence d'âge, alors elle a vécu plus longtemps à la maison que Berit. Elle a dû se sentir comme une grande sœur vis-à-vis de Rune et de moi. En tout cas, elle écrivait souvent, les années où j'étais à Trondheim. Les premiers temps au Svalbard aussi. Mais ça s'est éteint, petit à petit. Pas de fin brutale. Les lettres se sont espacées, tout simplement. Et je dois le reconnaître : je n'étais pas très doué pour répondre. Alors je suis tout aussi responsable.

— Ce Fernando Garrido. Quelle était votre opinion sur lui ? »

Il fourra son dernier bout de sandwich dans sa bouche, le fit descendre avec une gorgée de Coca et hésita. « Eh bien… Je ne sais pas si je me suis fait une opinion, en réalité. Il était assez guindé. Quand nous discutions de tout et n'importe quoi, il pouvait paraître plutôt entêté. C'était un étranger, Veum. Il faut l'admettre. J'ai toujours pensé *qui se ressemble s'assemble.*

— Autrement dit, vous n'étiez pas chaud pour ce mariage ?

— Pour ou contre, quelle importance ça a ? Mes sœurs — demi-sœurs — vivent leur vie. Elles peuvent se marier avec qui ça leur chante, en ce qui me concerne, tant que ce ne sont pas d'autres gonzesses.

— Non, vous n'aimeriez pas…

— Non, parce que… Vous, si, peut-être ?

— Je n'ai pas de sœur.

— D'accord, mais par principe ?

— Eh bien… » Je bus une gorgée de café pour ne pas avoir à répondre, et jetai un coup d'œil sur mon petit bloc-notes. « Kåre Brodahl, avez-vous dit. Il est vivant ? »

Une ride apparut sur son front.

« Kåre Brodahl ? Je crois bien ! Pourquoi cette question ?

— Oh… J'ai juste retenu le nom quand vous en avez parlé. Et il était employé chez votre père ?

— Il est toujours dans ce secteur, si je ne m'abuse.

— Où ça ? »

Il donna le nom d'un des anciens magasins de confection pour homme, dans Strandgaten.

« Vous pourriez acheter un costume, Veum. Vous pourriez en avoir besoin. »

Je méprisai la remarque et revins quelques pages en arrière dans mon petit carnet.

« Une dernière chose… Vous avez une tante… Solveig, c'est exact ? »

Il avait l'air de plus en plus étonné. « Oui ? » Puis il émit un petit rire stupide. « Dites-moi, vous soupçonnez tante Solveig et Kåre Brodahl de s'être associés pour enlever Bodil et Ferdi… désolé, Fernando ? » Il éclata d'un rire plein de mépris. « Alors je crains que Berit n'ait engagé la mauvaise personne.

— Possible. Solveig Breheim ?

— Solveig Sletta. Elle est mariée.

— Mais c'est la sœur de votre père ?

— Oui. Vous vouliez savoir autre chose ?

— Où habite-t-elle ?

— Dans Nye Sandviksvei ; je ne me souviens pas qu'elle ait habité ailleurs. »

Je notai. « Bon, mais alors… Si vous repensez à quelque chose… » Je lui tendis une carte de visite.

Il la regarda avec dégoût.

« Je verrai… Même si je ne comprends rien à ce que vous cherchez.

— Ah non ? Vous n'avez pas l'air particulièrement inquiet quant à ce qui a pu arriver à votre demi-sœur et à son mari.

— Pourquoi le serais-je ? Ils ont toujours suivi leurs propres envies. Je ne crois pas une seule seconde qu'il leur soit arrivé quelque chose. » Il jeta un coup d'œil à sa montre et se leva. « Mais il faut que je m'en aille. J'ai rendez-vous avec Terje.

— Vous sortez déjà fêter la victoire ? »

Il me fusilla du regard.

« Pourquoi attendre ? La réponse est connue d'avance, croyez-moi. »

Nous nous adressâmes un signe de tête mesuré. J'avais la nette impression que le manque d'enthousiasme était réciproque.

Je jetai un coup d'œil par la fenêtre. Du côté de Bryggen, les voitures passaient en trombe, sans heurter personne aujourd'hui, pas encore. La lumière printanière s'élevait sur la ville, blanche, impitoyable. Sur le flanc de la montagne, la couche mauve annonçait que l'ensemble ne tarderait pas à exploser en vert. L'heure était venue du grand nettoyage de printemps, dedans comme dehors.

Randolf Breheim parti, je restai attablé devant une autre tasse de café pour passer mes notes en revue. Puis je partis vers Strandgaten, voir des costumes.

31

Un magasin de confection masculine distingué, en début de matinée à une période de l'année où il n'y a pas de soldes, c'est comme une lacune dans la vie. Rien ne presse. L'éclairage est violent. Les messieurs qui y travaillent sont aimables, ils savent ce qu'ils ont à faire, et prennent votre tour de taille d'un simple coup d'œil. Ils vous parlent à voix basse et attentionnée, comme si vous étiez venu préparer des obsèques. La musique d'ambiance diffusée par les haut-parleurs n'est destinée à agacer personne hormis les mélomanes invétérés et autres âmes chagrines. Ici, même Herb Alpert & The Tijuana Brass représenteraient une provocation.

L'agent des pompes funèbres qui m'accueillit m'orienta vers le sous-sol, où Kåre Brodahl régnait sur un assortiment pas trop choquant de chemises dans les tons de gris, marron et noir. La plupart des gens n'ayant pas atteint l'âge de la retraite auraient fait volte-face sans plus tarder. Je fis pour ma part comme si de rien n'était, et simulai de l'intérêt.

Kåre Brodahl était un type mince de soixante et quelques années, dont les cheveux gris dessinaient de belles boucles organisées avec soin. Il dégageait une odeur fraîche d'après-rasage, et donnait l'impression d'être l'homme de la situation, à tout point de vue.

« Un costume ? Pour un usage quotidien ? »

Le regard qu'il promena sur ma tenue préférée du moment — blouson de cuir noir et jean assorti — trahit qu'il n'excluait pas que ce pût être nécessaire.

« Moui, répondis-je pour ne pas trop m'avancer. C'est Randolf Breheim qui m'a conseillé de venir.

— Randolf ? » Son visage s'éclaira. « C'est très gentil de sa part. Il est à la maison ?

— Il suit le procès. »

Le sourire s'éteignit.

« Ah, d'accord. » Ses yeux se plissèrent. « Ce n'est pas pour ça que vous êtes venu, j'espère ?

— Non, non. J'ai besoin d'un costume. Mais le hasard a voulu que je fasse des recherches sur des événements qui ont eu lieu il y a très longtemps.

— Ah bon ? » Il dépendit un costume discret gris rayé d'un des portants. « Celui-ci, peut-être ? »

Je poussai un soupir. « Je devrais l'essayer, non ?

— Bien sûr. C'est par ici. »

Tandis que j'entrais derrière le rideau bleu marine, retirais mes chaussures, suspendais mon pantalon et mon blouson et passais le costume gris, nous poursuivîmes notre conversation à travers le rideau.

« Il s'agit de votre ancien patron, Ansgar Breheim.

— Ansgar ?

— À l'époque où sa première femme est morte. »

Le silence s'abattit de l'autre côté du rideau.

Je passai la tête. « Vous avez entendu ce que j'ai dit ? »

Il lança un coup d'œil désapprobateur sur mes jambes.

« J'ai entendu ce que vous avez dit, oui. Dites-moi, il ne convient pas ?

— Un peu large à la taille, non ?

— Oui, en effet. Mais ça peut se rectifier. Aucun problème. La longueur a l'air bonne.

— Vous travailliez pour Breheim, n'est-ce pas ?

— C'est exact.

— À l'époque aussi ?

— Quand Mme Breheim est morte ? Oui, probablement.

— Ça a dû être un drôle de choc ?

— En effet. Mais n'oubliez pas, monsieur…

— Veum.

— Ça fait assez longtemps. À la fin des années 50, c'est bien ça ?

— 1957.

— C'est ça. Il s'est passé beaucoup de choses depuis.

— Mais alors vous connaissiez sa seconde femme ?

— Sara, oui. Je la connaissais mieux que… la première. Nous étions collègues, Sara et moi.

— Et vous avez gardé le contact, par la suite ?

— Oh, le contact… Nous n'étions pas à proprement parler amis. C'étaient mon neveu et Randolf, qui étaient copains. Mais j'ai été employé là-bas jusqu'à ce que la maison soit vendue, en 1983. Puis j'ai obtenu un poste ici.

— J'aimerais revenir à ce qui s'est passé, au moment de la mort de Mme Breheim.

— Dites-moi… Il vous intéresse, ce costume, ou non ? »

Je me regardai dans le miroir. « Je ne sais pas. C'est un peu habillé, non ? »

Il haussa un sourcil ironique.

« Ça dépend beaucoup des occasions où vous comptez le porter. Comme tenue de tous les jours, c'est peut-être un peu strict, oui. Que faites-vous dans la vie, d'ailleurs ?

— Je suis détective privé. »

Il fit la même tête que s'il venait d'avaler de travers.

« Détective privé ! Ça existe, ça ?

— Il y en a au moins *un*, en tout cas. »

Il pouffa de rire avec mépris.

« Et tout ce sur quoi vous trouvez à enquêter, ce sont des affaires vieilles de trente-cinq ans, au moins ?

— Oui ? Vous avez des choses à me dire là-dessus ?

— Sur ce qui s'est passé à l'époque ? Non… »

Le regard. C'était ce dont il se souvenait le mieux.

Ce regard qui semblait venir de très, très loin. Ansgar Breheim, assis contre le mur près de l'estrade, une serviette tachée de sang devant le nez et la bouche, et qui grommelait, comme en transe : Il m'a cassé la figure ! Comme ça…

Puis Sara : Qu'est-ce qu'on doit faire, Kåre ?

Une pointe de douleur, comme un tour de reins, quand il s'était redressé.

— Nous allons l'emmener au poste de secours. Nous pouvons bien le faire, nous…

Et par la suite… tout le reste.

Mais c'était ce regard qu'il n'oublierait pas. Jamais.

« Non, qu'est-ce que ça devrait être ? Je me rappelle… Breheim est venu travailler le lundi matin, livide, mutique. Mardi après-midi, nous avons eu le reste de l'histoire. Ça nous a fait l'effet d'un choc, à tous, bien entendu. Mme Breheim, si belle et vivante, et voilà qu'elle était… Comme chez Welhaven, vous savez.

— Welhaven ?

— *Un canard sauvage qui nage doucement*, et ainsi de suite. Sur cette belle créature, ou Dieu sait comme il la décrit, qui nage jusqu'au fond de la mer après avoir été mortellement blessée, s'y cramponne avec son bec et meurt, toute seule.

— Tordis Breheim n'est pas morte seule… Elle a entraîné quelqu'un avec elle.

— Ça n'empêche que…

— Étiez-vous un peu épris de Mme Breheim, vous aussi, Brodahl ?

— Épris ? Eh bien… C'était une belle femme,

en tout cas. Elle ne laissait personne de glace. Elle était comme ça. »

Il se tut, une expression de ravissement sur le visage, comme si cinq minutes seulement nous séparaient de sa dernière visite.

Je retournai dans la cabine d'essayage pour ôter le costume.

Où étais-je moi, en 1957 ? Aurais-je pu croiser son chemin, par hasard, dans ce petit bout de ville où les vies et les destins s'étaient entrelacés de tant de façons au fil des siècles et des décennies ?

Je ressortis.

« Vous vous souvenez de ses deux filles, j'imagine ? »

Il me regarda de très loin, encore perdu dans ses rêveries.

« Oh oui, oui. Berit est même devenue avocate.

– Oui, c'est elle qui défend votre neveu.

– Oui.

– Vous n'avez pas pris le temps de suivre le procès ? »

Ses yeux se plissèrent de nouveau, de la même manière caractéristique.

« Non, pourquoi le ferais-je ? Ce n'est pas vraiment un sujet de conversation dans la famille. C'est le problème de ma sœur, en premier lieu. Et celui de Terje, évidemment.

– Vous voulez dire… »

Il explosa. « Enfin, merde, on doit pouvoir se trouver des gonzesses sans les obliger à quoi que ce soit ? ! »

Je hochai la tête. « Je suis tout à fait d'accord.

Mais Berit n'a manifestement pas ménagé ses efforts contre la partie adverse. D'ailleurs, le verdict doit être rendu cet après-midi à trois heures.

— Très bien.

— Mais ce qui m'intéresse surtout, ce sont les deux sœurs. Berit et Bodil. Vous avez gardé le contact au fil des ans ? Après la mort de leur mère, je veux dire.

— Oui et non. Elles passaient au magasin, de temps en temps, bien sûr, et je connaissais… Sara, leur belle-mère. Mais je vous l'ai déjà expliqué.

— Bodil, la cadette. Vous l'avez revue, ces dernières années ? »

Il secoua lentement la tête.

« Non. Pas depuis qu'elle était… Mais pourquoi me posez-vous toutes ces questions ?

— Pour rien, si ce n'est qu'elle a peut-être disparu. Personne ne sait où elle est, en tout cas. C'est pour ça que je fais quelques recherches. »

Il me dévisagea, incrédule.

« Et ça pourrait avoir un rapport avec ce qui est arrivé à sa mère, en 1957 ?

— Non, non. Pas obligatoirement. Il y a juste que cette vieille histoire refait sans arrêt surface, de manière inopinée.

— Laissez les morts en paix, Veum. Voilà ce que je pense de cette affaire.

— Même s'ils nous hantent ?

— Plaît-il ? »

Il ressemblait à un grand point d'interrogation quand je partis, et je ne fis aucune tentative pour le redresser.

32

Où étais-je en 1957 ? me demandai-je de nouveau tandis que j'allais voir Solveig Sletta. Je l'avais prévenue par téléphone. En entendant de quoi il était question, elle m'avait invité sur-le-champ chez elle, dans Nye Sandviksvei. « Juste avant Rothaugsvingen, avait-elle précisé. Je peux faire du café, si vous voulez.

— J'arrive... »

En 1957, j'avais quinze ans. En septembre quand Tordis Breheim et Johan Hagenes s'étaient tués, j'étais en troisième à la Katedralskole de Bergen et j'étais amoureux d'une certaine Gro, avec qui je faisais des promenades à vélo jusqu'à Askoy, sous la pluie battante. Je prenais Strandgaten deux fois par jour, en allant et en revenant du collège. J'étais donc passé quotidiennement devant l'endroit où travaillaient Ansgar Breheim, Kåre Brodahl et Sara Taraldsen. J'avais peut-être même croisé Tordis Breheim sur le trottoir, à plusieurs reprises, si près que j'aurais pu la toucher, un geste impensable, bien sûr — c'était une adulte, et moi un adolescent dégingandé. S'il avait été possible de repasser en arrière le film de la vie et de s'arrêter à ces endroits, j'aurais pu interrompre la lecture à cet instant précis, laisser l'image vaciller et me lever du siège de projectionniste pour aller étudier l'écran dans le détail. Il passait encore des voitures dans cette partie de Strandgaten. Elle n'était devenue rue piétonnière que dans les années 70. Sundt & Co. y avait encore son ancien magasin, dans un immeuble construit en 1889. Les gens originaires des fjords à proximité allaient encore d'un pas traînant de Nykirkekaien au Marché aux poissons, avec un regard particulier, pour accomplir des tâches qui ne se faisaient qu'en ville. Strandgaten était encore la rue commerçante numéro un de Bergen, où chaque secteur d'activité était représenté et où il n'y avait plus le moindre local commercial libre. Et là, sur le trottoir devant chez Breheim & Co., une belle femme rousse s'arrêtait, s'observait rapidement dans la vitrine à côté de la porte et rajustait un peu son chapeau, avant de pousser la porte et de faire son entrée, avec son élégance coutumière. Sur le trottoir juste derrière elle, j'arrivais avec mon cartable sous le bras et la tête ailleurs, auprès de Gro ou Svanhild ou Dieu sait qui occupait le piédestal cette semaine-là, aveugle à tout le reste, aveugle aux souvenirs que j'aurais tant aimé avoir aujourd'hui, plus de trente-cinq ans plus tard.

Mais c'était loin, 1957. Tous les acteurs de ces événements que je rencontrais étaient des sexagénaires – au moins. Solveig Sletta ne dérogeait pas à la règle. La femme qui m'ouvrit quand j'arrivai avait les cheveux gris, avec une très légère nuance dorée qui laissait penser qu'elle avait pu être Boucle d'or dans son jeune âge. Elle était assez petite, pâle, sa peau était lisse à l'exception d'un fin réseau de rides qui trahissaient malgré tout son âge. Elle portait une robe bleue en laine et un petit collier de perles autour du cou ; hormis cela, pas d'autre bijou que son alliance.

« Madame Sletta ? Je suis Varg Veum.

— J'ai été épouvantée quand vous avez appelé. Bodil et Fernando ont vraiment disparu ?

— C'est ce que j'essaie de découvrir.

— Mais alors… Entrez ! »

Elle habitait dans le tout dernier groupe de maisons avant Rothaugen. De l'autre côté de la rue, elle logeait dans l'un des immeubles qui occuperait sans nul doute la première marche du podium s'il fallait élire le plus vilain bâtiment de toute la ville. Le centre d'urgences que la Croix-Bleue avait fait construire en 1977 était capable de terroriser les alcooliques les plus imbibés, et c'était peut-être d'ailleurs le but. Par rapport aux maisons en bois situées en contrebas, à Skuteviken, le bâtiment était aussi hideux que le prétendu Fylkesbygg[1] de Nordnes ; des vestiges d'une architecture sur laquelle le jugement était sans appel. Il fallait les raser le plus tôt possible, et quand ce serait fait, Solveig Sletta retrouverait son vieux panorama.

Elle nous servit le café et s'assit sans trop de

1. Hôtel de région.

surprise dos à la fenêtre. Même une personne n'ayant pas le moindre milligramme d'alcool dans le sang ne pouvait endurer le spectacle du centre d'urgences de la Croix-Bleue plus de deux ou trois minutes d'affilée.

Elle me tendit un petit plateau garni de biscuits variés.

« Servez-vous ! Et racontez-moi ce qui s'est passé. »

Je lui résumai la situation, avant de terminer avec la question habituelle : « Y a-t-il longtemps que vous avez parlé à Bodil, madame Sletta ? »

Son regard était bleu clair, un peu lointain.

« Moui… Ça devait être au mois de février. Elle passait de temps en temps, quand elle descendait en ville. En fait, j'ai aussi mes propres enfants et petits-enfants, et la mère de mon mari est toujours vivante.

— Votre mari…

— Oui. Il s'appelle Hans. Il est au travail. Il est employé de la NSB, au cas où ça vous intéresserait.

— Conducteur de train, alors ? demandai-je, surtout par courtoisie.

— Non, non. Il travaille dans les bureaux. Il s'occupe de planification, déclara-t-elle avec emphase, comme si on pouvait être fier de ce genre de chose.

— À propos de Bodil, quelle impression vous a-t-elle laissée, la dernière fois que vous l'avez vue ?

— Ah… Quelle impression ? Elles trahissaient

une certaine lassitude, les deux petites, si vous voulez mon avis.

— Les deux petites ? Vous faites référence à Bodil et Berit ?

— Oui, je les appelle toujours comme ça. » Elle fit un sourire triste. « Je ne sais pas si vous êtes au courant de ce qui est arrivé à leur mère… »

Je fis un rapide petit écart, secouai à peine la tête et répondis :

« Non… Quoi donc ? »

Tante Solveig ne se fit pas prier.

« Tordis, leur mère, était… on doit bien pouvoir le dire… une femme de mœurs on ne peut plus légères. À l'automne 1957, elle a fait une sortie de route près de Hjellestad avec un de ses amants, et ils sont morts tous les deux.

— Non ?

— Si. Et ce n'était certainement pas le premier homme avec qui elle folâtrait. Il suffisait de l'avoir vue entrer dans une chambre, la prendre d'assaut, pour ainsi dire… Les hommes semblaient collés à elle, comme des insectes sur une bande de papier tue-mouches. » Elle haussa deux sourcils ironiques. « Elle avait belle allure, le problème n'est pas là, mais vous savez ce que l'on dit, Veum : il ne faut pas se fier aux apparences.

— Vous ne l'appréciiez pas beaucoup, si je comprends bien ?

— Il ne faut pas dire de mal des morts, pourtant… Je plaignais les deux petites, mais quand même… Si vous voulez mon avis, Ansgar n'a pas perdu au change en se remariant avec Sara.

– Elle travaillait dans son magasin, n'est-ce pas ?

– Oui.

– Pouvait-il y avoir quelque chose entre elle et votre frère, avant l'accident de Mme Breheim ?

– Certainement pas ! Elle avait un ami, à cette époque. Ils étaient pour ainsi dire fiancés.

– Ah oui ?

– Il travaillait dans le même magasin, d'ailleurs.

– Ah bon ? Vous pensez à…

– Kåre Brodahl, si ma mémoire est bonne. Dieu seul sait ce qu'il est devenu. Mais ça s'est arrêté, bien sûr, après qu'Ansgar et Sara, c'est-à-dire, *avant* qu'Ansgar et Sara… Bon, vous voyez ce que je veux dire. »

Je hochai la tête. Je voyais ce qu'elle voulait dire. Et j'aurais pu lui dire ce que Kåre Brodahl était devenu. Mais je m'abstins.

« Je vais vous dire, poursuivit-elle. Hans faisait toujours ses courses là-bas. Il avait des remises parce qu'il était de la famille, bien entendu. Il y allait la veille du début des soldes, des choses comme ça. Il fallait toujours que je l'accompagne, les hommes n'y comprennent rien en matière de vêtements. » Elle jeta un coup d'œil critique à ma tenue. « Pas mon Hans, en tout cas. Pourtant les premières années après le mariage d'Ansgar et Sara… Kåre Brodahl était toujours employé là-bas. Je n'arrive pas à comprendre pourquoi il n'a pas démissionné. Mais peu importe. Ça donnait l'impression d'arriver en pleine guerre froide, monsieur Veum. L'ambiance était parfois si glaciale que ce devait être un calvaire d'essayer des vêtements entre leurs murs.

– Oui, en effet. Ça a dû être une situation assez étrange.

– Un équilibre de la terreur, comme je qualifie ça aujourd'hui. Et Brodahl a tenu bon. Il n'est pas parti avant d'y être contraint, quand Ansgar est mort et que Sara a décidé de vendre. Où est-il, aujourd'hui… Encore une fois, je n'en sais rien.

– Mais ça pourrait avoir un rapport avec la mort de la première Mme Breheim ?

– Oh non. Je gardais les enfants le week-end où ça s'est produit. Le dimanche matin, Ansgar a appelé pour demander si les petites pouvaient rester jusqu'au soir, et quand je lui ai demandé s'il y avait un problème, il m'a juste répondu : "C'est Tordis. Elle n'est pas encore rentrée à la maison…" Le soir, quand il est venu les chercher, il avait l'air complètement retourné, et… » Elle leva les mains à sa bouche. « Il était tout contusionné après avoir été passé à tabac par ce voyou avec qui Tordis avait une liaison. Vous imaginez ? L'amant fait sa fête au mari, et la femme s'en va avec quand même ! Ils ont eu ce qu'ils méritaient, si vous voulez mon avis.

– Comment l'ont pris les deux fillettes ?

– Bodil était toute petite. Je ne crois pas qu'elle se souvienne de sa mère. Berit a fait une petite crise d'hystérie quand elle a vu l'allure de son père. Elles sont tout de même reparties avec lui, et deux jours plus tard, nous l'avons tous appris. Ça a été une onde de choc dans toute la famille. Et il nous a fallu du temps pour nous en remettre, tous autant que nous étions.

— Mais votre frère s'est remarié assez vite, après ça ?

— Il a attendu un an, comme il se doit ! C'était sans doute en premier lieu pour les deux petites. Je veux dire… Il fallait bien qu'elles aient une mère. Et Ansgar n'était pas fait pour vivre seul.

— Vous n'êtes pas la première à me le dire.

— Alors ça doit être vrai.

— Vous avez dit tout à l'heure qu'il y avait une certaine lassitude chez Berit et Bodil.

— Oui. » Son regard se perdit. « Elles savent… Aucune n'a eu d'enfant. Parfois, j'ai presque l'impression que ce sont elles qui l'ont voulu. Qu'elles portent en elles la crainte d'agir avec aussi peu d'égards envers leurs propres enfants que leur mère l'avait fait vis-à-vis d'elles.

— Ces choses-là peuvent aussi se traduire sur le plan physiologique, ai-je entendu dire.

— Physio… que voulez-vous dire ?

— Oh, que même si elles désiraient de tout leur cœur un enfant, elles ne seraient pas capables d'en avoir à cause de la résistance de leur corps.

— Ah oui ? » Elle me regarda avec scepticisme, et je n'étais pas non plus convaincu à cent pour cent.

Sur ce, la conversation fut plus ou moins terminée. Avant de m'en aller, je ne pus m'empêcher de demander :

« Avec qui Berit était-elle mariée, en fait ? »

Son regard se fit lointain.

« Rolf ? Un bon à rien, Veum. Croyez-moi, un insignifiant bon à rien. »

Elle n'en dit pas plus, et je n'insistai pas. Ça ne serait pas compliqué à découvrir. Un coup de fil à Karin Bjørge suffirait. Mais quand je revins au bureau, j'avais de la visite.

33

Elle s'était assise à la table de ma salle d'attente et l'avait débarrassée des magazines des années 70, malgré la valeur certaine qu'ils auraient eu chez un antiquaire, et avait branché son PC portable. Quand je passai la tête à l'intérieur, ce fut à peine si elle eut le temps de lever les yeux. En tout cas, elle prit son temps pour terminer sa phrase, fit claquer le couvercle, bondit de son siège et vint vers moi. C'était une petite pile électrique brune avec des lunettes ovales, des pattes d'oie et une main tendue.

« Monsieur Veum, je présume ?

— Et vous êtes…

— Torunn Tafjord. Nous nous sommes parlé au téléphone. » L'intonation d'Ålesund était plus nette à présent que nous étions dans la même pièce.

« C'est ça ! Bienvenue à Bergen… »

Elle attendit avec un sourire que je déverrouille la porte du bureau. Deux serrures.

« Puis-je vous inviter à entrer ? demandai-je

quand j'eus ouvert. Peu de gens prennent la peine d'attendre longtemps. Les gens sont toujours pressés. Mais je l'ai depuis longtemps, ça me ferait mal de m'en défaire. » Comme elle n'avait pas l'air de comprendre, j'ajoutai : « La salle d'attente. »

Tout ce qu'elle avait avec elle, c'était son portable et un petit sac à dos du genre qu'on utilise pour les balades d'une journée en montagne. Sa tenue se composait d'un coupe-vent vert sur un pull noir et un jean bleu foncé. Elle avait un côté frais et vivifiant qui me transporta jusqu'à un chalet des Hardangervidda, à la fin septembre, quand la plupart des randonneurs se sont rabattus sur des altitudes plus modestes.

« Vous attendez depuis longtemps ?

— Une demi-heure environ. Je suis arrivée par l'avion de ce matin en provenance de Copenhague. D'après les temps de croisière habituels, le *Seagull* devrait être à Utvik demain matin.

— Et que transporte-t-il ?

— Un container sur le pont, qui a été chargé une nuit à Casablanca. Mais peut-être aussi important : qu'est-ce qu'il vient chercher ?

— Bien. Mais… asseyez-vous ! Je vous fais une tasse de café ?

— Vous n'auriez pas du thé ?

— Seulement en sachets, hélas.

— Bon, bon. » Elle fit un sourire en coin. « C'est mieux que le café, en tout cas. »

Pendant que je remplissais la bouilloire d'eau et sortais le thé, elle regarda autour d'elle.

« C'est la première fois que je viens dans un bureau de détective. C'est un secteur lucratif ?

— Pas quand on exerce à mon échelle, en tout cas. Par principe, je ne prends pas les affaires conjugales, et pour l'espionnage industriel, j'ai peur que mes compétences soient quelque peu limitées.

— Alors de quoi vivez-vous ?

— J'aide à retrouver des gens qui ont disparu. Des jeunes qui ont fugué de chez eux, par exemple. En ce moment, il s'agit d'un couple qui n'a pas dit à la famille où ils se trouvaient.

— Et vous avez trouvé où ils sont ?

— Non. Alors vous comprenez sans doute pourquoi ce métier ne m'a pas rendu riche.

— En effet…

— Mais j'accepte pas mal d'enquêtes pour une compagnie d'assurances avec qui j'ai une collaboration assez stable. Ce doit être grâce à eux que j'ai encore la tête hors de l'eau.

— Je connais. En tant qu'indépendante, je suis aussi tributaire de ce que les donneurs d'ordres sont disposés à payer pour ce que je fais, et ils ne le sont pas toujours. »

L'eau se mit à bouillir, la bouilloire s'arrêta, et je versai de l'eau sur les sachets de thé. Je regardai mon interlocutrice à la dérobée. Elle était de profil contre la fenêtre, et la lumière de l'extérieur se reflétait dans ses verres légèrement teintés. Elle avait des traits classiques, le nez droit, un menton volontaire et un sourire un rien ironique sur les lèvres. Je lui donnais à peu près quarante-cinq ans, mais sa tenue, ses gestes vifs et l'énergie dense qu'elle dégageait la faisaient paraître plus jeune.

« Votre rayon d'action est manifestement plus vaste que le mien, repris-je. Si j'en juge par les endroits d'où vous m'appelez, en tout cas.

– Cette fois, oui, sourit-elle. De Conakry à Bergen. »

J'apportai les tasses sur la table, et nous nous assîmes de chaque côté du meuble fatigué.

« Vous pouvez me dire un peu de quoi il est question ? »

Elle hocha la tête, se pencha en avant, ouvrit son sac à dos et en tira une enveloppe contenant un paquet de clichés en couleurs. Elle en poussa un vers moi.

« Tenez. Petit matin à Conakry. »

Je regardai la photo. Elle représentait un petit port sur fond de palmiers. Un Africain souriant, vêtu d'une chemise chamarrée mi-longue sur un short clair, fait un signe de la main au photographe.

« C'est vous qui avez pris cette photo ?

– Oui. Lui, c'est Pierre. Mon correspondant sur place.

– Pierre ?

– Le français est toujours langue officielle là-bas. Pas mal de gens portent encore un nom français. »

Elle me passa les photos suivantes.

« Voici le *Seagull* pendant son chargement, à environ cent kilomètres au sud de Conakry. »

Les photos étaient prises de loin, et des lignes verticales floues trahissaient qu'elle s'était cachée dans les roseaux pour les prendre. Un tanker spécial peint en noir était à quai le long d'une installation de fortune. Sa grande grue était tournée vers le paysage faiblement accidenté, qui faisait surtout penser à une gigantesque décharge publique.

Le *Seagull* était un tanker spécial à chargement autonome de 2 800 tonnes de port en lourd, construit au début des années 80, et il s'était spécialisé ces derniers temps dans le transport de déchets sensibles issus de l'industrie chimique, expliqua-t-elle avec une maîtrise étonnante de son sujet.

« La compagnie d'armement a des accords avec un consortium international de ramassage des ordures pour pouvoir se débarrasser de ses déchets ici, dans cette partie du monde que nous avons toutes les raisons de considérer comme le berceau de l'humanité », termina-t-elle avant d'ajouter d'une voix vibrante d'indignation : « C'est de là, du continent africain, que nous venions, quand nous sommes descendus des arbres pour nous risquer dans les plaines. Les premiers hommes. Et voilà notre façon de rembourser : sous forme de déchets toxiques que nous refusons de voir sur nos continents.

— Légal ou illégal ?

— Formellement parlant, tout est parfait ! répondit-elle avec fougue. Les pouvoirs publics locaux reçoivent une aide en compensation, en numéraire et en expertises. Sur le plan moral, c'est bien entendu inacceptable. Tout le monde le sait, et c'est donc un trafic dont on ne parle jamais. Il est planqué dans la comptabilité annuelle sous divers intitulés, les documents maritimes sont remplis dans une telle discrétion qu'on pourrait croire qu'il s'agit de contrebande internationale. Au niveau gouvernemental, personne n'en a jamais entendu parler, et quand ce genre de sujets est évoqué devant les Nations Unies, le silence des pays riches est éloquent.

— Et des armateurs norvégiens trempent là-dedans ?

— Nous sommes toujours une nation tournée vers la mer, non ? "L'argent n'a pas d'odeur", ce n'est pas ça, le mot d'ordre de notre époque ?

— C'est là-dessus que vous allez écrire ?

— Oui. À la demande d'un grand quotidien national. Un contrat que j'ai obtenu parce que j'ai déjà écrit plusieurs reportages sur la politique environnementale à l'échelle mondiale.

— Mais… Quand vous m'avez appelé la première fois, vous n'étiez pas à Conakry, mais à Casablanca. »

Elle fit un petit sourire.

« Vous imaginez un meilleur endroit d'où appeler un héritier d'Humphrey Bogart ?

— Non, en fait, non, répondis-je en soutenant son regard.

— Mais il y avait une autre raison. » Elle sortit d'autres photos de l'enveloppe. « Tenez. »

C'était le même bateau, mais à un autre quai, bien plus grand et moderne que sur les premiers clichés. La photo avait été prise depuis la terre ferme, une terrasse ou un toit plat, et l'horizon ressemblait à un coup de lame de rasoir derrière le bateau.

« Regardez. » Elle désigna l'un des clichés, pris à contre-jour, dans les tons dorés.

« C'est le soir. Le pont est vide. » Elle saisit une autre photo. « Et ça, c'est le lendemain matin. Cherchez la différence.

— Je la vois. » La lumière était plus blanche, les contours plus nets, et le pont du *Seagull* avait reçu un container bleu.

« Il a été chargé pendant la nuit, reprit-elle en posant un index sur le container. Peu de temps après, le *Seagull* larguait les amarres. »

Le cliché suivant montrait le bateau à quelque distance du quai.

« Étape suivante… Hambourg.

— *Jawohl.* Et là, que se passe-t-il ?

— Et voilà. Que se passe-t-il ? Rien.

— Tiens donc ?

— L'activité à quai était étonnamment réduite. C'était comme si tout le monde attendait un signe d'en haut. J'ai essayé de monter à bord, j'ai dit que j'étais journaliste et que je souhaitais écrire un reportage sur les liens de l'équipage avec la Sjømannskirke[1]. Mais en vain. L'équipage était philippin, m'a-t-on dit. Ils n'allaient jamais à la Sjømannskirke. – Et les officiers, alors ? – Non, ils sont polonais. – Tous ? – Les autres n'ont pas le temps… »

Elle fit un large geste.

1. Église norvégienne à l'étranger animée par des bénévoles.

« Je n'avais plus qu'à abandonner, sur le moment. Cependant j'ai réussi à lier conversation avec quelques officiers, dans un bar à proximité.

— Ah oui ? En quoi étiez-vous déguisée ? En danseuse du ventre ?

— Non, j'ai laissé le charme agir, répondit-elle avec flegme.

— Et quel bénéfice en avez-vous retiré ?

— À peu près ce que je vous ai dit quand je vous ai appelé lundi. Qu'ils attendaient un signe d'un certain Birger Bjelland, avant de mettre le cap sur Utvik.

— Ils l'ont dit comme ça ? Pour Birger Bjelland, j'entends.

— Non, c'est une chose que j'ai surprise, dans le courant de la conversation. Ils discutaient du retard qu'ils allaient avoir, et l'un d'eux a dit à l'autre, je cite : "Enfoiré de Birger Bjelland. On ne peut jamais compter sur lui !" Fin de citation.

— Il n'avait pas tort.

— Oui, j'ai cru comprendre lors de notre dernière conversation que c'était un type particulièrement louche.

— En outre, il est en prison, comme je vous l'ai dit. Ils n'ont pas pu établir de contact avec lui, mais ça ne les empêche pas d'être en route, quelques jours plus tard ?

— Non. » Elle écarta de nouveau les bras. « Ils ont dû avoir quelqu'un de la compagnie d'armement, à la place. Dites-moi… Vous êtes allé à Sveio ?

— Oui, j'ai eu le temps de le faire. Mais il n'y a

rien d'autre là-bas qu'une vieille installation portuaire et un bâtiment industriel désaffecté, qui reçoit régulièrement la visite de ce qui ressemble à des camions-citernes. D'après ce que vous me dites…

— L'endroit parfait pour embarquer des déchets sensibles. Excellent, monsieur Veum !

— Vous pouvez m'appeler Varg.

— Varg. » Elle leva sa tasse, en guise de toast. « Torunn.

— Torunn. »

Elle but une gorgée de thé.

« Comment y accède-t-on ?

— Je peux vous y conduire. C'est à environ trois heures d'ici, et il y a deux traversées en bac. »

Elle hocha la tête, pensive.

« Vous avez un endroit où loger ? »

Elle leva un doigt vers le haut du bâtiment. « Au cinquième étage. Mais la chambre n'était pas encore prête.

— Pratique. Mais… » Je regardai l'heure. « Ça fait cinq minutes que je devrais être au palais de justice. Quand voulez-vous faire le déplacement ?

— Aussi tôt que possible, demain.

— Demain, c'est samedi. Le premier bac part de Halhjem à sept heures.

— On peut l'attraper ?

— Pour ça, il faut que je passe vous chercher sur les coups de six heures.

— Ça fait trop tôt ?

— Pas pour moi.

— Alors je devrais y arriver, moi aussi. »

Je la raccompagnai dehors, et nous nous fîmes des adieux rapides sur les marches, elle pour prendre l'ascenseur vers la réception au quatrième, moi dans l'espoir d'arriver au Palais de justice à temps pour entendre le verdict dans l'affaire que Berit Breheim avait plaidée pour Terje Nielsen.

34

Mais j'arrivai trop tard, en tout cas pour l'énoncé du verdict. Le résultat ne laissait pourtant aucune place au doute. La première personne que je vis en arrivant au troisième étage du Palais de justice, c'était la plaignante, qui pleurait appuyée à l'une des colonnes dans la salle des pas perdus, en compagnie de son avocate, maître Halvorsen, et de la même jeune femme que la fois précédente. Elles faisaient de leur mieux pour la réconforter.

Je fis un signe de tête à Halvorsen, qui me le retourna sans grand enthousiasme. Derrière le coin, je trouvai le vainqueur dans cette affaire. Terje Nielsen recevait les félicitations bruyantes de Randolf Breheim et de ses autres copains, tandis que Berit Breheim et le parquetier de la police donnaient une interview à une poignée de journalistes, dont un armé d'un micro marqué NRK.

L'issue était univoque. Terje Nielsen et ses copains se dirigeaient déjà vers la sortie pour célébrer la victoire, mais Nielsen évita soigneusement de regarder vers la plaignante quand il passa.

Quand Berit Breheim eut terminé de s'exprimer et échangé encore quelques mots avec le parquetier, elle s'arracha au groupe et me rejoignit près de la rambarde à laquelle je m'étais appuyé.

« Qu'est-ce qu'il y a au programme, à présent ? Un procès en responsabilité contre la plaignante ?

— Gardez vos traits d'humour pour une meilleure occasion, Veum. Il y a du nouveau dans l'affaire sur laquelle vous devriez vous concentrer ?

— Je sonde la piste Trans World Ocean, à tout hasard. Un bateau, le *Seagull*, est attendu à Utvik i Sveio demain matin. Ça vous dit quelque chose ?

— Rien du tout.

— Ce Terje Nielsen…

— Oui ? Qu'y a-t-il ?

— C'est le neveu de Kåre Brodahl, si j'ai bien compris.

— C'est exact, mais…

— Et Kåre Brodahl était employé chez votre père, à l'époque…

— Ça aussi, c'est exact, répondit-elle en jetant un regard impatient vers le hall.

— Vous vous souvenez de lui ?

— Bien sûr. Il a été vendeur pendant des années, jusqu'à ce que le magasin soit racheté.

— Oui, je voulais dire… Vous le connaissez ?

— Oh, le connaître… Papa et lui n'ont jamais été très proches, ni avant ni après…

— J'ai cru comprendre qu'il fréquentait votre belle-mère, avant que votre père et elle ne se lient ? »

Elle en resta quelques secondes sans voix. Puis réagit vivement.

« Vous savez quoi, Veum ? Cette discussion me paraît de plus en plus absurde. Pour un détective, vous dénichez les choses les plus extravagantes concernant des faits sur lesquels on ne vous a jamais demandé d'enquêter ! Si vous étiez ne serait-ce qu'à moitié aussi efficace pour la mission dont vous avez *effectivement* été chargé, je n'aurais aucune raison de me plaindre.

— Il y a juste que cette affaire ressurgit, comme une mine sous-marine, à intervalles réguliers.

— Bon. Ni le procès contre Terje Nielsen ni les éventuelles relations entre son oncle et ma belle-mère n'ont de rapport avec la disparition de Bodil et Fernando ! J'en suis convaincue à cent pour cent. Si vous ne trouvez pas très vite quelque chose de nouveau…

— Je vous l'ai déjà dit. Vous devriez mettre la police sur le coup. »

Elle leva les yeux au ciel. « Oui, on connaît tous leur belle efficacité ! » Puis me regarda de nouveau. « Dois-je comprendre que vous souhaitez que cette affaire vous soit retirée ? »

Je revis sur-le-champ la pile de factures impayées.

« Non, non. Pas si vous insistez…

— D'accord. Pas encore. Mais la *deadline* approche, Veum. Si vous n'avez rien à m'apprendre d'ici lundi, je suis tentée de vous révoquer. C'est compris ?

— *Deadline*, c'est le mot. Vous vous chargez de me défendre, si j'échoue ?

— Je vous reprends l'affaire. » Elle fit un petit signe de tête et partit vers l'ascenseur.

Je descendis par l'escalier. D'habitude, c'est là qu'on pense aux bonnes répliques finales qu'on aurait dû lancer. Mais cette fois, je n'en trouvai pas une seule. Je devais être en petite forme, ou bien il y avait beaucoup trop de choses qui tournicotaient dans mon crâne.

35

Un quai de bac dans le Vestland, quand la pluie ruisselle sur le pare-brise, ce n'est pas un endroit où il fait bon rester. Les gouttes dessinaient des motifs circulaires dans l'eau noire du fjord au-dehors, le snack sur le quai était fermé, et l'équipage n'avait pas encore trouvé le temps de lever la barrière pour nous laisser monter à bord. Le conducteur de la voiture derrière moi tambourinait sur son volant en me contemplant d'un œil torve, comme si tout était de ma faute. S'il n'y avait pas eu Torunn Tafjord, ça aurait été presque insupportable.

Elle était bavarde. Au cours de la grosse demi-heure qu'il nous avait fallu pour rallier Halhjem depuis Strandgaten, j'avais eu un rapide aperçu de sa carrière professionnelle depuis son baccalauréat au lycée d'Ålesund — « ou la Latinskole », comme on l'appelle — en 1968 et son déménagement à Oslo pour y étudier les langues et la littérature. Elle avait suivi quelques semestres — en anglais, allemand et littérature — avant d'atterrir à l'École supérieure de journalisme et de revenir deux ans plus tard dans sa ville natale, pour le *Sunnmørs-posten*, en 1974. Elle avait ensuite suivi la carrière classique et obtenu un poste à la NRK, dont elle était devenue un peu plus tard la voix londonienne. En 1984, elle était de retour au pays. Entre-temps, elle s'était mariée, avait eu des enfants, avait divorcé, et elle avait passé ces dernières années en tant que free-lance, sans base bien définie et avec une grande partie du monde comme terrain de jeux, aussi longtemps que les bons employeurs étaient toujours intéressés par ce qu'elle avait à proposer. « En ce moment, j'habite à Dublin. – Pourquoi ? – Pourquoi pas ? C'est une ville où il fait bon vivre. Des amis sont pour deux ans à Berkeley, en Californie, et je m'occupe de leur appartement, juste au sud de Dublin Castle, en attendant. Je prévois d'écrire un livre. – Sur quoi ? – L'exploitation du tiers-monde, le fléau de notre époque… Un embrouillamini de problèmes qui ne cessera pas de grossir, jusqu'à ce qu'il nous submerge à un moment ou à un autre, que nous le voulions ou non… »

J'avais hoché la tête. J'étais parfaitement d'accord. Simplement, les affaires sur lesquelles je travaillais avaient le plus souvent des raisons bien différentes et beaucoup plus privées que l'exploitation des miséreux de la planète. Avant qu'on nous fasse enfin signe d'embarquer, je lui avais raconté en contrepartie ce que j'avais découvert sur Fernando Garrido, sa relation avec Trans World Ocean et sa disparition encore inexpliquée.

Elle avait écouté avec autant d'attention que d'impatience, comme si elle était sans cesse sur le point de poser une question, tout particulièrement quand je fis allusion aux petits bouts de conversation que j'avais eus avec Kristoffersen et Bernt Halvorsen.

« Des affaires non traitées, c'est ainsi qu'ils l'ont formulé ? — Oui, à peu près, en tout cas. » Elle m'avait regardé pensivement, et pendant plus d'une minute, elle était restée coite, avant de se remettre à parler.

Quand le bac se faufila dans les petits détroits de Halhjemsosen, nous allâmes nous installer à la cafétéria sur le pont supérieur. En l'espace des cinquante minutes que durait la traversée jusqu'à Sandvikvåg på Stord, elle m'avait fait un compte rendu de l'affaire pour laquelle elle rassemblait des informations depuis plusieurs mois déjà.

Je tentai de tirer une conclusion.

« Autrement dit… Des déchets qu'aucun autre pays ne veut garder dans ses frontières sont rejetés dans l'un des pays pauvres du globe, en échange d'une aide publique. Est-ce que… On parle d'une forme de politique officielle, ici ? »

Elle fit un sourire crispé.

« C'est l'une des pistes que nous n'avons pas encore explorées. C'est un autre journaliste, qui a de bonnes relations dans les milieux gouvernementaux, qui travaille sur cet aspect de la question. Mais je considère comme une évidence qu'il y a une forme d'entente entre le ministère et les sociétés qui se livrent à ce genre de trafic.

— Vous prévoyez toute une série d'articles, je suppose ? » Elle hocha la tête. « Quand ?

— Ça dépend du moment où nous trouverons les éléments décisifs. Ce que j'espère, c'est qu'au cours de cette journée, nous pourrons prendre des photos du *Seagull* quand il remplit ses soutes, et de préférence de qualité suffisante pour qu'on puisse identifier les camions qui livrent. Lundi, je compte confronter les responsables de la compagnie d'armement à ce que nous avons rassemblé depuis tout ce temps. Si ça ouvre une piste, nous serons prêts à publier l'affaire début mai.

— Demandez Bernt Halvorsen. Et si vous avez besoin d'un *bodyguard*, alors... »

Elle rit. « J'y penserai.

— Et ce container ?

— Ah, ça, c'est encore un mystère. C'est aussi l'une des raisons qui fait que j'ai très envie d'être là quand le *Seagull* accostera. »

Pendant que nous traversions Stord, le temps s'éclaircit. Les averses s'espacèrent. Arrivés à Skjersholmane, nous pûmes embarquer immédiatement sur le *Hordaland*, qui devait nous conduire de l'autre côté du fjord, à Valevåg. Nous restâmes dans la voiture pendant la traversée. En levant les yeux, on voyait les premiers rayons de soleil caresser les formations montagneuses, le bleu et blanc de Kvinnherad et Etne. Les étés de mon enfance à Hjelmeland, dans le Ryfylke, chez mon grand-père vétérinaire, me revinrent tout à coup en mémoire : les parties de pêche sur le fjord, les filles de la ferme voisine. J'en parlai à Torunn, et elle fit un sourire doux. « Oui, j'ai aussi des souvenirs de ce genre, de Godoy et Giske.

— Pourquoi fait-il toujours beau, dans ces souvenirs-là, à ton avis ? »

Elle haussa les épaules. « C'est dû à la propension des natifs du Vestland au refoulement, je crois. La plupart du temps, il devait pleuvoir.

— En effet. »

Au sud de Valevåg, nous passâmes la zone calcinée du grand incendie de forêt de la Pentecôte, l'année précédente. Les troncs noircis qui pointaient encore vers le ciel faisaient penser à des ruines de guerre, une forêt pétrifiée où la nature avait été contrainte de mettre un genou à terre devant ses propres forces.

Torunn suivait notre progression sur la carte. Nous bifurquâmes au centre de Sveio pour poursuivre vers l'ouest. Nous passâmes devant l'épicerie où je m'étais arrêté la dernière fois. Il n'y avait pas de voiture sur le parking ce jour-là non plus. Quand nous arrivâmes au portail indiquant *ACCÈS INTERDIT*, je constatai que le solide cadenas était en place, et qu'il n'y avait toujours aucun signe d'activité derrière la haute clôture. Nous garâmes la voiture à quelque distance avant de revenir sur nos pas. Torunn avait à présent un côté vigilant et nerveux, que je n'avais pas encore remarqué. Ses yeux bleus épiaient toutes les directions en même temps, comme à la recherche d'indices dans le paysage, de signaux que d'autres auraient négligés. Quand nous arrivâmes au portail, elle s'immobilisa, les doigts sur le grillage et le visage appuyé contre la clôture.

Je désignai la butte sur laquelle j'avais grimpé la dernière fois. « De là-haut, on voit tout ce qui se passe en contrebas. »

Elle se mordit la lèvre inférieure.

« Tu veux dire qu'on devrait aller s'allonger là-haut ?

— On ne peut pas rester debout ici, en tout cas. On nous verra, si quelqu'un arrive. Et là-haut, on pourra forcer le grillage avec plus de facilité. » Je tapotai le sommet du petit sac à dos que j'avais apporté. « J'ai le coupe-boulons.

— Un homme d'action ! s'exclama-t-elle avec un sourire soudain. J'apprécie… »

Puis elle se tourna vers les fourrés qui bordaient la route. « Eh bien ! Qu'attendons-nous ? »

Je la précédai et pris le même chemin pour monter que la dernière fois. À deux ou trois reprises, je m'arrêtai pour écarter des branches qui barraient le passage. Nous ne parlions presque pas. J'économisais mes forces pour le dernier raidillon. Je ressentais encore les effets de mon accident de la circulation, à présent comme si une espèce de virus habitait tout mon corps. Plusieurs fois, je dus m'arrêter pour reprendre mon souffle, en faisant mine de m'orienter. À l'approche du sommet, je lui fis signe de baisser la tête.

« Si le bateau n'est pas loin, il vaut peut-être mieux ne pas être trop visibles sur fond de ciel. »

Elle hocha la tête.

Nous finîmes l'ascension avec d'infinies précautions.

« Où est le quai, vu d'ici ? » voulut-elle savoir.

Je répondis en tendant un bras.

« Alors je suggère que nous restions de ce côté. » Elle indiqua le flanc est de la butte.

Je marquai mon accord d'un hochement de tête. Pourtant, je ne pus m'empêcher de me sentir comme un mélange de Snikende Ullteppe et du grand détective Kalle Blomquist quand nous pointâmes enfin la tête – elle d'abord, moi ensuite – juste pour constater que le quai était désert.

Nous regardâmes plus loin. À proximité immédiate, la mer était immobile. Ce n'était qu'au niveau de Bloksene qu'elle se couvrait de blanc en arrivant sur les récifs. Mais au loin, comme une ombre noire sur l'horizon, un bateau arrivait vers nous.

Elle tira une petite paire de jumelles de son sac et les plaça devant ses yeux. Fit rapidement la mise au point. Puis elle baissa l'instrument et se tourna vers moi, un grand sourire sur la bouille.

« C'est le *Seagull* ! J'en suis presque convaincue, en tout cas. »

Elle me tendit les jumelles. Je les braquai sur le bateau, mais à cette distance, j'étais incapable de distinguer le nom du bateau ou celui de son armateur.

« Je le reconnais », poursuivit-elle. Elle ouvrit la poche principale de son sac à dos et en sortit un thermos et deux gobelets en plastique.

« Une tasse de thé, pour patienter ? »

Je hochai la tête.

« Tu as été plus prévoyante que moi, à ce que je vois.

— Toujours prête ! » répliqua-t-elle en faisant le salut scout.

C'était facile de passer le temps avec elle, même sur une butte battue par les vents dans le Sunnhordland. Au fil des heures qui suivirent, j'appris que sa carrière de scoute avait été plutôt courte, son couple un peu moins ; elle poursuivit sur la musique qu'elle préférait, les livres qu'elle aimait lire, les sols sur lesquels elle avait dormi au cours de ses voyages autour du globe, à enquêter sur les affaires qui l'occupaient. Il y en avait pas mal. Les miennes tenaient de l'anecdote, en comparaison.

Il fallut environ deux heures au *Seagull* pour approcher. Puis il s'arrêta, comme s'il attendait un signal univoque pour accoster. Il n'y avait aucun signe de vie sur le quai.

« Qu'est-ce que ça peut vouloir dire, à ton avis ? »

Elle haussa les épaules.

« On va voir ce qui se passe. »

Grâce aux jumelles, nous pûmes constater qu'une activité fébrile régnait sur le pont.

« Ils essaient manifestement d'entrer en contact avec quelqu'un, commenta-t-elle. Ils n'arrêtent pas de jeter des coups d'œil par ici.

— Ils ont pu nous voir, tu crois ? »

Elle ne répondit pas, mais je décidai alors de surveiller l'arrière-garde, vers le sentier que nous avions façonné à travers les fourrés.

« Et tu vois le container », reprit-elle en me tendant derechef les jumelles.

J'examinai le gros container bleu sur le pont du *Seagull*, sans que ça m'apprenne grand-chose. À deux ou trois reprises, un membre d'équipage alla vérifier que tout se passait bien de ce côté-là. Rien d'autre.

Il s'écoula encore une heure. Nous n'échangions plus nos expériences respectives. Toute notre attention était tournée vers le bateau, le quai en contrebas et le paysage derrière nous. Nous ne voyions pas la route depuis notre poste, mais le grondement d'une voiture qui passait nous parvenait à intervalles réguliers.

Tout à coup, elle posa une main sur mon bras. « Il se passe des choses ! » Puis elle empoigna son appareil et se mit en position pour prendre des photos.

Je regardai vers le quai. Une voiture de sport sombre était arrivée. L'une des portières s'ouvrit, et un type baraqué descendit. Il portait une veste mi-longue de couleur sombre, le col était relevé sous une écharpe battant dans le vent. Il glissa quelques mots dans un téléphone mobile, et fit en même temps un geste vers le bateau. Rapidement, un canot fut descendu, et une échelle de corde déroulée. Deux hommes investirent en hâte l'embarcation, firent démarrer le moteur et mirent le cap vers la terre ferme. L'homme sur le quai les regardait approcher.

« Je peux t'emprunter… » Je fis un geste vers les jumelles.

Elle me les tendit, et je les plaçai à hauteur des yeux.

« C'est bien ce que je pensais. »

Je sentis son regard sur mon visage.

« Tu le connais ?

– C'est un des gars dont je t'ai parlé. Kristoffersen, de Trans World Ocean.

– Ce n'est peut-être pas si étonnant que quelqu'un de chez eux se pointe.

– Non. Maintenant il ne manquerait plus que ce soit Garrido qui arrive dans le canot… »

36

Mais ce n'était pas le cas.

Les deux occupants de la petite embarcation portaient l'uniforme des officiers. Au moment où ils grimpèrent sur le quai, je fus certain de ne les avoir jamais vus. Je rendis les jumelles à Torunn, qui les identifia rapidement.

« Le capitaine et le premier officier. C'est maintenant qu'il aurait fallu un dispositif d'écoute perfectionné…

— Malheureusement, je ne suis pas très à jour en ce qui concerne ce genre d'équipement…

— Ils n'ont pas l'air de très bonne humeur, en tout cas. »

Je m'en rendais compte aussi, même sans jumelles. Leurs voix nous parvenaient par bribes chaque fois qu'ils haussaient le ton. Kristoffersen fit un grand mouvement du bras et s'éloigna de deux pas des officiers, comme s'il éprouvait une furieuse envie de les jeter à la mer. Puis il se retourna et désigna de nouveau l'horizon. L'un des officiers répliqua en faisant de grands gestes. L'autre écarta les bras.

« Il leur demande de prendre leurs cliques et leurs claques, à ce qu'on dirait », commentai-je.

Torunn avait une expression tendue sur le visage.

« Si c'est ce qu'ils font… J'aurais vraiment voulu prendre une photo du chargement de déchets toxiques…

— Possible qu'ils aient été prévenus… Par mes questions. »

Elle me regarda, inquiète. « Possible. Mais dans ce cas, c'est aussi ma faute. Pour t'avoir mis sur cette piste. »

La discussion se poursuivait sur le même ton en contrebas. Kristoffersen finit par écraser son poing dans l'autre main et tendre une paume devant eux, comme pour bien faire comprendre : *And that's it !* Il tourna alors brusquement les talons, revint à sa voiture et s'installa au volant, quitta le quai en marche arrière avant d'accélérer avec une telle brutalité que le parfum de gomme brûlée monta jusqu'à nous. Puis il disparut vers l'endroit d'où il était venu.

« *Exit* le messager », murmurai-je.

Les deux officiers le regardèrent calmement s'en aller, comme s'ils considéraient que ce n'était que de l'esbroufe et qu'il pouvait revenir d'un instant à l'autre. Voyant que rien ne se passait, ils commencèrent à discuter. Torunn ne baissa pas ses jumelles une seule seconde, mais suivit avec avidité, comme si elle pouvait lire sur leurs lèvres. Ils parurent enfin se décider. L'un descendit dans le canot et fit démarrer le moteur. L'autre resta sur le quai.

« Et maintenant ? demandai-je.

— Aucune idée. »

L'homme resté à terre alluma une cigarette, fit quelques pas sur le quai, cracha dans l'eau et se mit à pisser le long du quai, sans chercher à savoir s'il était seul ou non.

« Regarde ailleurs », intimai-je.

Torunn leva exagérément les yeux au ciel, pour souligner qu'elle avait déjà vu des choses plus passionnantes qu'un officier de marine qui pissait au bord d'un quai du Sunnhordland. Je la croyais.

L'autre officier était retourné sur le *Seagull*. Nous le vîmes tendre un doigt et donner des ordres. Peu de temps après, le bateau noir avança lentement vers la terre ferme. L'officier resté à terre alla à la pointe du quai. Quand le bateau fut assez près, on lui envoya une haussière qu'il attacha autour d'une bitte, et le *Seagull* colla son flanc au quai avec une belle élégance et une parfaite maîtrise. Sur le pont, la grue se mit en position, et Torunn se prépara à mitrailler de nouveau.

« C'est le container ! Ils vont le débarquer !

— Pas impossible… »

Elle avait raison. Quelques minutes plus tard, le container bleu s'élevait au-dessus du pont. Puis il fut habilement positionné au-dessus du quai, et déposé. L'officier le dirigea sur la dernière partie et défit les attaches, avant que la grue ne retrouve tout aussi élégamment sa position de départ.

Il prit un instant pour observer le container. Avant de tourner la tête vers notre butte, et nous nous baissâmes machinalement. Quand nous nous risquâmes à nous redresser, la haussière était détachée, l'homme en uniforme d'officier remontait l'échelle de corde et le *Seagull* s'éloignait du quai.

Nous le regardâmes se retourner. Il poussa alors les moteurs vers le chenal au sud de Bloksene et le large au-delà. Par la suite, nous le vîmes, comme attiré vers l'horizon par un aimant invisible ; de plus en plus petit chaque fois que nous levions la tête. Le container était resté sur le quai, comme un mémorial aux marins noyés, abandonné sur un quai du Sunnhordland dans l'attente de quelqu'un qui viendrait le récupérer.

Torunn baissa ses jumelles et me lança un coup d'œil interrogateur.

« Qu'en penses-tu ? »

Je haussai les épaules.

« Une marchandise de contrebande quelconque ?

— Mais on aurait dit que l'envoyé de TWO ne voulait pas être mêlé à ça.

— Ou bien il n'était pas au courant. »

Elle me retourna un regard sceptique.

« Imagine la situation suivante, repris-je. Tu es sans aucun doute sur la piste d'un trafic à l'export des plus douteux, qui plus est dans une perspective mondiale. Nous allons révéler aux transporteurs que nous sommes sur cette piste. Je n'ose pas m'avancer sur les communications qu'il y a eues entre TWO et le *Seagull*, mais on aurait plutôt l'impression que cette fois, le *Seagull* avait fait le voyage jusqu'à Utvik contre la volonté de son donneur d'ordres.

— Jusque-là, je te suis.

— Quand TWO en a eu connaissance, par la radio de bord, par exemple, ils ont envoyé Kristoffersen pour tirer les choses au clair, une mission qu'il a accomplie avec sa diplomatie habituelle.

— Tu le connais plutôt bien, à ce que je vois.

— Et il n'était pas très aimable cette fois non plus. Mais si le *Seagull* est venu à Utvik, c'est peut-être parce qu'il transportait autre chose. Tu as dit que tu avais entendu le nom de Birger Bjelland quand le bateau faisait escale à Hambourg. Birger Bjelland trafique dans tout un tas de choses à la limite du légal. Le problème, c'est juste que Birger Bjelland est emprisonné depuis la fin février…

— Et le *Seagull* a fait sa dernière escale en Norvège début février. Autrement dit, les officiers pouvaient ignorer ce qui était arrivé à ce fameux Bjelland.

— En tout cas, ils n'ont pas pu entrer en contact avec lui. »

Elle regarda de nouveau vers le quai, pensive.

« Mais pourquoi l'ont-ils abandonné comme ça ?

— Parce qu'ils espèrent que Bjelland ou quelqu'un d'autre viendra quand même le chercher ? Ou juste pour ne plus être mêlés à cette histoire. S'en débarrasser et tout oublier, si on veut. Ils sentaient peut-être que c'était déjà assez grave de l'avoir fait entrer dans les eaux territoriales sans que les douanes sachent ce que c'est.

— Que faisons-nous, alors ?

— Mmm… On observe et on attend ? Ou on descend voir ça de plus près ? »

Elle hocha lentement la tête.

« D'accord pour la première solution. On observe et on attend. S'il ne se passe rien d'ici à ce soir, on pourra envisager la seconde solution.

— Et dans l'intervalle ? Tu es aussi venue avec de quoi faire la tambouille ?

— Non, mais j'ai l'habitude de vivre sur de petites rations, quand c'est nécessaire.

— Il y a une épicerie un peu plus bas. On pourrait passer y faire quelques emplettes.

— Vas-y, toi. Je reste ici, au cas où quelqu'un se pointerait.

— Sûre ?

— Tout à fait. »

Je redescendis à travers les buissons, retrouvai la voiture où nous l'avions laissée et parcourus les deux ou trois kilomètres jusqu'à l'épicerie. Une demi-heure plus tard, j'étais de retour avec un petit panier garni : un paquet de craquepain, une poignée de tubes de pâte d'œufs de poisson, une boîte de lapskaus en conserve que nous pourrions au besoin ingurgiter froid, des pommes et des oranges, une tablette de chocolat, une brique de jus de fruits et des bouteilles d'eau.

Elle posa un œil sceptique sur les marchandises.

« Tu comptes vraiment manger ça, là ? » demanda-t-elle en tendant un doigt vers la boîte de lapskaus.

Je haussai les épaules.

« On ne sait jamais à quel point on pourra avoir faim.

— Alors je crois que je vais m'en tenir à cette partie du menu. »

Elle planta les dents dans une pomme.

Je détournai la conversation en faisant un signe de tête vers le quai.

« Rien de neuf ? »

Elle secoua la tête. « Complètement mort. »

Ce fut une longue journée, et plus elle avançait, plus il était clair pour nous que l'été ne nous tomberait pas dessus à l'improviste. Nous devions souvent nous lever pour battre la semelle.

La situation aurait pu être pire, et pour l'illustrer elle me parla d'un reportage effectué naguère au Svalbard, par – 30 °C au bas mot, quand elle et un photographe qui connaissait la région étaient tombés en panne de jet-ski et avaient été contraints de passer la nuit dans un igloo, avant d'être retrouvés par l'équipe de recherches le lendemain matin.

« Il s'en est fallu de peu qu'on se fiance, tant on a dû se serrer l'un contre l'autre pour conserver la chaleur.

— Je suis volontaire. Quel exemple !

— Il ne fera pas aussi froid ici », asséna-t-elle avec sévérité, mais non sans un petit sourire au coin des lèvres.

Vers huit heures, le crépuscule arrivait, et il ne s'était encore rien passé. Je sortis mon coupe-boulons.

« Ne serait-il pas temps de passer de l'autre côté de ce grillage ? »

Elle lança un regard approbateur à l'outil.

« On attend minuit. Si un ramassage est prévu, il est vraisemblable qu'il aura lieu après la tombée de la nuit. »

Nous fîmes ce qu'elle conseillait. Nous attendîmes minuit. J'avais les jambes raides, froid partout, et un vide dans l'estomac que même la perspective du lapskaus n'arrivait pas à combler. J'avais des tas d'idées pour passer un samedi soir de façon plus agréable. Elle, en revanche, paraissait on ne peut plus dispose et surveillait régulièrement l'heure.

« Bon. Je crois qu'on peut prendre le risque, annonça-t-elle quand minuit arriva enfin. Si tu peux nous faire passer à travers ce grillage, on descend. »

J'avais déjà le coupe-boulons dans la main.

« Espérons qu'il n'y a pas d'alarme.

— Tu as l'impression que oui ?

— Non. »

Je me mis au travail. Ce fut étonnamment facile de découper le grillage et de créer une ouverture assez grande pour nous laisser passer. Nous rassemblâmes nos affaires et emportâmes tout. De l'autre côté de la clôture, la pente s'accentuait vers un ancien entrepôt en partie construit dans la roche. Quelques passages étaient si raides que je dus l'aider à descendre. À un endroit, nous n'eûmes que de petits saules flexibles pour nous retenir. Nous arrivâmes derrière le vieux bâtiment, où une forte odeur de moisi nous assaillit. Nous ne retrouvâmes l'air vivifiant du large qu'en passant le coin.

Le container bleu grossissait à chaque nouveau pas que nous faisions. Nous étions maintenant assez près pour lire ce qui était écrit dessus. Sur le flanc, on avait peint un code d'identification : *UA-5143-CB*. Un petit compartiment recouvert de plastique dur contenait une feuille dactylographiée imprimée en français, une déclaration de douane tamponnée par les pouvoirs publics de Casablanca, Maroc, qui informait que le contenu se composait de « *matériel agricole*[1] ».

Je regardai Torunn.

« Du matériel agricole ?

— Ça peut être tout et n'importe quoi.

— L'odeur laisse plutôt penser que c'est de la viande avariée qu'ils transportaient. »

Elle hocha la tête, plongée dans ses pensées.

« Il y a un marché pour l'import de viande africaine. »

Au même instant, j'entendis un bruit. Et je sentis mon corps se crisper.

« Mais pas vivante, quand même ?

— Qu'est-ce que tu veux dire ? demanda-t-elle en se tournant vers moi.

— Tu n'as pas entendu ?

— Quoi donc ? »

Je collai l'oreille au container.

« Il y a quelque chose qui bouge, là-dedans.

— Quoi ? ! »

1. Les répliques en italique sont en français dans le texte.

Je donnai un coup de poing sur la dure surface métallique.

« Ohé ? Il y a quelqu'un ? »

Un coup faible répondit au mien, depuis l'intérieur du container. Plus faiblement encore, nous entendîmes une voix, dans une langue que nous eûmes du mal à reconnaître comme du français : « *Ohé ! Au secours… allons mourir… au secours…* »

37

« “Au secours… Nous allons mourir” ! s’écria Torunn Tafjord. Ils doivent être là-dedans depuis… plus d’une semaine.

— Alors il est temps de les faire sortir. Comment on ouvre cette saloperie ? ! »

Le container était fermé de l’extérieur par un boulon. En l’enlevant, nous pûmes déplacer un verrou et ouvrir une petite trappe dans le côté du container. La puanteur nous assaillit, et nous tournâmes involontairement la tête.

La voix de Torunn tremblait.

« C’est… c’est répugnant ! »

Je me penchai et regardai à l’intérieur. Il y régnait une obscurité totale. L’odeur d’urine, d’excréments et de sueur était intolérable.

« Ohé ? » Je mobilisai les vestiges de mon français scolaire, en plus de ce que j’avais appris lors de quelques courtes sorties à terre à Marseille, trente ans plus tôt. « *Vous êtes libres. You are free !* »

Au fond du container, je distinguai un mouvement. Une créature humanoïde décharnée rampait vers moi. Un visage émacié se tourna vers le haut. Il battit des paupières. Sa moustache noire était constellée de restes de vomi. La langue qu'il promena sur ses lèvres avait l'air bleu pâle.

« Nous allons mourir…

— *Non, non !* » protestai-je avant d'être contraint de passer à l'anglais. « *We are going to help you !* »

Torunn me rejoignit.

« Laisse… Je parle français. Essaie plutôt… Appelle des secours. Ces pauvres diables doivent être conduits à l'hôpital, et le plus tôt sera le mieux. Et à ta place, j'appellerais aussi la police.

— Et comment ! »

J'appelai les secours et fis un compte rendu de la situation. Le responsable de garde nota où nous nous trouvions, et dit qu'il allait faire venir une ambulance. « Restez où vous êtes ! conclut-il.

— Nous n'avions pas de projets de voyage », répondis-je, mais il avait déjà interrompu la conversation.

À l'intérieur du container, je vis dépasser de sous une couverture en laine les jambes d'une personne qui n'avait pas survécu à la traversée. Sur le quai, un petit groupe pitoyable se constituait. Les yeux grands ouverts, bouche bée, ils observaient le paysage autour d'eux. Il y avait entre vingt et trente personnes dans le container. Plus de la moitié étaient des hommes, âgés pour la plupart d'entre vingt et quarante ans. Les femmes se cramponnaient à leurs maris. L'une d'entre elles était manifestement enceinte, et tenait sur ses jambes avec l'aide d'un homme entre deux âges et d'un gamin de quinze ou seize ans. Il y avait d'autres garçons assez jeunes, et deux femmes bien adultes. Ils étaient de type nord-africain. Les hommes étaient maigres et secs. Même la femme enceinte paraissait curieusement émaciée. Plusieurs avaient les ongles cassés et des plaies sur les mains, comme s'ils avaient tenté de se libérer en griffant les parois. Environ la moitié d'entre eux parlaient français, les autres s'exprimaient dans une langue que je supposai être une variante d'arabe.

« C'est de l'arabe tel qu'on le parle dans certaines parties de l'Algérie, avec un accent berbère, m'expliqua Torunn.

— Tu ne parles pas cette langue, en plus ?

— Non, malheureusement, mais je connais deux ou trois expressions courantes. »

Ces malheureux nous regardaient comme si nous étions des Martiens. Torunn réussit à faire dire à l'un d'entre eux qu'ils pensaient être arrivés en Allemagne.

« Non, vous êtes en Norvège, rectifia-t-elle en parlant lentement.

— *En Norvège ?*

— *Oui, oui* », acquiesça-t-elle, et quand la nouvelle se répandit aux autres membres du groupe, ils parurent si possible encore plus terrifiés.

Torunn avait sorti son appareil pour prendre une série de photos de la scène.

« Qu'est-ce qu'on vous a promis, quand vous arriveriez ? voulut-elle savoir.

— Du travail, répondit le porte-parole, harassé.

— D'être libérés de la terreur ! ajouta un autre, un homme d'une trentaine d'années. Les islamistes ! Les assassins ! Ils tuent tous ceux qui ne pensent pas comme eux. Ils disent que nos femmes sont des putes. Ils ont exterminé les habitants du village voisin, femmes et enfants compris. Ils les ont abattus à l'arme blanche, la nuit, pendant qu'ils dormaient ! Si nous étions restés, nous serions morts, nous aussi. »

Cet éclat de voix lui valut d'être pris de vertige, et il se laissa lentement glisser le long du container, jusqu'à se retrouver assis par terre.

Torunn se tourna de nouveau vers leur représentant.

« Et pour ça, vous avez payé... »

Le type donna un chiffre, et elle secoua la tête, indignée.

« C'est le tarif habituel ! Nous nous en sommes tirés à bon compte.

— À bon compte ! Seigneur ! » grommela Torunn en regardant autour d'elle, comme si elle cherchait un objet auquel s'appuyer. Au loin, nous entendîmes le premier hélicoptère. Peu de temps après, il était au-dessus du quai. À peine avait-il atterri que les premiers secouristes en sortirent et coururent vers nous, pliés en deux, les cheveux rabattus en avant dans le souffle puissant du rotor.

Nous les saluâmes avant de leur donner un bref aperçu de la situation. Pendant que le personnel médical procédait aux premiers examens superficiels de ces invités inattendus, nous entendîmes des grondements de moteurs, du métal que l'on découpait et des grilles rabattues, du côté de l'entrée principale. Deux véhicules civils, une voiture de police et deux ambulances arrivèrent peu après sur le quai.

L'un des policiers en civil était un grand gaillard aux cheveux blonds presque blancs, avec des yeux bleu pâle et une peau légèrement rougeâtre. Il serra la main de Torunn, puis la mienne.

« Arve Sætre, lensmann[1] de Sveio. »

Puis il présenta les deux occupants de l'autre voiture.

« J'ai compris au message que la gravité de cette affaire nécessitait l'aide de Haugesund. Voici Holgersen et Liland, ils sont enquêteurs là-bas. »

Nous nous saluâmes bien gentiment, et tout le monde eut droit à un nouveau résumé de l'affaire telle que nous l'avions comprise. Holgersen, un colosse aux cheveux presque rasés et aux joues toutes rouges, demanda :

« Alors ce type de la compagnie d'armement, il était parti quand le container a été posé ?

— Oui. »

Liland était un petit peu moins baraqué et n'avait que quelques touffes de cheveux autour des oreilles. Il me dévisagea d'un air pensif.

« Ça veut peut-être dire que ce n'était pas prévu ?

— C'est ce qu'on peut imaginer, oui.

— Mais ça ne les dédouane pas de tout ce qu'on emporte d'Utvik par bateau, intervint Torunn.

1. Officier d'administration chargé du maintien de l'ordre, de la collecte des impôts, etc., dans les communes rurales.

— Tout ce qu'on emporte ? répéta Sætre.

— Des déchets sensibles, des produits chimiques. Des choses comme ça. »

Holgersen jeta un coup d'œil à Sætre.

« Tu es au courant ?

— Je ne me rappelle pas avoir vu de plainte, répondit Sætre en secouant la tête.

— Ben tiens, des plaintes ! s'écria Torunn. C'est ailleurs qu'ils auraient de bonnes raisons de se plaindre.

— Tout ce qu'ils remarquent ici, ce doit être la circulation, ajoutai-je. Et à ce qu'on m'a dit, il y en a surtout la nuit.

— Bon… »

Holgersen regarda vers le portail que venait de franchir un break blanc. Il descendait maintenant vers nous. C'était une Toyota Carina au flanc frappé des initiales *HA*.

« Et merde ! Voilà les vautours. Tiens-toi droit, Liland. Souris au photographe !

— La presse ? demandai-je.

— Locale, pour l'instant, gronda Holgersen.

— Alors tu vas avoir de la concurrence, glissai-je à Torunn.

— L'heure est peut-être venue de… Vous n'avez plus besoin de nous, j'imagine ? demanda-t-elle.

— Non, c'est bon. Nous avons vos coordonnées, n'est-ce pas ? »

Sætre confirma d'un hochement de tête.

Avant que les collègues de Torunn au *Haugesunds Avis* se soient mis en position, nous avions entamé une retraite discrète en direction du portail.

« Je n'ai jamais aimé voir ma photo dans le journal, murmurai-je.

— Tu peux me croire, moi non plus ! »

Nous partîmes le regard braqué droit devant, en mouvements pleins d'assurance, comme si nous étions en mission importante. Personne ne nous empêcha de rejoindre la voiture. Personne ne nous cria de rester un peu.

Trois heures et demie plus tard, quand nous nous séparâmes à Bergen, on était dimanche matin. « Que fais-tu, maintenant ? demandai-je.

— Je vais dormir, avant tout. Et puis je trierai mes impressions sur l'ordinateur. Et toi ?

— Même chose. Dormir, je veux dire. Et il y a toujours l'autre affaire dont je m'occupe. Je trouverai peut-être un bout de fil à rattacher à l'écheveau aujourd'hui aussi. »

Elle me lança un coup d'œil en biais depuis son siège.

« Mais alors merci de m'avoir accompagnée. » Elle me scruta rapidement du regard, se pencha et m'embrassa sur la joue.

« N'oublie pas ma proposition, répondis-je. S'il te prenait l'envie d'aller voir TWO.

— Garde du corps, c'était ça ? D'habitude, j'arrive à m'en passer.

— Je peux te conduire à l'aéroport, si tu veux.

— Une combinaison des deux, peut-être ? »

Un nouveau regard scrutateur. Puis elle sourit, ouvrit sa portière et récupéra son sac à main sur la banquette arrière. Elle partit vers son hôtel et m'adressa un dernier salut de la main avant d'ouvrir la porte et d'entrer.

Je rentrai chez moi, me couchai et dormis jusqu'à dix-neuf heures ce soir-là. Mais avant d'aller au lit, j'avais consulté l'annuaire et trouvé l'adresse personnelle de Kåre Brodahl.

38

Kåre Brodahl habitait du côté est de Fosswinckels gate, juste à côté de la Frøkenstiftelse, à deux pas des femmes mûres qui veillaient sur ladite fondation. Si les interlocuteurs venaient à manquer, il n'aurait pas à faire des kilomètres pour en trouver d'autres. Elles avaient souvent la langue bien pendue, ces soi-disant « bonnes femmes célibataires », et elles pouvaient asséner les remarques les plus hardies quand elles jouaient au bridge en soirée.

J'avais l'impression d'avoir du mildiou dans les yeux, résultat d'une longue journée de sommeil après les événements de la nuit, et j'avais décidé de faire le trajet à pied. À la hauteur de la Grieghalle, je coupai Strømgaten, poursuivis dans Fosswinckels gate et arrivai à la maison dans laquelle vivait Kåre Brodahl. À en croire les panonceaux à côté des sonnettes, il avait ses quartiers au rez-de-chaussée. Il y avait de la lumière, mais les rideaux étaient tirés. Seule une faible lueur, comme celle d'une alcôve à opium, filtrait à travers le lourd tissu au motif discret.

Je sonnai. Peu de temps après, la voix de Brodahl résonna dans le haut-parleur à côté de la porte.

« Oui ?

— C'est Veum. Je ne sais pas si vous vous souvenez de moi ?

— Si.

— Vous avez un instant ? »

Silence. Il hésitait.

« Ça ne devrait pas être très long.

— Bon, bon… »

La serrure grésilla. J'appuyai sur la poignée et ouvris.

Brodahl était à la porte de gauche, après une courte volée de marches. Il portait un cardigan bordeaux vieillot au col orné de motifs compliqués, une chemise blanche et une cravate, un pantalon sombre soigneusement repassé, des chaussettes noires et des pantoufles en cuir brun-rouge. Il tenait un petit livret de format CD dans une main ; de l'autre, il me fit signe d'entrer. La lumière à l'intérieur donnait une nuance argentée à ses cheveux bien coiffés, mais son visage était à contre-jour.

« De quoi est-il question ? » demanda-t-il en prenant avec une certaine réserve mon blouson de cuir fatigué pour le suspendre, après lui avoir fait plus de place que de raison entre ses propres vêtements.

« Rendez-vous avec les années oubliées, m'a suggéré quelqu'un. Si vous n'avez rien contre une espèce de verbalisation de tout ça.

— Une verbalisation ?

— Oui. »

L'appartement était tourné vers l'ouest ; un logis de vieux célibataire décoré avec goût, avec des paysages aux murs, des livres reliés en cuir sur des rayonnages somptueux et des petites sculptures sur des socles et dans des vitrines. La collection de CD était impressionnante, répartie dans trois présentoirs en bois sombre poli. Depuis la chaîne hi-fi, Mozart se jouait avec élégance d'un groupe de bassons, de la même façon que Duke Ellington utiliserait les bois quelques siècles plus tard. Brodahl alla baisser le son et m'indiqua deux fauteuils confortables autour d'une petite table, idéalement placée par rapport aux enceintes. Un verre de pjolter gazeux attendait devant l'un des sièges, et avant que je m'assoie, il me demanda si je voulais lui tenir compagnie.

« Un petit whisky soda, Veum ?

— Pourquoi pas ? »

Il remplit un verre, le posa sur un petit plateau qu'il me présenta, comme un serveur professionnel. Il s'assit enfin dans l'autre fauteuil, leva son propre verre en un toast silencieux.

Je l'imitai. Puis je reposai le verre et regardai autour de moi.

« Vous vivez seul ?

— Ça s'est fait comme ça », répondit-il avec un très léger hochement de tête. Avant que j'aie le temps de répondre, il poursuivit : « Qu'entendiez-vous par... les années oubliées, Veum ?

— Vous êtes certain de ne pas pouvoir répondre à cette question ?

— Ce qui est oublié est oublié. Le cas échéant, vous pouvez peut-être me le rappeler.

— L'oubli est un phénomène curieux, philosophai-je. Je veux dire... Nous avons tous oublié des choses qui restent très présentes pour nos proches. Dieu sait pour quelle raison. Peut-être parce qu'on les a perçues comme désagréables, bien sûr. Des épisodes de notre enfance, par exemple, qu'un copain de classe se rappelle mais que vous avez essayé de refouler. Et il y a les choses que vous choisissez d'oublier, dans la mesure du possible, ou des événements si secondaires que vous ne vous donnez pas la peine de les mémoriser. L'oubli est un phénomène arbitraire, mais je vous assure, Brodahl... C'est très étonnant, ce que le cerveau peut refouler, à partir du moment où il a décidé de le faire. »

Il haussa les sourcils, ironique.

« Sans blague ? Et où voulez-vous en venir avec ce petit cours, monsieur Veum ?

— J'ai besoin d'aide pour remplir deux ou trois parenthèses, Brodahl.

— Des parenthèses ?

— Qui restent de notre dernière conversation. Je crois que vous ne m'avez pas tout dit. Que vous avez oublié quelque chose. »

Il passa une main maigre dans ses cheveux, en me toisant d'un regard pensif.

« À savoir ?

— Sara Taraldsen, qui est devenue par la suite

Mme Breheim. Numéro deux, si on peut dire. Vous avez omis de me raconter que Mlle Taraldsen et vous étiez pour ainsi dire fiancés.

— Qui vous l'a dit ?

— Une source digne de confiance. Et quand j'ai discuté avec Sara Breheim, lundi dernier, elle n'a pas voulu me donner le nom de celui qui l'accompagnait au Norge ce soir de septembre 1957, quand Tordis Breheim et son amant ont trouvé la mort. Celui qui l'a aidée à reconduire Breheim chez lui, ensuite. Pourquoi ? » Voyant qu'il ne répondait pas, j'ajoutai : « C'était vous, n'est-ce pas, Brodahl…

— Ah oui ? J'avais presque oublié.

— Vous auriez voulu l'oublier, dirons-nous, je crois. »

Il croisa mon regard, mais je n'y vis ni défi ni animosité. Plutôt du chagrin.

« C'est peut-être pour cela que vous vivez toujours seul ?

— Peut-être », soupira-t-il.

Sara… La jolie petite brune Sara, dont il était tombé si éperdument amoureux dès l'instant où elle était entrée dans le magasin, quand le responsable lui avait fait visiter les locaux et l'avait présentée comme la nouvelle vendeuse du rayon chemises, cravates, sous-vêtements et chaussettes. Sara et sa bonne humeur, son rire cristallin et ses œillades aguicheuses, peut-être pas toujours aussi pleines de sens qu'elles en avaient l'air. Elle avait vingt et un ans à son entrée dans la boutique, il en avait un de plus. C'étaient les cadets du personnel et on les traitait en conséquence, avec condescendance de la part de ceux qui étaient là depuis plus longtemps. C'était peut-être la raison pour laquelle ils s'étaient cherchés, dans une espèce de réconfort réciproque ? Il avait attendu deux ans avant de lui proposer un rendez-vous ; au cinéma d'abord. Il se rappelait… Doris Day et James Stewart… *Que sera, sera…* Puis des smørbrød et un verre de vin chacun, au Norge… C'était cela qu'ils devaient fêter, ce soir de septembre de l'année suivante. L'anniversaire du jour où il l'avait invitée pour la première fois.

Et puis…

Il l'avait su sans le savoir. Il ne l'avait vu clairement que plus tard. En 1958, quand elle s'était mariée avec Ansgar Breheim qui n'était veuf que depuis un an à peine, il avait compris, comme grâce à une vision prophétique, que c'était lui qu'elle avait toujours eu en ligne de mire, mais qu'elle était restée sur la réserve, bien entendu, parce qu'il était marié… et pas avec n'importe quelle femme !

Sara…

Était-ce pour ça qu'il…

J'attendis.

Il me regarda.

« Je… C'est exact, je… nous… C'est Sara et moi qui avons accompagné Ansgar Breheim ce soir-là, d'abord au poste de secours, ensuite chez lui. »

Il avait raccompagné Sara chez elle. Elle habitait à l'entrée de Rothaugen, dans Hilbrandt Meyers gate, mais quand il avait voulu l'embrasser pour lui souhaiter bonne nuit, elle paraissait penser à tout autre chose qu'à lui, et d'ailleurs… Il le comprenait sans mal. La soirée avait connu une issue dramatique… Ce qui aurait dû être une soirée agréable…

Tout à coup, il se leva. Il alla vers l'un des secrétaires, ouvrit un tiroir et en sortit un petit écrin. Il revint et se rassit, ouvrit la boîte et me la tendit. Il y avait une jolie bague à l'intérieur, ornée d'une pierre bleu clair, presque blanche.

« Je l'avais dans la poche ce soir-là, Veum, expliqua-t-il d'une voix rauque. J'avais prévu de… »

Je regardai la bague et hochai légèrement la tête.

« Ensuite… ça n'a rien donné. »

Elle lui échappait. Jour après jour, son regard était de plus en plus lointain. Ansgar Breheim lui réclamait de plus en plus de son temps, et quand il l'interrogeait, elle s'excusait : Mais tu dois comprendre, Kåre ! Il est désorienté, tu sais bien…

– Désorienté ? Et il tire parti de la situation, Sara.

– Il l'exploite ! Fais attention à ce que tu dis. Réfléchis avant de continuer…

– Bon, bon !

Je le voyais, à présent. Les contours d'un gros chagrin. Celui qui ne quittait jamais complètement ses yeux.

« Mais… pour en revenir à cette soirée.

— Oui.

— Vous êtes retourné dans Sudmanns vei, n'est-ce pas ? »

Il ne répondit pas.

« Ça fait trente-six ans, Brodahl ! Vous ne risquez rien en me le disant. Vous n'y perdez rien non plus.

— Ah non ?

— Vous allez peut-être enfin soulager votre conscience ? »

Il essaya de soutenir mon regard, mais n'y parvint pas. Ses yeux fuyaient sans arrêt.

« Bon, oui ! J'y suis retourné. Mais c'est lui qui... Il me l'avait demandé !

— Tiens donc ? »

Il avait tout à coup l'air incroyablement jeune, en dépit de ses boucles argentées.

« C'était mon supérieur, quand même !

— Eh bien...

— Avant qu'on s'en aille avec Sara, pendant que je l'aidais à se mettre au lit, il m'a dit : "Raccompagne Sara chez elle, Kåre, et reviens. – Ici ? – Oui. Tu n'as presque pas bu, si ? – Non. – Alors tu vas me conduire... – Conduire ? – Je sais où ils sont, Kåre." »

Il se tut. Je le poussai un peu.

« D'accord. Et vous l'avez fait ?

— Oui. C'était comme un cauchemar, évidemment. Après ce qui s'était passé là-bas... Il y a des choses qui deviennent tellement fortes et irréelles qu'on les oublie à cause de *ça*, Veum ! À cause de ce qu'elles ont d'irréel. »

Le trajet. Ansgar Breheim assis à côté de lui, de plus en plus furieux à mesure qu'ils s'éloignaient de la ville. Comme s'il s'excitait : Ils vont voir, ils vont voir…

Pour commencer, il avait essayé de le calmer.

– On ne devrait pas rentrer, monsieur Breheim ?

– Rentrer ! Et pour retrouver quoi ?

– De toute façon, on ne peut rien faire, alors…

– Que si ! Que si…

Les routes obscures et désertes. Il ne se rappelait pas s'ils avaient croisé la moindre voiture. En tout cas, aucun témoin ne se manifesta jamais.

« Un autre verre, Veum ?

– Volontiers », répondis-je en poussant mon verre dans sa direction.

Il l'emporta avec le sien, les remplit et revint. Il ne se servit pas du plateau, cette fois, et je vis distinctement sa main trembler.

« Quand nous sommes arrivés à Hjellestad, nous avons vu leur voiture garée.

– Vous l'avez reconnue ?

– Non, mais… Elle était sur leur place de stationnement. Ce devait être la voiture du musicien.

– Que s'est-il passé ? »

Il but une autre gorgée.

« Je voulais à tout prix rester dans la voiture, mais il a insisté… »

— Tu viens avec moi, Kåre !
— Mais monsieur Breheim…
— Tu sais ce qui arrivera, sinon…

Je le regardai.
« D'accord, c'était votre supérieur, comme vous l'avez dit, mais quand même. Il ne pouvait pas exiger ça de votre part !
— Il y avait autre chose.
— Ah oui ?
— Il me tenait.
— Comment ça ?
— Je… J'avais eu des problèmes d'argent. C'était en rapport avec un rabais l'année précédente. J'avais fait des petites modifications… sur les étiquettes.
— Du détournement de fonds, en d'autres termes. »
Il baissa les yeux.
« Il l'a découvert, bien sûr, mais il a accepté de ne pas porter plainte à condition que ça ne se reproduise jamais et que je ne m'oppose jamais à tout ce qu'il pourrait proposer. » Il releva la tête. « Il devait surtout penser à des revendications salariales et ce genre de choses, mais… Bon, c'est comme ça que ça s'est terminé.
— Alors racontez-moi… Comment ça s'est terminé ?
— Nous les avons pris sur le fait. Mme Breheim et ce… Hagenes. »

Ils avaient avancé dans la forêt. L'obscurité était totale, à l'exception d'un peu de lumière provenant du chalet et permettant de progresser sans trop de mal. De plus, c'était Breheim qui ouvrait la marche, et il connaissait le coin comme sa poche.

Ils étaient allés ensemble jusqu'à la fenêtre et avaient regardé à l'intérieur.

Au début, il n'avait rien vu. Seulement les flammes de la cheminée, le plafonnier, une bouteille de vin, des verres… Quelque chose qui bougeait par terre, un dos qui se cambrait, des sons étouffés…

Breheim était pétrifié à côté de lui. Puis il s'était écarté d'un coup. Lui était resté sur place, tandis que Breheim faisait le tour du bâtiment à toute vitesse pour grimper les marches et entrer. Comme au cinéma, il avait vu la scène de l'extérieur, au moment où Breheim avait ouvert la porte à la volée et s'était retrouvé au beau milieu de la pièce. Les deux personnes sur le sol s'étaient relevées, et il l'avait vue – Tordis Breheim – comme il n'avait encore jamais vu aucune femme. Pendant quelques secondes, elle était restée immobile, nue, blanche et rousse. Elle avait alors levé devant elle la couverture sur laquelle ils avaient été couchés, comme si c'était un inconnu aux yeux de qui elle devait se dissimuler. L'homme nu à côté d'elle avait l'air si désemparé qu'il avait presque eu envie de rire. Il essayait de cacher son sexe derrière ses mains, mais il éprouvait manifestement une certaine difficulté à se redresser complètement…

En gestes empreints d'une grande fureur, Ansgar Breheim était allé au mur, avait décroché un fusil suspendu là et l'avait braqué sur les deux autres, tandis qu'il ouvrait un tiroir à tâtons, en sortait une boîte, la vidait sur la commode, ouvrait le fusil et glissait deux cartouches dedans.

— Ansgar ! avait hurlé Tordis Breheim, dont la voix lui était parvenue à travers la vitre. Non !

— Monsieur Breheim ! avait supplié Hagenes avant de tomber à genoux devant lui.

Il n'avait pas entendu la réponse de Breheim.

Immobile, il avait vu Tordis Breheim et son amant recevoir l'ordre de s'habiller, de pied en cap, sans rien oublier, puis de sortir du chalet, sous la menace du fusil chargé que Breheim tenait à la main comme l'argument le plus incontestable qui soit. Lui-même n'avait pour ainsi dire jamais vu de fusil.

Quand ils étaient sortis et que Tordis Breheim l'avait aperçu, une expression de soulagement était apparue sur ses traits.

— Ah, monsieur Brodahl… Dieu soit loué ! Un instant, j'ai cru qu'il était seul…

Johan Hagenes l'avait regardé sans comprendre. Il avait du mal à se tenir sur ses jambes.

— À la voiture ! avait ordonné Breheim. Et ne tentez rien ! Je tire au premier geste suspect… Puis à son employé : Kåre ! Il y a un saxophone à l'intérieur. Va le chercher.

— Mais…

— Fais ce que je te dis !

Il ne servait à rien de protester. Il était entré dans le chalet, avait pris l'instrument et était ressorti avec.

« Un instant ! »

Il leva les yeux sur moi, désorienté.

« Quoi ?

— Vous souvenez-vous… L'embouchure était-elle sur le saxophone ?

— L'embouchure ? Mais je n'en ai pas la moindre idée ! Je m'y connais à peu près autant en saxophones qu'en fusils.

— Bon… Alors il avait dû l'ôter lui-même, et ni vous ni Breheim ne l'avez remarqué.

— Je continue ? »

Avant de quitter le chalet, il avait jeté un dernier coup d'œil autour de lui. La bouteille de vin, les deux verres, la couverture encore par terre… comme si ceux qui avaient passé la soirée là étaient simplement partis se coucher pour la nuit…

Breheim lui avait envoyé un coup d'œil impatient quand il était enfin ressorti. En procession silencieuse, ils s'étaient enfoncés dans le bois sombre : Tordis Breheim la première, puis Hagenes, Breheim derrière, l'arme brandie, et enfin lui, avec le saxophone. En arrivant à la voiture, Breheim avait ordonné à sa femme et à Hagenes de monter dans l'Opel, Tordis Breheim au volant. Il avait ouvert une portière arrière et tendu la main.

— Le saxophone, Kåre…

Il avait pris l'instrument et l'avait jeté sur la banquette arrière.

— Fais reculer la voiture, pour lui laisser la place. Mais reste au milieu de la route, pour l'empêcher de filer.

Comme en transe, il avait suivi les instructions.

Breheim s'était assis à l'arrière de la voiture noire, le fusil toujours à la main. Il avait rabattu sa portière, sans la claquer. Lui avait fait reculer la Volvo, comme il devait le faire.

Il me regarda, la bouche entrouverte, comme un poisson échoué.

« C'est la dernière fois que je les ai vus, Veum, je le jure !

— Pas Breheim, répondis-je en soutenant son regard. Lui, vous l'avez revu.

— Oui… Lui, je l'ai revu.

— Cette nuit-là, je parie. »

Il hocha la tête.

« Je me suis rangé sur le côté de la route et j'ai attendu. Pas au cas où quelqu'un passerait, mais… Au bout d'un certain temps, il est revenu à pied. Seul. Je n'ai même pas osé demander ce qui s'était passé. J'avais peur qu'il m'abatte… moi aussi.

— Mais il ne les a pas abattus.

— Ça, je ne pouvais pas le savoir, à ce moment-là !

— Qu'a-t-il fait du fusil ?

— Il est remonté au chalet avec. À ce que j'en sais, il y est peut-être toujours. »

Je réfléchis.

« Oui, je crois qu'il y est.

— Ensuite…

— Oui ?

— Ensuite, nous sommes rentrés à la maison », conclut-il sèchement, comme s'il venait de terminer le récit de la plus banale promenade dominicale en famille.

« Mais plus tard, quand les gens ont su ce qui était arrivé à Tordis Breheim et Johan Hagenes… Qu'est-ce qui vous a empêché d'aller trouver la police ?

– Pour être impliqué comme complice ? Parce que c'est bien ce que j'étais, Veum ! Il me tenait, encore plus qu'avant.

– Oui, mais… vous aussi.

– Oui… Oui…

– Alors je comprends presque Mme Sletta, qui a comparé l'ambiance du magasin à un équilibre de la terreur.

– Mme Sletta ! Alors c'est elle qui… » Il hocha la tête avec colère, pour lui-même.

« Il vous tenait. Vous le teniez. Mais au plus fort de la lutte, vous avez perdu Sara.

– Oui. »

Le chagrin réapparut dans ses yeux, plus net à présent que j'en connaissais la raison.

Il n'avait encore jamais vu de femme nue. Il n'en verrait d'ailleurs jamais, hormis au cinéma ou à la télévision. Il avait perdu Sara à tout jamais. Il n'y en avait pas eu d'autres. C'était impensable d'aller voir une prostituée. Alors il n'avait fait qu'attendre. Attendre, encore et encore. Mais en 1983, à la mort d'Ansgar Breheim, il ne restait rien. Pour lui, en tout cas.

Je le laissai aller au bout de ses pensées avant de poursuivre.

« Vous voyez Sara de temps en temps, aujourd'hui ? »

Il secoua la tête.

« Non, je… J'ai des nouvelles, parfois, par mon neveu. Mais c'est tout.

– Et avec Bodil et Berit, il vous arrive d'avoir des contacts ?

– Aucun.

– Bon… » Je finis mon pjolter et me levai. « Alors je ne vais pas vous déranger plus longtemps. Au moins, maintenant, je sais ce qui s'est passé en 1957. Sans que ça m'aide beaucoup pour 1993, mais… Merci d'avoir été aussi sincère, à partir du moment où je vous ai un peu forcé la main. »

Il ne répondit pas. Il avait l'air sec, vidé. Il n'y avait plus rien à glaner de ce côté, pour personne. Il avait vécu sa vie seul, beaucoup trop longtemps, dans l'ombre de ce qui avait sans aucun doute été pour lui le grand amour.

L'amour rend aveugle, dit-on, mais c'est un mensonge éhonté. L'amour paralyse, devrait-on dire, quand il n'est pas réciproque. Je me sentais au moins aussi sage que Salomon au moment où je repartis. Quoi qu'il en soit même le chapelier Georges n'aurait pas été fier du résultat que j'avais à proposer[1].

1. Allusion au vaudeville *Kong Salomon og Jørgen Hattemager* (*Le roi Salomon et le chapelier Georges*, 1825) de Johan Ludvig Heiberg (1791-1860, dramaturge danois).

39

Le lendemain matin, je descendis de bonne heure au bureau.

Les événements d'Utvik avaient bénéficié d'une importante couverture médiatique, mais ni mon rôle ni celui de Torunn Tafjord n'étaient mentionnés. Les journaux, la radio et les chaînes de télévision avaient étayé avec une masse impressionnante de données sur l'immigration légale et illégale, le trafic d'êtres humains et ses conséquences potentielles pour la politique d'accueil norvégienne, comme si elle pouvait encore se durcir davantage.

Trans World Ocean avait improvisé une conférence de presse dimanche soir. Je l'avais suivie aux infos de début de soirée. Bernt Halvorsen était pâle et crispé au moment de préciser que la compagnie n'avait rien à voir dans ce trafic supposé, et rejetait la responsabilité sur le capitaine du *Seagull* et un employé déloyal au sein de Trans World Ocean. Il fut annoncé que la police, par le biais d'Interpol, avait demandé à ce que le capitaine soit interpellé aussitôt que le bateau demanderait l'accès à un port. Il se trouvait toujours dans les eaux internationales, et la compagnie ne pouvait pas « dans l'immédiat » préciser quelle était sa destination. « Nous attendons de nouvelles informations », fut tout ce que Halvorsen put dire... Tu ne peux t'en prendre qu'à toi, me dis-je, puisque Kristoffersen les a envoyés se faire voir... « Et cet employé déloyal ? » demanda-t-on parmi les journalistes. Halvorsen pouvait-il donner un nom ? « Pas pour le moment. – À quel trafic le bateau se livrait-il ? – Ça pouvait changer d'une mission sur l'autre, répondit Halvorsen. – Sur quel marché ? – Cette fois, il revenait de la côte occidentale de l'Afrique. – Qu'allait-il faire à Utvik ? – L'itinéraire ne prévoyait aucun passage par Utvik... » Ah non ? ! Il devait y avoir pas mal en jeu pour eux, puisqu'ils prenaient le risque de mentir en public.

J'appelai le cabinet d'avocats Breheim, Lygre, Pedersen & Waagenes. Maintenant j'étais habitué à la voix de cette femme qui répondait presque toujours. Sans que ça m'aide beaucoup. « Non, maître Breheim n'est pas là aujourd'hui, m'informa-t-elle. Elle est en congé. – Elle en a le temps ? – Elle a conclu une affaire difficile vendredi, et elle avait besoin de prendre deux ou trois jours. – Je vais essayer chez elle, alors. – Je vous en prie, monsieur Veum, et bonne journée. – Merci, de même... »

Je composai donc le numéro personnel de Berit Breheim. Mais personne ne répondit. Avant d'appeler Karin Bjerge, comme prévu, j'entendis la porte d'entrée s'ouvrir. Tout de suite après, on frappa trois coups secs à la porte entre le bureau et la salle d'attente.

« Entrez !

— Merci. » Torunn Tafjord entrait déjà, son sac à dos pendu à une épaule et vêtue de la même tenue sport que la dernière fois. Elle me fit un grand sourire.

« Tu as dit que tu pouvais me conduire à Flesland ?

— Avec plaisir.

— J'ai obtenu un rendez-vous avec Bernt Halvorsen lui-même, à dix heures et demie, et comme j'ai cru comprendre que c'était sur le trajet de l'aéroport...

— Ma voiture est à dix minutes d'ici.

— Qu'est-ce que ça représente à côté de notre dernière excursion ? » répliqua-t-elle avec un clin d'œil. Les pattes d'oie autour de ses yeux faisaient penser à des éventails chinois, légers et aériens, et elle avait dû bien dormir. À ce que j'en voyais, elle était de nouveau bourrée d'énergie.

En rejoignant Skansen, je lui demandai si elle avait eu les grandes lignes de la conférence de presse. C'était le cas.

« Mais pourtant, tu as pu les approcher, en dépit de l'ordre du jour ?

— Je leur ai fait une proposition qu'ils ne pouvaient pas refuser. »

Je lançai un coup d'œil de biais à son profil net et volontaire.

« Ah oui ? Tu leur as dit que sinon, tu me demanderais de t'accompagner ?

— Je n'en ai pas eu besoin. Je les ai laissés choisir eux-mêmes. Ou bien ils prenaient le risque de "corriger" mes informations avant – ha, ha – ou bien ils attendaient qu'elles soient imprimées dans le journal.

— Et ils ont marché ?

— Avec les casseroles qu'ils se traînent, je ne peux pas dire que ça me surprenne.

— Il faut espérer qu'ils n'en auront pas une assez grande pour nous…

— Alors, tu en es ? »

Sur le chemin de Kokstad, je pus lui raconter que j'étais arrivé au fond de cette affaire vieille de trente-six ans.

« Tout au fond ?

— Je crois.

— J'espère que tu as raison. Mais mon expérience me dit qu'il y fait si sombre qu'on ne peut jamais être sûr à cent pour cent.

— Au fond, quelle importance si cette partie de l'histoire n'est pas tout à fait correcte ! Pour l'heure, j'en suis plutôt à me demander ce qu'a pu savoir Fernando Garrido de ce trafic à Utvik. Parce que ce n'était sûrement pas la première fois que ça arrivait.

— Non, je ne crois pas non plus. »

Cette fois, nous n'eûmes pas besoin de négocier notre passage à travers le sas de Trans World Ocean. Nous étions attendus. C'est-à-dire, Torunn était attendue. Ce n'était pas non plus le même gardien. Celui-là n'était pas aussi baraqué, mais il avait des points communs avec l'autre. Ils venaient tous les deux de chez le même fournisseur, semblait-il. Il me regarda sans grand enthousiasme, mais elle balaya le moindre doute en annonçant : « Il est avec moi. » Personne n'aurait songé à protester.

Ils n'avaient pas l'air fous de joie non plus, Halvorsen et Kristoffersen, quand nous les retrouvâmes devant le bureau de Halvorsen. Kristoffersen sortit du bureau, le visage cramoisi et encadré par des veines saillantes. En m'apercevant, il serra les poings et aboya :

« J'aurais dû vous aplatir la première fois que je vous ai vu !

— Merci, j'ai eu tout ce qu'il fallait en matière de chirurgie esthétique.

— Ça sentait les ennuis dès la première seconde.

— Un compliment que je me fais une joie de vous retourner.

— Et grande gueule, avec ça !

— C'est contagieux, on dirait… »

Il envoya un poing vers mon visage, pas pour le toucher, mais pour montrer sa force. Je reculai malgré tout de quelques centimètres.

« Kristoffersen, gronda Halvorsen. Tu ne nous as pas fait assez de publicité douteuse, ces derniers jours ?

— Moi ?! S'il n'y avait pas eu Garrido, rien de tout ça ne serait arrivé ! C'est à cause de lui que ce type est intervenu. »

Torunn n'en perdait pas une miette, et Halvorsen se tourna vers elle, mal à l'aise.

« Torunn Tafjord ?

— C'est moi.

— Ne prenez pas cet échange trop au sérieux. Monsieur est perturbé. Il vient de démissionner.

— Lui aussi ? » murmurai-je.

J'eus un instant d'inattention. Kristoffersen profita de l'occasion pour me saisir à l'épaule, me faire pivoter et me coller au mur. Son visage vint si près du mien que je perçus la puanteur de nicotine qui montait de sa bouche.

« Veum ! grogna-t-il d'une voix menaçante. La prochaine fois que tu traverseras la rue, regarde bien dans toutes les directions. C'est peut-être moi qui serai derrière toi, cette fois. »

Je soutins son regard.

« Alors c'est toi qui… »

Il me fila une bonne bourrade, puis lâcha prise et se détourna. Il décocha un dernier coup d'œil peu amène à Halvorsen et s'en alla.

Je rajustai mes vêtements et regardai les deux autres avec un sourire en coin. Halvorsen se tourna vers Torunn, l'air pas content.

« Je croyais que c'était avec vous que nous avions rendez-vous, madame Tafjord. Qu'est-ce qui vous a pris de venir avec… lui, là ? » Il fit un mouvement brusque dans ma direction.

« M. Veum m'a aidée dans cette affaire. Je croyais que vous l'aviez déjà compris. Ce n'est pas pour cette raison que Kristoffersen a été envoyé en toute hâte à Utvik ?

— En toute hâte ? Kristoffersen faisait cavalier seul ! La compagnie n'a rien à voir dans cette affaire !

— Ah non ?

— Non, mais… »

Avec un air découragé et un rapide coup d'œil autour de lui, il nous fit signe de le suivre dans son bureau. « Pas de coup de fil, pas de question. Nous ne voulons surtout pas être dérangés ! C'est clair ? ordonna-t-il à sa secrétaire, qui n'avait rien manqué de tout ce qui s'était dit et fait, avec l'expression la plus neutre qui se puisse imaginer.

— Bien entendu, monsieur Halvorsen », répondit-elle non sans un infime soupçon d'ironie. Mais ça tenait peut-être au « monsieur Halvorsen », un rien décalé. J'étais à peu près certain qu'ils s'appelaient par leurs prénoms, conformément à la mode en vigueur dans les entreprises modernes. Elle était brune, portait des lunettes à grosse monture et un ensemble tendance gris et noir. Je me serais bien vu dans le même genre de tenue.

Bernt Halvorsen ferma la porte derrière nous. Il nous indiqua des fauteuils disposés autour d'une table basse flanquée d'un énorme plateau de fruits, mais il ne nous offrit rien, même pas une tasse de café. L'expression qu'il affichait n'était pas non plus très accueillante.

Le bureau était impressionnant. La table d'un brun sombre luisant était à peine trop petite pour qu'on puisse jouer au ping-pong dessus. En revanche, le tapis oriental menait vers une petite tasse sur laquelle je vis une balle de golf, et les clubs rangés dans un caddie judicieusement appuyé dans un coin révélaient ce qu'il faisait au cours de ses pauses. Il perfectionnait son putting.

De larges vitres donnaient sur Flesland et Kobbeleia. Des avions argentés montaient et descendaient régulièrement avec pour fond le profil caractéristique de Liatårnet, sur Sotra. Mais les fenêtres étaient si bien isolées et la climatisation si bien filtrée que presque aucun son ne parvenait jusqu'à nous.

Bernt Halvorsen se renversa dans son fauteuil en cuir, passa une main sur sa barbe bien taillée et s'adressa à Torunn, avec un calme froid :

« Que voulez-vous ? Nous n'avons aucun commentaire à faire en dehors de ce qui a été dit à la conférence de presse hier au soir.

— Il se trouve que je surveille ce trafic en détail depuis plusieurs mois.

— Quel trafic ? J'ai bien précisé qu'il s'agissait d'une initiative que Kristoffersen a mise sur pied tout seul. Et je peux vous assurer ceci : la collaboration de cet homme dans la compagnie a touché à sa fin. Définitivement. Il a lui-même démissionné, il y a moins de dix minutes.

— Alors…

— Par ailleurs, je lui ai vivement conseillé de se livrer à la police, avant que quelqu'un le dénonce. Je n'ai pas voulu révéler son nom sans lui avoir parlé en tête à tête, mais ça se saura tôt ou tard, ça ne fait pas un pli.

— Je ne pensais pas au trafic supposé d'êtres humains.

— Non ? À quoi pensiez-vous, alors ?

— Au trafic régulier entre Utvik et Conakry. »

Il garda le masque, mais je vis jouer les muscles de sa mâchoire.

« Conakry ? » Puis, voyant qu'elle ne répondait pas : « À quel trafic pensez-vous ?

— Vous le savez aussi bien que moi. Et quand ça paraîtra, ce sera étayé comme il faut.

— Tiens donc ? » Il la regarda, ironique. « Mais vous ne m'avez pas encore dit… »

Elle l'interrompit.

« Rejet de déchets sensibles dans le Tiers-Monde.

— Rejet de… Fichtre. Déchets sensibles, c'est comme ça que vous appeliez le chargement du bateau ? »

Elle s'abstint adroitement de répondre et le laissa aller jusqu'au bout. « Le cas échéant, nous avons plein de complices ! »

Pendant une seconde, elle retint son souffle et laissa les mots s'imprimer entre eux. Puis elle le reprit dans sa ligne de mire :

« Alors autrement dit, vous reconnaissez… votre responsabilité ? »

Il ne répondit pas, mais rougit petit à petit.

« Même si vous voulez essayer de la partager avec les autres, poursuivit-elle sans la moindre pitié. Mais je vous assure… Ils vont avoir leurs passeports raturés, eux aussi, tous ceux que chapotent les Affaires étrangères. Néanmoins… C'est vous les exécutants. C'est vous qui gagnez de l'argent. Le transport ne doit pas se faire aux prix les plus avantageux du marché, j'imagine…

— Vous poserez la question à nos fournisseurs.

— Fournisseurs ? répéta-t-elle d'une voix pincée.

— Oui, comment les appeler autrement ? » Son regard vacilla.

Il était à deux doigts de l'explosion.

« Vous avez bien un ou deux noms à me donner, alors ?

— Secret professionnel, répondit-il sur un ton mauvais.

— Vous ne voulez pas me les donner ? »

Il secoua énergiquement la tête. « Pas un seul. »

Pendant qu'ils se fusillaient l'un l'autre du regard, je profitai de l'occasion pour m'immiscer dans leur conversation.

« Alors je voudrais revenir une minute sur Garrido.

— Garrido ! aboya Halvorsen en se tournant vers moi.

— Supposons la chose suivante : d'après ce que vous dites, Kristoffersen a agi seul en ce qui concerne les relations avec Bjelland.

— Bjelland ! Qui est-ce ?

— La tête pensante de ce trafic d'êtres humains, je dirais. C'est son type d'activité. Tout ce qui est assez illégal pour rapporter beaucoup d'argent. »

Il souffla très fort pour exprimer son mépris.

« Très bien ! Je n'ai jamais entendu parler de lui.

— Je ne suis pas sûr de vous croire tout à fait.

Mais encore une fois… Si nous supposons que Garrido est tombé d'une façon ou d'une autre sur les activités de Kristoffersen, dissimulées par les échanges légaux — en tout cas superficiellement — qui ont lieu à Utvik, c'est peut-être la crainte de Kristoffersen qui l'a fait démissionner aussi soudainement avant de disparaître de la circulation ?

— La crainte de Kristoffersen ?

— Il a pu le menacer, comme il l'a fait vis-à-vis de moi tout à l'heure. Il avait de bonnes relations du mauvais côté de la loi, ne l'oubliez pas.

— Sincèrement… Tu ne crois pas que ton imagination est en train de te jouer de nouveaux tours, Veum ?

— Dites-moi… intervint Torunn.

— Oui, je vais vous dire ! » aboya Bernt Halvorsen en commençant à se lever. Puis il se laissa retomber à sa place, et agita un bras dans ma direction.

« Cet homme, en qui vous avez en apparence pleinement confiance… Vous savez ce qu'il s'est permis de prétendre ? Que j'aurais eu une relation avec l'épouse d'un de mes employés. Ce Garrido ! Que je serais allé la voir chez elle quand son mari n'était pas là. Et que quand nous avions été… » Il dessina de grands guillemets en l'air devant lui. « … "pris sur le fait" chez eux, une dispute avait éclaté avec Garrido, alors que j'étais venu le convaincre de reprendre le travail.

— Mais vous ne savez pas pourquoi il a démissionné ?

— Je n'en sais rien, je vous l'ai dit !

— L'autre transport, il n'avait rien contre ? Il était au courant ?

— Quel transport ?

— Les déchets sensibles, asséna-t-elle.

— Oui, oui. Il n'avait jamais rien dit de négatif à ce sujet. Pourquoi l'aurait-il fait ? Nous sommes soutenus par les pouvoirs publics, madame Tafjord ! Que ça vous plaise ou non, ça fait partie de la politique officielle norvégienne.

— Officielle ?

— Eh bien… sous couvert de discrétion, oui.

— Oui, je crois qu'on peut le dire sans risque. Et elle couvre plein de choses.

— Les liens entre Kristoffersen et Bjelland, par exemple ? intervins-je.

— Est-ce qu'on peut oublier Kristoffersen ? Il est mort ! » lança Halvorsen avant de s'interrompre d'un coup. « Oui, enfin, pour la compagnie. »

Je le regardai longuement.

« Il n'est peut-être pas le seul… Nous n'avons toujours pas retrouvé Garrido.

— Tu exagères, Veum. Et ce que je dis n'y change rien. Garrido ne s'est pas laissé convaincre. Il a choisi lui-même de démissionner.

— Et que s'est-il passé ensuite ?

— Il a démissionné, je te dis ! Le lundi matin, il est passé faire le ménage dans son bureau. Depuis, personne ne l'a vu. J'en suis le premier désolé !

— Bon, d'accord, admit Torunn avec un regard d'aigle. Mais c'est au mieux une piste secondaire. Je veux en revenir à nos affaires. Vous confirmez donc que vous vous livrez à ce trafic de déchets sensibles issus des entreprises chimiques norvégiennes à destination du Tiers-Monde en toute connaissance de cause ?

— Ils reçoivent tout ça avec plaisir, là-bas !

— Avec plaisir ?

— Ils sont payés pour !

— Avec ce que d'aucuns appelleraient l'argent sale. »

Il la fusilla du regard. « Appelez ça comme bon vous semble ! Nous ne sommes pas la seule compagnie norvégienne à faire… ce genre de choses.

— Sans doute pas. Mais il se trouve que vous êtes les premiers à l'admettre. Est-ce à cause… » Elle s'interrompit.

— À cause… de quoi ?

— Non, je pensais à… À la lumière du trafic que nous avons révélé ce week-end, Veum et moi, vous considérez peut-être que ce n'est pas grave ? »

Il posa sur elle un regard empreint d'un dégoût manifeste.

« Je crois que vous devriez vous en aller. J'ai dit ce que j'avais à dire sur cette histoire. Revenez quand vous serez en mesure d'étayer le reste de vos affirmations, madame Tafjord. En attendant, je refuse de formuler tout autre commentaire.

— Aucun commentaire, c'est aussi une espèce de réponse », murmurai-je.

Il s'était levé, mais Torunn resta assise.

« Ne soyez pas si sûr que nous n'y arriverons pas, monsieur Halvorsen. Nous trouverons les documents que vous déclarez manquants avec une si belle assurance.

— Alors allez-y ! s'emporta-t-il. Aujourd'hui, votre temps de parole est dépassé. » Il se tourna vers moi. « Sans parler du tien. »

Je m'étais déjà habitué à ce qu'il me tutoie moi, et pas elle. Pourtant, la façon qu'il avait de passer de l'un à l'autre m'impressionnait.

Il ne se donna pas la peine de nous raccompagner. À notre départ, je l'entendis préciser à sa secrétaire : « Je ne prends toujours aucun coup de fil. Je vais en passer quelques-uns.

— À qui ? » grommelai-je en montant dans l'ascenseur qui nous rapprocherait de la sortie.

« Où vas-tu, alors ? demandai-je quand l'ascenseur eut démarré.

— Pour commencer, je rentre chez moi. À Dublin. Mais je n'y resterai pas longtemps. Dès que j'aurai découvert où le *Seagull* compte faire escale, j'irai me joindre au reste de son comité d'accueil sur le quai.

— Je ne sais pas si je t'ai été très utile.

— Plus que tu ne le crois, Varg. »

Je la conduisis à Flesland, où je l'accompagnai jusqu'aux contrôles de sécurité. Comme toujours dans ce genre d'endroits, je ressentais cette sensation caractéristique de *Casablanca — De toutes les agences de détectives du monde…*

Avant de rejoindre les préposés au contrôle, elle s'étira sur la pointe des pieds et m'embrassa rapidement. Elle garda une main sur mon épaule et se pencha un peu en arrière pour me regarder une dernière fois bien en face, de ses yeux d'aigle. Puis elle sourit, fit un petit mouvement sec de la tête et s'en alla.

Elle passa sans difficulté le contrôle. Une fois de l'autre côté, elle se retourna vivement et m'adressa un dernier salut. Puis elle disparut, comme une espèce de rêve d'agréable compagnie pour randonneur. Elle me manquait déjà.

Je redescendis lentement à la voiture. Puisque j'étais dans le coin, j'avais décidé de retourner voir le chalet de Hjellestad. Pour une raison inconnue, j'avais l'impression de ne pas avoir terminé mon travail là-bas.

40

À Hjellestad, il y avait étonnamment peu de circulation sur la mer, et encore moins sur les routes. Le temps avait changé du tout au tout. Les nuages s'en allaient, poussés par une brise aimable, et les températures avoisinaient les 20 °C, ce qui était fort élevé pour une fin avril.

Je garai la voiture au même endroit que la dernière fois, descendis et remontai le sentier jusqu'au chalet. Entre les arbres, la chaleur était presque étouffante. Le parfum de sous-bois et de bruyère était puissant, et les chants des oiseaux encore plus débridés que lors de ma précédente visite. Ces petites boules de plumes gonflées d'hormones semblaient ne jamais avoir été plus prêtes que cette année pour la compétition de la vie.

Au sommet de la butte, le chalet apparut entre les troncs, rouge et bleu. Les piles de bois étaient intactes, les parterres toujours aussi envahis par les mauvaises herbes. Le temps paraissait s'être arrêté ici, les lieux s'étaient endormis dans un remous de l'existence.

Je m'arrêtai devant le chalet et regardai autour de moi. J'éprouvais une étrange sensation de malaise, qui ressemblait à une mise en garde pour une chose aussi dangereuse qu'indéfinissable, comme si les ombres jetées par les grands arbres autour de moi étaient celles des forfaits passés, des actes qui ne se laisseraient jamais effacer de l'atmosphère locale. Même la forte lumière diurne m'effrayait. De nuit, j'aurais pu me dissimuler dans les ténèbres. À présent, j'étais nu et exposé à tout ce qui pouvait arriver.

Avec ce que je savais de ce qui s'était passé ici en 1957, je songeai : était-ce une espèce d'écho que je voyais, un reflet que j'entendais ? Derrière les troncs, là-bas... Distinguais-je encore les ombres des protagonistes de cette soirée de septembre ? Ansgar Breheim et Kåre Brodahl qui approchaient lentement du chalet, les yeux rivés aux fenêtres éclairées, sans faire de bruit et sans se parler ? Le couple d'amants à l'intérieur... Étaient-ils encore à l'œuvre ? Ou se reposaient-ils dans les bras l'un de l'autre, épuisés, heureux et peut-être quand même... un tout petit peu honteux ? Se doutaient-ils que des ombres noires se dirigeaient vers la maison : les scouts de la nuit, les envoyés du royaume des morts ? Ressentaient-ils au plus profond d'eux-mêmes que c'était la dernière fois, qu'ils ne feraient plus jamais l'amour ensemble ? Que sait-on avant que la mort n'apparaisse à la porte, armée d'un fusil chargé, le regard plein de toutes les flammes de l'enfer ? Ont-ils supplié ? À genoux ? Espéraient-ils pouvoir s'en sortir par le dialogue, que Kåre Brodahl, au moins, y serait disposé ?

L'ombres des échos, l'écho des ombres.

Mais tout à coup… comme une nuance dans l'air, une espèce de mirage… je voyais d'autres images, plus vivantes, j'entendais se répercuter des mots, des mensonges, l'art impulsif de la dissimulation qui pouvait envoyer des gens bien plus avisés que moi sur de fausses pistes. Je distinguai à grand-peine un motif, les contours d'un plan, à moitié illisible sur un sous-main abandonné. Encore une fois, le froid me saisit, une sensation délirante par une journée comme celle-là.

Le charme était rompu. Je regardai le chalet entre les arbres. Le tableau était idyllique. Le soleil peignait des taches dorées sur le toit gris, se reflétait dans le bois clair de la clôture rudimentaire. Des tapis de primevères poussaient au pied des troncs ; les fleurs les plus précoces et persévérantes du printemps. Mais le tableau était trompeur. Quelque chose clochait.

Y avait-il quelque chose à voir ? Un indice qui pût révéler ce qui n'allait pas ?

Je tendis l'oreille. Les oiseaux chantaient toujours, mais plus pour séduire les femelles. C'étaient les chœurs d'un amour perdu, une élégie à Tordis et Johan qui avaient connu une fin tragique entre ces mêmes arbres, en septembre 1957. Tant d'années après, les oiseaux chantaient toujours pour eux. À moins que… Chantaient-ils pour quelqu'un d'autre ? L'idée me donna le vertige. Le passé et le présent se confondaient, et je tournoyais comme un bouchon dans le vortex qui en résultait.

Pour m'arracher à cette désagréable sensation, j'étreignis le porte-clés que j'avais encore dans ma poche de blouson. Je l'en sortis et fis tinter les clés, comme pour avertir les fantômes à l'intérieur qu'un invité de la réalité, un être de chair et de sang, s'apprêtait à entrer.

Je cherchai la bonne clé, que je glissai dans la serrure avant de la faire tourner. Au moment où je poussai la porte, je n'eus plus le moindre doute : il s'était passé quelque chose de dramatique. Il y avait une quantité effroyable de sang à l'intérieur.

41

Je restai un instant immobile. Une large coulée de sang partait de la porte que je venais d'ouvrir pour rejoindre la porte du salon, grande ouverte elle aussi.

Je me penchai pour jeter un coup d'œil dans la maison. Je ne vis rien.

« Ohé ? Il y a quelqu'un ? »

Pas un bruit.

Je réprimais l'envie d'entrer et me retirai plutôt, sur la pelouse autour du chalet. Je dégainai mon téléphone mobile, mais je dus quitter le bosquet pour retrouver un réseau suffisant. J'appelai alors la police et leur fis part de ma découverte.

« Du sang ? répéta mon interlocuteur, comme s'il n'était pas certain d'avoir bien entendu.

— Oui.

— Mais pas de blessé ?

— J'ai appelé, mais personne n'a répondu.

— Vous n'avez aucune idée de ce qui s'est passé, alors ?

— Pas de fumée sans feu, ce n'est pas ce qu'on…

— Autrement dit, vous n'avez pas inspecté à l'intérieur ? m'interrompit-il.

— Il s'agit peut-être d'une scène de crime. J'ai votre aval pour entrer ? » Comme il hésitait, j'ajoutai : « Helleve n'est pas là ? Il est au courant.

— Un instant. » Il revint très vite. « Il est sorti. Quelqu'un d'autre ?

— Bergesen, peut-être ?

— Encore un instant. »

Cette fois, j'avais fait mouche. Sa voix coula dans mon oreille.

« Inspectrice principale Bergesen.

— Ici Veum.

— Tiens ! Vous êtes déjà au courant, je vois.

— Au courant ? Là, c'est moi qui ne suis plus…

— Helleve et Solheim sont là-bas, en ce moment.

— Là-bas ? Où ça ?

— À la prison centrale de Bergen. L'homme qui vous a poussé devant les voitures l'autre matin a avoué.

— Voyez-vous ça !

— Plusieurs témoins l'ont reconnu sur des photos d'archives. C'est une vieille connaissance, peut-être de votre point de vue aussi.

— J'attends.

— Un certain Fredrik Hansen. Plus connu sous…

— Fred ! C'était donc Bjelland qui tirait les ficelles.

— C'est ce qu'on s'est dit aussi. C'est pour ça que Solheim et Helleve sont allés le voir.

— Bjelland ? Il n'avouera jamais rien !

— On verra. Mais…

— En outre, j'ai mon idée sur le commanditaire de ce boulot.

— Ah oui ?

— Un dénommé Kristoffersen, mais ce n'était pas pour ça que j'appelais.

— Non ? » Elle avait l'air déboussolée.

« Non.

— Alors de quoi s'agit-il ?

— Je crains d'en être arrivé à un stade de l'affaire sur laquelle j'enquête qui me contraint à vous avertir.

— Qu'est-ce que c'était, déjà ? Ce couple disparu, là ?

— Oui. Je suis à leur chalet, à Hjellestad. Et cette fois, il y a un sacré paquet de sang ici. »

Je lui fis un bref résumé de la situation, et sa réponse fut concise.

« Restez où vous êtes, Veum. Enfin… Descendez jusqu'à la route et attendez-nous là. On arrive tout de suite. »

Avant de suivre les directives, je fis lentement le tour de la maison, en prenant garde où je posais les pieds pour ne pas détruire d'éventuels indices, et quand je me penchais vers une fenêtre, je veillais à ne rien toucher.

Je ne vis pas de corps. Les meubles n'avaient pas changé de place. Le paysage et les vieilles photos étaient suspendus aux mêmes endroits, le téléviseur n'avait pas quitté son coin du salon, à côté de la radio et du lecteur CD sur leurs étagères.

Mais il y avait une bouteille de vin à moitié pleine sur la table, et deux verres dont un vide. En levant les yeux vers le mur, je le vis : le fusil avait disparu.

Je me penchai. Quelqu'un avait perdu beaucoup, beaucoup de sang au milieu de la pièce. Une raie de sang allait jusqu'à la porte, comme si on avait traîné quelqu'un par là.

Je n'allai pas plus loin. J'entendis les sirènes au loin, et je descendis près de la route pour les recevoir. Je me postai près de ma voiture pour attendre, comme un hôte digne de ce nom accueillant ses invités à une garden-party. Mais ils n'avaient pas l'air ivres de bonheur, ni Jakob E. Hamre ni Annemette Bergesen. Et ils étaient venus avec tout un tas de monde, comme s'ils s'attendaient à un massacre.

« Combien y a-t-il de morts ? aboya Hamre dès qu'il fut descendu de voiture.

— Aucune idée. Plein de sang, j'ai dit.

— Tu prétends que tu n'es pas encore entré voir ça de plus près ? demanda-t-il avec un coup d'œil par en dessous.

— Oui. Chat échaudé craint l'eau froide. Mais… »

Bergesen le rejoignit, et se mit à écouter.

« Oui ?

— J'ai regardé par une des fenêtres. Je n'ai vu personne. »

Il avait l'air si possible encore plus sceptique.

« Je te préviens, Veum ; si tu nous as tous fait venir ici parce que quelqu'un saignait du nez après avoir ramassé une praline, je…

— Envoie-moi la facture, Hamre. Tu tiens à tout prix à remplacer Muus en tout, maintenant qu'il est parti à la retraite ? »

Bergesen toussota.

« Nous devrions peut-être… » Elle fit un mouvement de tête vers le sentier derrière nous.

« Bien sûr, gronda Hamre. On n'obtiendra aucune réponse en restant à papoter ici. Montre-nous le chemin, toi qui connais le secteur comme ta poche. »

Tandis que nous montions entre les arbres, Bergesen demanda :

« Vous avez une idée de ce qui a pu se passer ?

— Eh bien… J'ai des raisons de craindre que le couple que je recherchais depuis plus d'une semaine ait fini par refaire surface.

— C'était peut-être eux que tu cherchais à Utvik aussi ? lança Hamre sur le ton du sarcasme.

— Non, à l'origine, c'était une autre affaire. Vous vous en occupez ?

— Ah, Haugesund nous a appelés. Pour nous demander de vérifier deux ou trois détails locaux.

— Trans World Ocean ?

— Par exemple.

— Pas impossible qu'il y ait un lien.

— Ah oui ? Lequel ?

— Ah, ça… ça reste à voir.

— Je ne veux pas que tu nous caches des choses, Veum.

— Non, non. Prenons une chose à la fois, Hamre. »

Nous étions arrivés au chalet. J'avais laissé la

porte ouverte, et ils y allèrent directement. Ils s'arrêtèrent quelques secondes pour observer, eux aussi. Hamre fit alors signe à l'un des agents de la Scientifique. Bergesen et lui obtinrent ce dont ils avaient besoin. Ils passèrent des protections pour leurs chaussures et enfilèrent des gants et des calots transparents avant d'entrer.

Pour ma part, je restai à l'extérieur. Personne ne m'avait invité à entrer. Je tendais l'oreille à d'éventuelles exclamations ou réactions à l'intérieur. Mais je n'entendais rien. Même pas un soupir las.

Je me détournai et croisai le regard d'un policier blond-roux resté dehors, parce qu'ils voulaient l'épargner ou parce qu'ils l'avaient chargé de me tenir à l'œil.

Je lui adressai un signe de tête.

« Nous ne nous connaissons pas, je crois. Veum, me présentai-je, la main tendue.

— Melvær, répondit-il en me serrant très vite la main.

— Du Sunnfjord ?

— Non. Mon père, oui.

— Alors tu marches dans ses traces ? » Il secoua énergiquement la tête.

« Non, non. Il était professeur.

— Ah ! soupirai-je. Plus rien n'est comme avant. Ni les natifs du Sunnfjord, ni la police. »

Mes yeux tombèrent sur le couvercle carré du puits, avec son cadenas massif et ses planches neuves. *Mais bon Dieu ? !*

Je fis machinalement quelques pas dans cette direction. Il me regarda avec méfiance.

Je croisai de nouveau son regard et tendis un doigt.

« Tu vois la même chose que moi ? »

Il eut une expression perplexe, et acquiesça.

« Il y a du sang. Là aussi. »

L'herbe était couchée. Il ne faisait aucun doute qu'on avait traîné quelque chose sur la pelouse mal entretenue. Je fis un signe de tête vers le puits.

« Jusque-là, tu veux dire… »

Nous suivîmes la piste chacun d'un côté, pour arriver au même endroit, près du couvercle du puits. Melvær se pencha pour examiner le cadenas.

« N'y touche pas. »

Il fit la même tête que si je le prenais pour un demeuré.

« Il est fermé.

– Du sang », repris-je, l'index pointé vers le bord du couvercle.

Il hocha la tête.

« Celui qui… Quelqu'un a dû perdre une quantité incroyable de sang !

– C'est souvent ce qui se passe quand on ramasse un coup de fusil dans la poitrine à bout portant.

– On va voir ce qu'en dit Hamre. » Il se redressa.

Nous attendîmes près du couvercle. Les idées défilaient à toute vitesse dans ma tête. Il n'y avait pas de sang ici le vendredi précédent. Ni ici ni à l'intérieur du chalet. Alors qui était venu saigner dans l'intervalle ?

Je repensai au trio tragique de 1957. Tordis Breheim, Johan Hagenes et Ansgar Breheim – avec Kåre Brodahl comme barycentre à l'extérieur. Et s'il n'en était pas ainsi ? S'il avait fait partie du trio, lui aussi ? Avait-il été plus proche de Tordis Breheim qu'il voulait bien le reconnaître, même trente-six ans plus tard ? Breheim n'était peut-être pas venu du tout. C'était peut-être Kåre Brodahl et lui seul qui avait... Tout le monde mentait, n'était-ce pas une chose dont j'avais déjà fait l'expérience ? Quand le plus gros problème était le plus souvent de voir ce qui se cachait entre et derrière les mensonges, ce qu'on appelait par une exagération irraisonnée « vérité » ?

Mais les pistes de 1957 étaient effacées depuis longtemps. Celles-ci étaient fraîches.

J'avais du mal à me représenter Bodil Breheim et Fernando Garrido. Tout ce que j'avais, c'étaient des clichés vieux de plusieurs années, assez bons pour me permettre de les reconnaître si je les rencontrais, mais pas assez pour pouvoir les imaginer comme des êtres vivants.

Et maintenant ? Les reconnaîtrais-je, si c'étaient eux, dans le puits ?

Hamre et Bergesen apparurent à la porte, pâles et concentrés. Ils s'arrêtèrent pour discuter sur le seuil. Et lancèrent un coup d'œil pensif vers nous.

« Hamre ! » appela Melvœr à côté de moi. Quand il eut capté leur attention, il pointa un doigt sur le sol devant eux.

Ils baissèrent la tête, et leurs regards suivirent la trace entre la porte et le puits.

« Tu as regardé dedans ? demanda Hamre à Melvær quand il nous eut rejoints.

— Il est fermé. »

Hamre se tourna vers moi. « Tu sais s'il y a une clé ? »

Je sortis le trousseau de ma poche et examinai celles dont je ne m'étais pas encore servi.

« Aucune de celles-là, je crois. Elle doit être suspendue quelque part dans le chalet.

— Je vais voir, intervint Bergesen. Il y a une marque sur le cadenas ? »

Melvær se pencha. « Stico. »

Elle rentra, Hamre resta avec nous.

« Vous avez trouvé quelque chose à l'intérieur ? lui demandai-je.

— Non. Il n'y avait rien, hormis le sang.

— Au moins, vous avez quelque chose à analyser.

— N'allons pas plus vite que la musique, 'Veum. Ce couple, là… Qu'est-ce qui les lie au chalet ?

— C'est celui de la famille. Celle de madame, devrais-je dire.

— Comment s'appellent-ils ?

— Bodil Breheim et Fernando Garrido.

— Breheim ?

— La sœur de Berit Breheim, si ça te parle.

— L'avocate ? »

Je hochai la tête.

« D'accord. Et ça fait combien de temps qu'ils ont disparu ?

— Pour être précis… Ils ont quitté leur domicile, à ce que j'ai compris, le mercredi avant Pâques.

— Bientôt trois semaines, quoi.

— Garrido a été vu pour la dernière fois sur son lieu de travail le lundi de cette semaine-là. Mais je suis déjà venu une fois depuis leur disparition. Vendredi, il y a dix jours. Et il n'y avait pas de sang. »

Il braqua sur moi son regard neutre, toujours aussi perçant. Notre toute première rencontre commençait à dater. Au fil de ces quelques années, j'avais appris que Jakob E. Hamre faisait partie de ces policiers qui ne disent ni ne font jamais rien sur un coup de tête. Quand il se décidait à agir, c'était après une réflexion approfondie.

« Garrido venait de démissionner de chez Trans World Ocean », ajoutai-je.

Je le vis digérer l'information.

« Tu veux dire qu'il aurait pu être mêlé à cette affaire de Sveio ? »

Avant que j'aie le temps de répondre, Bergesen réapparut à la porte.

« J'ai trouvé ça dans la cuisine, annonça-t-elle en levant une petite clé. C'est la bonne marque, en tout cas. »

Nous nous rassemblâmes autour du puits. L'inspectrice principale s'accroupit, et sans le toucher plus que le strict nécessaire de ses mains encore gantées, elle glissa la clé dans le cadenas et la fit jouer. Il y eut un petit déclic et l'anse sauta. En gestes adroits, elle ôta le cadenas du verrou et le glissa dans un sachet plastique transparent, qu'elle tendit au jeune agent. « Donne-le à Andersen, s'il te plaît. »

Hamre s'était accroupi près d'elle, et il passa les doigts sous le couvercle. Il donna une petite secousse et le souleva. Une chaîne suivit et se tendit avec un froufrou métallique, pour empêcher le couvercle de se rabattre complètement de l'autre côté. Une odeur crue nous assaillit, et je fermai la bouche, par réflexe. Je n'aurais pas bu l'eau de ce puits. Et les deux inspecteurs principaux n'avaient pas l'air d'avoir très soif non plus.

Chacun de notre côté, nous nous penchâmes sur le puits. Il était pour ainsi dire plein. L'eau arrivait à une petite quarantaine de centimètres sous le rebord en béton.

« Seigneur ! s'exclama Bergesen.

— Mmm », consentit Hamre.

Je gardai le silence.

Nous nous redressâmes et échangeâmes un regard vide. Nous avions eu la confirmation de ce que nous craignions.

Un visage livide était tourné vers nous. Le regard vitreux. La majeure partie du buste était visible. Il avait une grande plaie ouverte à la poitrine, à l'endroit où le coup de fusil l'avait atteint. Quelques plombs étaient restés coincés dans les restes d'os éclatés, comme autant d'abcès noirs dans la plaie rougeâtre. L'eau était trouble. Les cheveux du mort flottaient à la surface, et je frissonnai sous le choc. Ce n'était ni Bodil Breheim ni Fernando Garrido. C'était une personne avec qui j'avais discuté quelques jours plus tôt seulement. Mais il ne jouerait plus jamais de saxophone.

Hamre décoda mon expression.

« C'est Garrido, Veum ?

– Non. C'est Hallvard Hagenes. Son oncle est mort ici, il y a trente-six ans.

– Trente-six ?

– Et ça aurait un rapport ? demanda Bergesen d'une voix incrédule.

– Pas que je sache… »

42

Les morts ne jouent pas de saxophone. Le regard vide, ils écoutent une musique que nous autres n'entendons pas. Et ils ont emporté leurs secrets avec eux.

Je sentais leurs regards sur mon visage, comme s'ils attendaient une explication plus complète. Je me mis à penser tout haut.

« Bodil Breheim et lui ont eu une relation, semble-t-il. »

Bergesen hocha la tête.

« Ce que nous voyons ici est peut-être le résultat d'une banale jalousie.

— Que disais-tu à propos de son oncle, Veum ?

— Son oncle et la mère de Bodil Breheim ont eu une liaison en 1957, en tout cas. Ils ont été si on peut dire pris sur le fait par le mari de madame et… un autre type. Je pourrai te donner les détails ultérieurement. On m'a expliqué plus tard que Johan Hagenes et Tordis Breheim ont été contraints sous la menace d'une arme à précipiter leur voiture dans la mer depuis le quai de Hjellestad. Ils sont morts tous les deux. »

Hamre avait l'air sceptique.

« Sous la menace d'une arme ?

– Le fusil qui était accroché au mur du chalet la dernière fois que je suis venu.

– Le même ?

– Eh bien, là-dessus, je ne peux pas être catégorique, Hamre. Mais en tout cas, il y avait un fusil la dernière fois, et il n'y est plus.

– Comment le sais-tu ?

– J'ai regardé par la fenêtre après vous avoir appelés.

– Mmm. » Il me toisa, pensif. « Et ce Breheim, est-ce qu'il a été poursuivi ?

– Non. L'affaire n'a jamais été élucidée. Elle a été qualifiée de suicide. Un pacte macabre, si tu veux, entre deux amants malheureux. Ce n'est que très récemment… En fait, c'est moi qui suis allé au fond de cette histoire.

– Monsieur le grand détective Veum a de nouveau frappé ! ironisa Hamre. Et comme à son habitude, toujours trop tard, poursuivit-il à l'attention de sa collègue. Trente-six petites années trop tard, dans le cas présent. »

Bergesen hocha la tête, sans rien exprimer.

« Mais apparemment, ça n'a rien à voir avec ça. » Elle fit un mouvement de tête vers le cadavre dans le puits. Puis elle me regarda.

Je haussai les épaules.

« À condition que la tendance à ce genre de choses ne soit pas héréditaire.

— On devrait peut-être envoyer quelqu'un jeter un coup d'œil sur le quai de Hjellestad, alors ? » poursuivit Hamre dans la même veine.

Je ne répondis pas.

« Tu as autre chose à nous dire sur ce Hagenes ? » demanda-t-elle.

Je leur donnai ce que j'avais, mais j'entendis bien que ça ne faisait pas lourd.

Entre-temps, d'autres policiers étaient arrivés. Hamre donna l'ordre à l'un d'eux d'appeler une ambulance, pour pouvoir évacuer le cadavre. Puis il se tourna de nouveau vers moi.

« Quand l'as-tu vu pour la dernière fois, Veum ?

— C'était mardi, je crois, calculai-je.

— Ça fera une semaine demain, autrement dit. » Il se tourna vers Bergesen. « Mais ça ne fait manifestement pas aussi longtemps qu'il est ici.

— En effet, répondit-elle. Je dirais que c'est assez récent. Ce week-end, selon toute vraisemblance.

— Alors on a un cadavre dans un puits, avec une blessure mortelle à la poitrine, résuma Hamre. Il nous manque l'arme du crime supposée, sans doute un fusil que notre principal témoin, M. Veum, a vu au mur dans le chalet. Nous avons un couple bien identifié qui a disparu de son domicile à Pâques. Beaucoup de choses sont encore floues, mais tout indique que nous sommes confrontés à un crime passionnel classique. »

Je sentis une pince invisible se refermer sur mon front.

« Pas sûr que ta proposition ait été si idiote que ça, Hamre.

— Quelle proposition ?

— D'aller voir sur le quai de Hjellestad. »

Il me lança un coup d'œil goguenard. « Tu es sérieux ? »

Bergesen voulait en débattre. « Tu imagines que quelqu'un aurait copié ce qui s'est passé ici en 1957, carrément ? »

Je hochai la tête.

« Peut-être pas dans le détail, mais… Oui. »

Hamre se passa une main sur le front.

« Si je te suis bien, Veum, tu penses que si on drague la mer à Hjellestad, on pourra y trouver le couple Garrido ?

— Mais si je m'en tiens à ce que tu as dit, intervint Bergesen, il n'y a pas eu de mort au chalet, à l'époque ?

— Non. Et c'est peut-être la grosse différence.

— Alors le tableau est différent, malgré tout ?

— Oui… Ou inversé, si tu vois ce que je veux dire.

— Non, je ne suis pas sûr de bien voir…

— Alors, qu'est-ce qu'on fait ? » demandai-je à Hamre.

Il me regarda, l'air las, puis sa collègue.

« Tu aurais le courage de l'accompagner ? Si tu vois qu'il y a la moindre part de vérité dans ce qu'il essaie de nous raconter, il faudra appeler un camion-grue. La journée pourrait être longue, dans ce cas. Très longue. »

J'échangeai un coup d'œil avec Annemette

Bergesen. Ses yeux étaient bleus et sans fond, ses lèvres pulpeuses, les contours de son visage un rien anguleux. Elle portait un foulard en soie turquoise autour du cou, négligemment attaché.

« Et vous qui pensiez être arrivée dans une petite ville paisible. »

Elle esquissa un sourire.

« C'est mon rayon, ça.

— Les morts.

— Les vivants pour la plupart, heureusement.

— Coupables et innocents.

— À des degrés divers, oui. » Elle se tourna de nouveau vers Hamre. « Tu devrais peut-être venir avec nous, toi aussi ? Au cas où nous trouverions quelque chose là-bas.

— Ça y est, tu t'y mets toi aussi ? répliqua Hamre avec un regard sombre.

— On ne sait jamais.

— Bon, bon, d'accord ! »

Nous finîmes par redescendre jusqu'à la route et partîmes tous les trois pour le quai de Hjellestad, avec Bergesen au volant. L'été battait son plein là-bas. Le soleil martelait dans un ciel sans nuage, et le thermomètre devant l'épicerie indiquait 22 °C. Je n'aurais vu aucun inconvénient à me jeter à l'eau moi aussi.

Vers l'est, une rampe en béton plongeait dans la mer. Nous avançâmes sur le quai. Au pied de la rampe, le fond était clair, semé d'algues en tous genres, jusqu'à un brusque à-pic où l'eau s'assombrissait.

Et là, justement…

Ce pouvait être un bateau coulé, évidemment, que personne n'aurait pris la peine de dégager. Ce pouvait être une épave dont on s'était débarrassé là, comme certains en ont l'habitude. Ou ce pouvait être le reflet d'une lunette arrière de voiture, garée là pour toujours – ou jusqu'à ce que quelqu'un trouve opportun de contrôler si le temps de stationnement n'était pas dépassé.

Je ne sais pas qui le remarqua en premier. Mais ce fut Bergesen qui apporta le premier commentaire exact.

« Dites-moi... commença-t-elle, le bras tendu. Là, en bas... On dirait vraiment... Non ? »

Hamre hocha la tête avec tristesse.

« Qui a envie de prendre un bain ? » demandai-je.

Hamre retournait déjà à la voiture pour alerter Police-Secours. Bergesen secoua la tête.

« De toute façon, il est trop tard. Et j'ai laissé mon maillot de bain à la maison.

– Maillot de bain ? » répétai-je en dégrafant ma boucle de ceinture. Mais je m'en tins là, moi aussi. Elle avait raison. Il était trop tard.

L'attente allait être longue. Si nous en avions éprouvé le besoin, nous aurions pu devenir des amis proches au cours de cette journée ; mieux nous connaître, en tout état de cause. Hamre revint et nous fit savoir que la patrouille d'hommes-grenouilles était en route. Nous entendîmes leur véhicule longtemps avant de le voir : leurs sirènes hurlaient tant qu'elles pouvaient. Les deux plongeurs saluèrent Hamre et écoutèrent ses instructions. Nous les regardâmes plonger. Les bulles trahissaient leur position en dessinant des motifs aléatoires sur le miroir bleu-vert ; des bulles qui montaient et éclataient, comme autant de rêves brisés. En écarquillant les yeux, nous les voyions se déplacer autour de la voiture, comme des poissons carnivores autour d'une proie.

Ils ne remontèrent qu'au bout de dix minutes. L'un d'eux retira son masque et fit signe à Hamre. Nous le suivîmes. Le type nous regarda.

« C'est un taxi.

— Bon, répondit Hamre.

— Il y a une femme au volant. Sa ceinture est bouclée. Personne d'autre. Et autre chose : il y a un fusil sur la banquette arrière.

— Pas de saxophone ? » demandai-je.

Il se tourna vers moi, interloqué.

« Non. Un fusil. Vous savez, pan, pan ! »

Hamre poussa un gros soupir.

« Bien. Le camion-grue arrive. En attendant, vous pouvez inspecter la zone autour de la voiture, au cas où on trouverait quelque chose d'intéressant.

— Et vérifiez si la portière arrière est correctement refermée », ajoutai-je.

Le plongeur regarda Hamre, un gros point d'interrogation sur le visage. Hamre hocha la tête.

Nouvelle attente. Nouvelles idées chaotiques. Tout paraissait soudain exploser devant mes yeux. Ce qui n'avait été au départ qu'une disparition en partie suspecte, une affaire difficile à appréhender pour de bon, s'était transformé en quelques heures en drame d'une ampleur inattendue, non seulement avec le cadavre dans le puits devant le chalet, mais à présent avec une référence encore plus forte à la tragédie de 1957 : une morte dans une voiture tombée à la mer à Hjellestad.

« Si c'est bien Bodil Breheim, dans la voiture, là, commença Hamre en attendant le camion-grue, on a au moins deux possibilités. Ça peut être elle qui a tué Hagenes, avant d'emporter l'arme du crime et de se jeter à l'eau en voiture, de son plein gré. C'est déjà arrivé.

— Et l'autre possibilité ? demandai-je.

— Si on prend comme point de départ ce que tu nous as dit des événements de 1957, ça ressemble à ceci : c'est Fernando Garrido le coupable. Après avoir abattu Hagenes, il a contraint son épouse à reproduire ce qu'avait fait sa mère en 1957, en sautant au dernier moment de la voiture — comme l'aurait fait Breheim à l'époque, d'après toi. Le cas échéant, il ne reste plus qu'à le retrouver.

— Et la troisième ? insistai-je.

— Il y en a une troisième ? »

Je regardai Bergesen, comme si j'attendais qu'elle fasse une proposition, avant de poursuivre en me tournant de nouveau vers Hamre.

« Le problème, c'est que Bodil Breheim et son mari ont disparu depuis plus de quinze jours. J'ai rencontré Hallvard Hagenes dans l'intervalle. Deux fois. Le scénario selon lequel lui et Bodil Breheim auraient folâtré ici avant d'être surpris par Garrido ne tient tout simplement pas.

— Ça ne correspond pas à 1957, tu veux dire ? ironisa Hamre.

— Ça ne correspond à rien du tout ! »

Le camion-grue arriva, et la dernière partie de l'attente commença ; la dernière et la plus difficile. Nous n'avions plus d'idées à échanger. Nous ne faisions plus que suivre les opérations de relevage de la voiture.

Le camion-grue recula le plus possible sur la rampe. Les deux plongeurs tirèrent les attaches sous l'eau. Au bout d'un moment, l'un d'eux remonta à la surface et fit signe que la voiture était convenablement arrimée. Puis la Mercedes noire fut sortie à reculons de l'eau. Le camion-grue remonta la rampe, en traînant derrière lui la voiture de Hallvard Hagenes. Tandis que l'eau s'en échappait encore, nous approchâmes du véhicule avant de nous pencher vers la femme installée au volant, livide, trempée et aussi morte que faire se peut.

Pour la seconde fois ce jour-là, je ressentis un choc, et je ne me demandai pas un seul instant à qui j'allais envoyer ma facture. Car ce n'était pas Bodil Breheim dans la voiture. C'était sa sœur.

43

Une autre personne que j'avais rencontrée récemment fut placée dans un sac spécial ce jour-là et emportée au Gades institut pour autopsie. Le fusil fut ôté de la banquette arrière et emballé avec soin, lui aussi. Je restai immobile sur le quai. Personne ne vint m'empaqueter, et ce n'était pas plus mal. J'étais encore vivant.

Annemette Bergesen me rejoignit, mais pas pour me réconforter.

« Comment devons-nous interpréter ça, Veum ? Vous avez une idée ? »

Je haussai les épaules.

« Ils se connaissaient. Ils s'étaient rencontrés il y a longtemps.

— Comment ?

— Ils étaient sortis ensemble, quand ils étaient très jeunes. En 1972-1973. Mais la sœur s'était interposée.

— Ah oui ?

— Ils constituaient déjà une espèce de trio à l'époque. Je veux dire... Berit a perdu Hallvard au profit de sa sœur, si vous voyez ce que je veux dire.

— Elle le lui a pris ?

— Mouais. Qui a pris qui, je ne me risquerai pas là-dessus. Et ça fait vingt ans, donc.

— Par la suite, ils ont perdu le contact ?

— Oui. Vraisemblablement. En revanche, je sais sans le moindre doute possible qu'il est allé voir Bodil chez elle en février dernier.

— Tiens ? répondit-elle, très intéressée.

— D'après lui en tout bien, tout honneur, mais… Il a pu me mentir, bien sûr. C'est très fréquent dans ce milieu. Les gens n'arrêtent pas de mentir. En plus, il a admis lui-même à demi-mot qu'il avait aussi revu Berit, plus tard. Mais de là à…

— Aucun d'eux n'était marié ?

— Pas lui. Elle l'avait été.

— Avec qui ?

— Ça, je n'en sais rien. Quelqu'un. Ce n'était pas sur elle que je faisais des recherches. C'était sur sa sœur.

— Alors comme ça, Bodil Breheim et Hallvard Hagenes avaient été… » Son regard se perdit sur les flots. « Où pensez-vous qu'elle est, en ce moment ?

— Bodil ? » Je fis un large geste des deux bras. « Aucune idée. À cet instant précis, je me sens comme un détective tout ce qu'il y a de plus raté. Quand les cadavres qui finissent par apparaître ne sont pas du tout ceux que vous attendiez, c'est comme si tout était mis sens dessus dessous, comme si rien n'était conforme aux apparences… ou à celles qu'ont donné ceux avec qui j'ai discuté.

— Vous voulez dire qu'elle vous a menti ?

— Berit Breheim ?

— Oui.

— C'est l'impression que ça donne, maintenant, oui. Mais pourquoi ?

— Oui, tiens, pourquoi ? Dissimuler un autre crime, peut-être ?

— Ça n'a aucun sens. En plus, nous n'avons encore rien découvert qui indique un acte criminel concernant sa sœur et son beau-frère.

— Non, au contraire, plutôt. En attendant, ce sont nos suspects principaux. »

Je la regardai longuement.

« Vous ne pensez pas…

— Quoi donc ?

— Rien. L'explication la plus plausible, c'est toujours que Berit Breheim s'est jetée à la mer de son plein gré après avoir abattu Hallvard Hagenes au chalet.

— Et pourquoi l'aurait-elle fait ?

— Comme je vous l'ai expliqué… Ils ont constitué un trio il y a vingt ans. Plus tard aussi, peut-être. Et si ce trio avait été reconstruit encore une fois, si on peut dire ?

— Vous croyez ? demanda-t-elle sans grand enthousiasme.

— Je ne crois plus rien. Et mon employeuse est morte. De ce point de vue, l'enquête est terminée pour moi.

— Bien. » Elle hocha énergiquement la tête.

« Alors je vous suggère de rentrer chez vous, Veum. Si vous avez des idées sur ce qu'il peut y avoir là-dessous, je vous propose de nous les communiquer directement. Comme vous l'avez dit… L'enquête est terminée pour vous. »

Nous échangeâmes un hochement de tête, aussi las qu'à l'issue d'un long duel juridique dont personne n'aurait été satisfait. Sans me presser, je regagnai ma voiture. Elle resta sur le quai.

Je ne lui avais rien promis. C'était aussi bien. Je n'étais pas encore arrivé dans Flyplassvegen que je bifurquai, sortis mon mobile et composai le numéro que j'avais régulièrement appelé ces dix derniers jours. C'est alors que j'eus la troisième grosse surprise de cette journée. Pour la première fois, quelqu'un répondit.

« Ici Fernando », annonça une voix masculine sonore, et je remarquai à peine l'accent. Je fus si ébahi que j'en perdis la parole. « Allô ? ! Il y a quelqu'un ? » répéta-t-il avec colère, et un accent plus évident à présent. Je ne savais toujours pas quoi dire, et avant que j'aie trouvé quelque chose de sensé, il jura sans le moindre accent dans sa langue maternelle et raccrocha.

Ça revenait au même. Je savais où j'allais. Mais tandis que je roulais vers Morvik, je ne pus me défaire de l'idée que c'était un curieux moment pour refaire surface, quel que soit l'endroit où ils étaient allés entre-temps.

44

En tout début d'après-midi, je passai à la hauteur du panneau indiquant *ROUTE PRIVÉE*, puis descendis la côte pour venir me garer derrière la maison peinte en blanc. Depuis ma dernière visite, les perce-neige avaient éclos, et les jonquilles étaient magnifiques. La porte du garage était ouverte, et je vis le reflet bleu d'un capot de voiture. C'était une BMW 520. Je lançai un coup d'œil machinal vers la maison voisine. Tout ce que j'y vis, ce fut le reflet des grandes vitres.

Je descendis de voiture et allai sonner. Peu de temps après, j'entendis des pas rapides à l'intérieur. La porte s'ouvrit, et pour la première fois, je me retrouvai nez à nez avec Fernando Garrido. Je le reconnus d'après la photo de mariage. Ses traits étaient réguliers, ses sourcils marqués et sa peau avait une légère nuance mordorée. Il avait les dents bien blanches et les yeux marron, mais ses cheveux soigneusement coiffés, qui étaient noir de jais sur le cliché, s'étaient patinés d'argent. Il me regarda avec méfiance.

« Oui ?

— Je m'appelle Veum. Est-ce que Bodil Breheim est là ?

— C'est ma femme, oui. De quoi s'agit-il ?

— De sa sœur.

— Berit ?

— Oui. Puis-je entrer ? »

Il haussa les épaules, ouvrit la porte et me laissa entrer. Le hall était aussi vaste et vide que la dernière fois, mais une agréable musique jouée à la guitare nous parvenait du salon, et il flottait une légère odeur de cuisine. Tout à coup, la maison était habitée.

Il me montra le chemin, et je le suivis jusqu'au salon. On y avait allumé des bougies, et il y avait des fleurs coupées dans un vase.

« Vous étiez partis ? demandai-je sur un ton badin.

— Oui », répondit-il simplement. Sans autre commentaire, il m'indiqua l'un des élégants fauteuils. « Asseyez-vous, je vais chercher ma femme. »

Je restai debout près de la fenêtre. Sur le fjord, un petit voilier jouait dans le vent, une personne privilégiée dans le temps clément. Sur Askoy, une grande grue jaune pivotait au-dessus d'un chantier. Tout le monde n'était pas en vacances. J'entendis des pas derrière moi, et je me retournai.

Bodil Breheim se tenait à la porte. Ses cheveux étaient plus courts que sur la photo, elle portait un jean fatigué et un chemisier gris chiné. Dans les bras, elle tenait un bébé brun d'un an à peine, aux yeux bridés presque noirs et à la peau mate. L'enfant leva un regard confiant sur elle, et elle eut du mal à s'en détourner.

« Que se passe-t-il ? »

Son mari réapparut derrière elle. Aucun de nous ne s'assit. Pendant un court instant, je me rendis compte que nous constituions un groupe de statues, un autre trio de cette étrange affaire, mais cette fois autour d'un élément aussi nouveau que surprenant.

« Je devrais peut-être me présenter. Je m'appelle Veum, Varg Veum, et il y a dix jours, votre sœur m'a confié une mission.

— Quelle mission ? voulut-elle savoir, très étonnée.

— Vous étiez absents ?

— Oui, nous sommes allés en Chine chercher… la petite Therese, que voici. Ou Li, de son vrai nom.

— Nous avons été absents deux semaines et demie, ajouta Garrido.

— Oui. Nous avions compris.

— Compris ? »

Je regardai Bodil.

« Vous n'avez pas pensé à prévenir votre sœur de ce projet de voyage ?

— Pourquoi ? Berit et moi n'avons pour ainsi dire pas parlé ensemble depuis quatre ans.

— Ah non ? »

Elle secoua la tête sans rien dire. La petite fille dans ses bras émit un roucoulement. Elle baissa les yeux et sourit. Elle avait le regard brillant.

« Alors votre sœur ne se doutait pas du tout que vous deviez aller en Chine chercher un enfant ?

— Je vous l'ai dit... Nous n'avons pas une très bonne relation depuis la mort de papa... et encore moins depuis qu'elle a divorcé de Rolf, en 1989.

— Mais votre belle-mère m'a dit... Vous n'étiez pas réunis pour Noël, chez votre frère Rune ?

— Pour Sara, oui. Mais nous ne nous sommes pas parlé. Berit et moi, je veux dire.

— Curieux.

— Si vous saviez...

— Oui ?

— Non, c'est personnel. Je suis désolée. »

Je me tournai vers Garrido.

« Mais vous, en tout cas, vous avez vu Berit, il y a trois semaines.

— Oui », répondit-il en baissant les yeux.

Bodil se tourna d'un coup vers lui, et il y eut comme de l'électricité dans l'air entre les deux époux. Puis elle me regarda de nouveau.

« Qu'est-ce que vous en savez ?

— J'ai entendu dire qu'un voisin avait porté plainte pour tapage nocturne...

— Un voisin ! » lança-t-elle avec mépris, et la petite fille dans ses bras braqua deux yeux épouvantés sur elle. Puis vinrent les pleurs.

« Non, non... » Elle se força à sourire. « Ce n'est pas grave, ma chérie. Maman n'est pas en colère. Pas contre toi...

— Tout est de ma faute, intervint Garrido. Je n'ai pas réussi à modérer mon tempérament, et tout à coup, la police est apparue à la porte. Ça m'a rendu furieux, et… Bon, ils m'ont emmené. Il a fallu que je passe la nuit en cellule de dégrisement ! » Son tempérament s'échauffait apparemment de nouveau. En tout cas, le ton montait. « La seule avocate que je connaissais, hormis nos avocats d'affaires, c'était… Berit. » Il lança un coup d'œil penaud à son épouse. « J'aurais dû penser à Bodil, évidemment, mais… J'étais désespéré. Il me fallait quelqu'un qui puisse se porter garant pour moi !

— Mais… à quoi était due cette saute d'humeur ?

— Ça… »

Bodil l'interrompit.

« Je crois que vous devriez d'abord nous dire qui vous êtes — pas seulement votre nom, ce que vous faites ici et ce que nous pouvons éventuellement faire pour vous !

— Oui. Comme je l'ai dit à votre mari quand j'ai sonné… Il est question de votre sœur.

— Ça, j'avais compris. Mais vous n'avez pas encore dit de quelle mission il s'agissait.

— Non. Pour commencer… Je suis détective privé, encore une fois, et votre sœur m'a chargé de vous retrouver, vous et votre mari, après avoir essayé en vain de vous joindre.

— Berit ! Nous joindre ? » Elle me regarda avec scepticisme, puis se tourna vers Garrido. « C'est une sacrée surprise !

— Bon. En tout cas, c'est comme ça qu'on me l'a présenté. Depuis, j'ai essayé de vous retrouver.

Je suis allé chez Trans World Ocean, où on m'a répondu que votre mari avait démissionné… »

Les yeux de Bodil lancèrent de nouveaux éclairs. Garrido n'était pas le seul à avoir du mal à modérer son tempérament dans ce foyer, il n'y avait aucun doute là-dessus.

« Je suis allé à Hjellestad et à Ustaoset. Nous avons parlé de Barcelone. Mais je n'ai pas pensé à aller vous chercher aussi loin qu'en Chine.

— Pourquoi Berit aurait-elle eu tellement besoin de nous joindre maintenant ?

— Elle se faisait du souci pour vous, a-t-elle affirmé.

— Berit ! Ben voyons ! Elle doit préparer un mauvais coup, oui, telle que je la connais.

— En tout cas, c'est ce qu'elle a dit.

— Alors il faudra que vous alliez la voir pour lui demander une meilleure explication.

— Ça… ça risque d'être compliqué.

— Et pourquoi ça ? répliqua-t-elle, mais je vis qu'elle comprenait déjà le sens de ce que je venais de dire.

— Votre sœur est morte, Bodil. »

Elle me dévisagea sans rien dire, dans l'attente de la suite.

Garrido ne parvint pas à retenir une exclamation.

« Morte ! Berit ?

— Nous l'avons retrouvée dans la mer à Hjellestad. Sa voiture était tombée à l'eau. »

Il lui fallut plusieurs secondes pour prendre la mesure de ce que j'avais dit. La réaction se mit alors à se propager sur son visage, en cercles concentriques. Un bref instant, elle tituba.

Garrido fit un pas en avant pour venir à son secours, et elle lui tendit l'enfant. « Prends Therese ! Je... »

Puis elle se ressaisit. Elle rejoignit le fauteuil le plus proche et se laissa tomber dedans. Garrido se retrouva tout seul, une expression perdue sur le visage, entre sa femme en état de choc et le petit être humain dans ses bras.

Bodil Breheim me regarda de nouveau, les larmes aux yeux.

« Exactement comme...

– Comme votre mère, oui.

– Mais est-ce qu'elle était seule ? Dans la voiture ?

– Oui. » J'attendis un peu avant de poursuivre. « Mais il y avait un autre cadavre, là-bas.

– Un autre ! Et qui ?

– Vous le connaissiez bien », la préparai-je.

Elle parut de nouveau prévoir ce que j'allais dire. Ses pupilles s'agrandirent, noires comme la poix, et un frisson parcourut son visage ovale de prime abord si séduisant.

« Hallvard Hagenes », terminai-je, et cette fois, elle fondit en larmes. Elle se cacha le visage dans les mains et éclata en sanglots douloureux. Son corps entier tremblait, comme en proie à des forces invisibles.

Garrido me regarda.

« Hallvard Hagenes ? Qui est-ce ?

– Vous ne le connaissiez pas ?

— Je n'ai jamais entendu ce nom-là ! »

Comme sous l'effet de la contagion avec sa nouvelle mère adoptive, l'enfant dans les bras de Garrido se mit tout à coup à pleurer. Pendant une poignée de secondes, le père parut avoir envie de l'envoyer promener et de fiche le camp, loin de tout ça. Mais il me regarda. Sans y réfléchir davantage, il avança d'un pas et me tendit avec insistance le petit paquet hurlant. Dès que je lui eus pris l'enfant en larmes, il se tourna vers son épouse et alla s'asseoir sur le bras du fauteuil, il se pencha sur elle, la prit dans ses bras et murmura quelques mots inaudibles tout contre ses cheveux blonds. Je restai planté là, aussi impuissant que lui un instant plus tôt, avec la petite Therese Li sous ma responsabilité, pour une durée indéterminée.

Pendant que Fernando Garrido consolait sa femme, j'essayai deux ou trois mouvements des bras, je pris une voix douce et fis tout ce que je pus pour consoler le petit enfant ; il s'en fallut de peu que je lui donne le sein. Lentement, presque en parallèle, elles se calmèrent, la femme adulte dans le fauteuil près de la porte et la petite dans mes bras.

Quand Bodil Breheim me regarda de nouveau, ses yeux étaient rouges et ses joues mouillées. Elle avait de jolies plaques écarlates sur la gorge, et l'air complètement perdu.

« Mais que s'est-il passé ? ! s'écria-t-elle.

— J'aurais bien aimé le savoir aussi. Vous êtes prête à en parler ?

— Mais je ne sais rien.

— Non ?

— Non… »

Je lui tendis l'enfant. Elle la prit avec un sourire plein de reconnaissance. La petite fille avait fermé les yeux et semblait dormir.

« Alors prenons les choses par petits morceaux. Pour commencer… Ce tapage nocturne, il y a trois semaines. Je répète ma question de tout à l'heure : à quoi était-il dû ?

— Ça n'avait aucun rapport. Ça concernait Fernando et… son travail.

— Bernt Halvorsen ?

— Oui…

— L'affaire est simple, Veum, intervint Garrido. J'avais décidé de démissionner. Halvorsen est venu pour essayer de me convaincre de rester. La discussion s'est enflammée. » Il écarta les bras, en un geste d'excuse. « Mon tempérament, encore une fois.

— Une minute, Garrido. Vous aviez décidé de démissionner, dites-vous. Mais j'ai cru comprendre que vous étiez parti sans prévenir. »

Son regard vacilla. « Eh bien… oui. Il y avait eu une confrontation…

— Avec Halvorsen ? »

Il hésita.

« Ou avec Kristoffersen, peut-être ? »

Il me regarda, et je compris que j'avais fait mouche.

« Vous êtes-vous senti menacé par Kristoffersen ? Est-ce pour cela que vous avez démissionné de façon aussi brutale ?

— Je…

— Il est venu jusqu'ici pour vous trouver.

— Qui ? Kristoffersen ? » Il avait soudain l'air terrorisé.

« Écoutez, Garrido. Je connais le lien entre Kristoffersen et Bjelland. Le trafic d'êtres humains *via* Utvik est en plein démantèlement.

— Que dites-vous ? Ça a été découvert ?

— Vous n'avez pas encore lu les journaux, à ce que je vois.

— Fernando ? s'immisça Bodil. De quoi parle-t-il ? Tu ne m'en as rien dit. À moi, tu m'as dit que… »

Il la fit taire d'un geste de la main.

« Où est Kristoffersen, maintenant, Veum ?

— Espérons qu'il s'est livré à la police, de son plein gré. Sinon, il ne va pas tarder à les voir rappliquer. En tout cas, il ne travaille plus chez Trans World Ocean, lui non plus. Il a été viré. Et Bjelland est en prison. Vous ne perdrez rien à jouer cartes sur table.

— Quelles cartes ? J'ai la conscience tranquille. C'est d'ailleurs pour ça que… j'ai fichu le camp.

— Vous pouvez me raconter, posément, ce qui s'est passé ? »

Il regarda son épouse. Elle soutint son regard et hocha la tête.

Puis il se tourna lentement vers moi.

« Bon, d'accord ! Il y a eu… je suis tombé par hasard sur un message du capitaine du *Seagull* adressé à Kristoffersen. Quand je le lui ai dit, il est devenu très agressif. Il m'a menacé de ce… Bjelland. Il allait faire tout un tas de choses affreuses, et je l'avoue : j'ai eu peur. De mon point de vue, je n'avais que deux possibilités. La première, c'était d'en parler à Halvorsen, avec les conséquences que ça aurait pour Kristoffersen comme pour moi. Et avec notre situation personnelle, alors que nous nous préparions à partir en Chine… J'ai choisi la facilité. J'ai jeté l'éponge et j'ai démissionné sans préavis. Quand Halvorsen est venu nous voir ce samedi-là, j'ai essayé de trouver plein d'autres raisons. Mais il ne m'a pas cru, évidemment, et ça s'est terminé… comme vous savez.

— Vous pensez au tapage nocturne ?

— Oui… C'était tellement pénible ! Halvorsen est venu, et la conversation a dégénéré, avec Bodil comme témoin involontaire. Plus tard, quand Halvorsen a été parti, je me suis mis à boire. J'étais hors de moi ! Je devais… sinon, je pouvais m'en prendre à… moi, ou d'autres. Bodil s'est énervée. En premier lieu, elle n'appréciait pas que je me retrouve tout à coup sans travail, alors que nous… Nous allions enfin fonder une famille, après avoir essayé en vain depuis tant d'années. Et j'étais à l'origine de ces problèmes. En plus, ça l'énervait que je boive, et ça s'est terminé… » Il lança un autre coup d'œil contrit à son épouse. « Par la plus violente dispute que nous ayons eue depuis que nous nous connaissons.

— Si virulente que le voisin a appelé la police.

— Oui.

— Et le lundi matin, vous êtes allé vider votre bureau ?

— Oui, et j'ai pratiquement été agressé par Kristoffersen. Il disait qu'en démissionnant de la sorte, j'allais révéler qu'il se tramait des choses louches, là-bas. Et encore une fois, il m'a menacé, avec une telle violence qu'une fois rentré à la maison…

— Oui ?

— Eh bien… De toute façon, nous devions changer d'avion à Oslo. Nous avons fait nos valises, nous avons sauté dans la voiture et nous avons attaqué la traversée des montagnes, cet après-midi-là.

— Qu'est-ce qui vous a fait réagir aussi vivement dans les activités de Kristoffersen ?

— Pour commencer, c'était déloyal envers la compagnie et nous tous, tous les autres qui risquions d'être impliqués sans rien savoir. En second lieu, c'était un acte plus que douteux sur le plan moral. Lui et Bjelland gagnaient beaucoup d'argent sur le malheur d'autrui, et à quel sort livraient-ils ces pauvres gens ?

— Oui, tiens, lequel ?

— Je n'en ai pas la moindre idée ! En tant qu'étranger, j'étais dans l'obligation de réagir.

— Mais l'autre trafic en vigueur à Utvik, il ne suscitait aucun scrupule chez vous ? Même pas en tant qu'étranger ?

— Vous pensez à…

— Vous savez parfaitement à quoi je pense. Les déchets sensibles qui sont expédiés vers des pays du Tiers-Monde.

— Vous êtes bien informé…

— Aussi bien que nécessaire. »

Il baissa les yeux.

« Non. Je considérais que cette partie de notre activité avait la bénédiction des pouvoirs publics. Que pouvais-je y opposer ?

— Vous avez peut-être raison... » J'hésitai. « Mais pour en revenir au samedi où vous vous êtes retrouvé en cellule de dégrisement. Cette dispute entre Bodil et vous, elle ne concernait pas du tout Hallvard Hagenes, autrement dit ? »

Bodil réagit par un mouvement brusque. Mais cette fois, c'était moi la cible de son coup d'œil assassin.

Garrido me regarda, désorienté.

« Encore Hallvard Hagenes ! Qui est-ce, ce Hagenes ? »

Je regardai Bodil.

« Il est venu vous voir ici au mois de février, n'est-ce pas ? »

Elle ferma les yeux et les rouvrit, sans que ça n'influe sur la colère qu'ils exprimaient.

Garrido la regarda de nouveau.

« Bodil ? Est-ce que... » Il recommençait à bouillir. Les artères sur ses tempes saillaient, et il virait au cramoisi.

Elle lui retourna son regard avec fougue.

« Il ne s'est rien passé... dont on ne puisse parler !

— Mais c'est vrai, ce que ce... » Il agita vaguement une main dans ma direction. « ... cet homme raconte, que tu as eu la visite de quelqu'un qui... Tu le connaissais ? Hallvard Hagenes ?

— Bien sûr que je le connaissais !

— C'était ton… Vous étiez…

— Il y a longtemps. Longtemps avant notre rencontre.

— Tu m'as rencontré bien avant février de cette année ! protesta-t-il non sans raison.

— Mais… Pas comme… Laisse-moi expliquer !

— Ça va peut-être s'imposer, maintenant », répliqua-t-il avec un regard dur à mon intention.

Elle me regarda, elle aussi. C'était peut-être plus facile pour elle de cette façon : d'avoir quelqu'un d'autre à qui le raconter.

« Berit et Hallvard sont sortis ensemble, il y a longtemps. Au début des années 70… »

Comme elle s'était ennuyée ce week-end-là ! Personne ne l'avait invitée à sortir. Elle avait passé le samedi dans sa chambre, avec sa platine-disques et une pile de magazines. Le dimanche, elle avait tout juste daigné descendre dîner, et là…

Berit l'avait invité à dîner dans Sudmanns vei, et elle l'avait trouvé si jeune — bien trop jeune pour Berit ! Ils s'étaient à peine serré la main, et il avait été beaucoup trop timide pour s'imposer. Mais elle avait observé ses mains tandis qu'ils mangeaient, sa façon de tenir ses couverts : des doigts longs et fins, sensibles et nerveux. Elle l'avait entendu toussoter doucement, quand le silence s'installait autour de la table. Elle avait écouté ses réponses maladroites les rares fois où Sara lui avait posé une question. Le père n'avait pas prononcé un mot. Il n'appréciait pas du tout ce nouvel élément à sa table, et ses demi-frères tapageurs, ils…

Quand Berit et Hallvard étaient partis, elle était montée à la fenêtre de sa chambre au premier et les avait observés entre les rideaux. Elle avait vu Berit lui prendre la main et rire, et elle avait été si jalouse ! Elle bouillonnait d'une excitation si intense qu'elle avait dû… Elle avait verrouillé sa porte, s'était allongée sur le lit et… Les doigts enfoncés en elle, elle avait juré : *Tu seras à moi, Hallvard ! Tu seras à moi…*

« Mais ça s'est arrêté, et pendant un temps, nous sommes sortis ensemble. Hallvard et moi.

– Ça s'est arrêté, ou ça a été stoppé… à cause de vous ? »

Elle se détourna.

« Nous avons eu une courte liaison, si on peut appeler ça comme ça quand il s'agit de deux jeunes majeurs. Nous sommes restés ensemble entre juillet et septembre cette année-là, puis ça a été fini. Plus tard, je ne l'ai vu qu'en coup de vent, de loin en loin. Et à une occasion en 1988, quand Berit et lui s'étaient remis ensemble. »

Je levai une main.

« Attendez un peu. Que dites-vous ? En 1988 ? »

Il était à peu près neuf heures, un vendredi soir à la mi-août. Fernando et elle étaient montés à Geitanuken pour assister au coucher de soleil. Ils étaient presque redescendus quand ils avaient pris le raccourci vers la mer juste derrière un homme qu'aucun d'entre eux n'avait reconnu. Mais au moment où le type était parti vers la maison voisine, il avait regardé derrière lui, et…

Elle avait sursauté. – Hallvard ?

Il s'était arrêté. Il l'avait regardée, mal à l'aise, avec ce sourire juvénile si caractéristique. – Bodil ?

– Que fais-tu ici ?

– Je…

Tout à coup, elle avait compris. – Ne me dis pas que… Berit et toi, vous… Vous sortez de nouveau ensemble ?

Il avait haussé les épaules et braqué sur Fernando un regard qu'elle ne lui connaissait pas. Avant de lever la main en un salut approximatif et de continuer à monter vers la maison de…

« Nous l'avons à peine vu. Fernando et moi étions allés nous promener après le dîner, et il montait voir Berit.

– Alors c'était lui, Hallvard Hagenes, murmura son mari.

– Il allait voir… commençai-je.

– Oui. Elle habitait là-haut, elle aussi, à l'époque. » Elle fit un signe de tête en direction de la maison voisine.

Une nouvelle perspective, très importante, commençait à m'apparaître.

« Alors ce n'était pas à cause de Hallvard Hagenes que Berit et vous étiez brouillées ? C'était un classique conflit de propriété qui avait tout provoqué.

– Oui. Comme ça arrive si souvent, malheureusement. Un héritage qui tourne mal. C'est ce qui s'est passé, tout simplement. Ici, où nous habitons, il y avait un chalet, à l'origine, il appartenait à la famille de mon père. Pendant des années et des années, il était là, c'est tout, parce que nous avions aussi Hjellestad et Ustaoset. Quand Berit et Rolf se sont mariés, en 1978, ils ont pu faire construire sur la moitié supérieure du terrain. Et quand Fernando et moi étions sur le point de nous marier, cinq ans plus tard, papa nous a autorisés à raser le chalet et à faire construire ici. Mais tout à coup, Berit s'est braquée. Il n'y avait aucun doute là-dessus, cette moitié du terrain était la plus précieuse, disait-elle, et puisqu'elle était l'aînée, elle exigeait de pouvoir exercer son droit de préemption.

— Alors vous n'avez pas fait d'échange ?

— Non, mais les volontés de papa ont été respectées, et nous avons fait une demande de permis de construire, en dépit des protestations véhémentes de Berit. Et puis papa est mort, cet été-là… Par la suite, nous ne nous sommes pratiquement plus parlé.

— Mais… c'est vous qui avez tiré la courte paille ?

— Oui. Ça a été des années épouvantables. Nous n'avons pu lancer la construction qu'en 1985. Au début de l'année suivante, nous avons emménagé, et Berit et Rolf ont divorcé en 1989…

— À cause de Hallvard Hagenes ?

— En tout cas, ça a été un divorce aussi négatif que déchirant, pour les deux parties. Je ne sais pas ce qui en était la cause, mais, vous pouvez me croire, il y avait une telle agressivité contenue que ça a mis un point final au conflit de voisinage. Rolf a gardé la propriété et la maison là-haut, tandis que Berit s'en allait.

— Et entre elle et Hallvard Hagenes, il n'y a pas eu non plus de relation durable, si je comprends bien.

— Ah non ? Vous ne venez pas de me dire qu'ils avaient trouvé la mort ensemble ?

— Ou chacun de son côté. » Je lançai un rapide coup d'œil à Garrido avant de m'adresser de nouveau à elle. « Quand il est venu en février… Il n'a rien dit, à ce moment-là ?

— À propos de quoi ?

— D'une liaison avec Berit, encore une fois ? »

Elle secoua la tête. Sa bouche était crispée, son visage fermé.

« Vous voulez…

— C'était un coup de tête, m'interrompit-elle. Nous nous sommes rencontrés par hasard au Stundeslose. Fernando était en déplacement. Je me sentais seule. Il m'a raccompagnée à la maison, nous avons discuté un moment, et puis il a joué deux ou trois morceaux de saxophone… »

Garrido posa sur elle un œil noir. Elle se tourna vers lui et le regarda bien en face. « Il ne s'est rien passé ! Nous avons discuté, il a joué, il est parti. Je ne l'ai pas revu depuis, et maintenant… » Sa voix se brisa, ses yeux se remplirent encore une fois de larmes. « Maintenant, je ne pourrai plus jamais… »

commença-t-elle d'une voix étranglée, incapable de terminer sa phrase.

« Mais quand vous discutiez… Vous avez abordé ce qui s'était passé entre Berit et Hallvard en 1988 ?

— Oui… on a dû le faire. »

Ils étaient assis dans la pénombre. Il tenait son saxophone comme si c'était un petit enfant qu'il aurait voulu protéger. Elle l'avait observé, avide d'en savoir plus, impatiente de comprendre. — Que s'est-il passé réellement entre Berit et toi quand vous vous êtes revus en 1988 ?

Il lui avait renvoyé un regard plein de tristesse.

— Tu sais… la première fois que je suis sorti avec Berit, on n'a pas pu conclure, d'une certaine façon, parce que tu t'es interposée. Tu nous as séparés, que tu l'aies voulu ou non. Quand on s'est revus, à l'été 1988… Je jouais à l'hôtel Fossli, tout en haut du Måbodal, un week-end. Elle était allée dans les Vestvidda quelques jours et avait pris une chambre à l'hôtel pour profiter un peu du confort après tous ces séjours en chalets de randonnée. Elle avait prévu de rentrer en car le lendemain, mais je lui ai dit que si elle restait jusqu'au lundi matin, je pouvais la reconduire…

— Et il n'en fallait pas plus ?

— C'étaient des retrouvailles avec quelque chose que je pensais avoir perdu pour toujours, Bodil ! L'automne et l'hiver ont été fougueux, jusqu'à ce que son mari commence à avoir des doutes, et ça a fini par un règlement de comptes. Tu sais comment ça s'est terminé.

— Ils ont divorcé. Mais entre elle et toi…

— Je ne sais pas. Te souviens-tu de ce qui est arrivé à ta mère, à l'époque ?

— Moi ? Pas du tout ! Imagine… J'avais deux ans.

— Oui, c'est vrai. Mais Berit… Elle avait… cinq, six ans ?

— Six.

— Ça a dû la marquer, elle. Surtout parce qu'il y avait un tas de choses qu'elle ne savait pas ! Pour elle, l'amour entre un homme et une femme serait à tout jamais lié au mal et à la trahison, un sentiment auquel personne ne devait se soumettre volontairement… pour trop longtemps.

— Autrement dit ?

— Ce n'était pas parfait entre Berit et moi. Elle avait développé une espèce de jalousie qui pouvait avoir les manifestations les plus étranges. Si je rentrais tard après être allé jouer, elle n'était jamais couchée, elle m'attendait. Et il lui arrivait de m'infliger un véritable interrogatoire. Qui était venu nous écouter ? Avais-je parlé à quelqu'un ? Pourquoi n'étais-je pas rentré tout de suite après avoir terminé ? Des choses comme ça.

— Je vois ce que tu veux dire. Elle peut être épouvantable.

— C'était devenu maladif, et j'ai fini par n'en plus pouvoir. Autrement dit… Ça s'est arrêté, cette fois aussi. Mais sans catalysateur aussi évident que toi. Alors peut-être que ta responsabilité n'était pas si importante, en fin de compte, Bodil. Ça se serait sans doute terminé comme ça en 1973 aussi.

Elle me regarda.

« Vous n'avez sans doute rencontré que la Berit officielle, vous. Professionnelle et accomplie. Mais il y avait une autre personnalité derrière la façade, Veum, que seuls ses proches voyaient.

— Mais elle avait réussi à se marier, en tout cas ?

— Ouais. Avec un type qui avait dix ans de plus qu'elle et pouvait vaguement faire penser à... » Elle s'interrompit.

« Votre père ? »

Elle hocha silencieusement la tête.

Je regardai par la fenêtre, vers la mer, on voyait le quai où j'avais rencontré Sjøstrøm la dernière fois que j'y étais allé.

« Alors c'était lui que Berit avait épousé. J'aurais peut-être dû m'en douter.

— Vous ne saviez pas ?

— Non. Il y a pas mal de choses que je ne savais pas, je le découvre maintenant qu'il est trop tard. Vous l'avez aperçu depuis votre retour ?

— Qui ? Rolf ?

— Oui.

— Comme ça, par la fenêtre. Je veux dire, nous ne lui adressons pas la parole plus que le strict nécessaire, et lui non plus.

— D'accord, mais il est peut-être temps que je le fasse, une toute dernière fois. »

Je me levai et les regardai tous les trois. Je me doutais bien que le futur ne serait pas non plus évident pour la petite famille Breheim Garrido. Ils avaient beaucoup de gens à enterrer, et pas que des morts.

Pour ma part, j'avais encore une personne à qui parler. Encore vivante, espérais-je.

45

J'appuyai de tout mon poids sur la sonnette de la maison en vis-à-vis. Personne ne vint. J'essayai alors d'ouvrir la porte. Pas verrouillée.

J'entrai et criai vers l'intérieur : « Sjøstrøm ! Vous êtes là ? »

Pas de réponse.

Je montai l'escalier jusqu'à l'étage principal et allai dans le salon. Sjøstrøm était assis près de la fenêtre, assez reculé pour ne pas être visible de l'extérieur. Il regardait dehors, et n'eut pas la moindre réaction à mon entrée.

Un court instant, j'eus presque peur qu'il soit mort, mais un infime mouvement de la main qui enserrait une bouffarde éteinte révéla qu'il était vivant.

Je le contournai, m'arrêtai devant la fenêtre et me plaçai de telle sorte qu'il soit obligé de me voir. Il contemplait fixement la chemise sous mon blouson de cuir ouvert, sans lever les yeux.

Je poussai un gros soupir.

« Vous savez de quoi il s'agit, bien sûr. »

Il ne répondit pas.

« Votre ex-épouse est morte. Tout comme son amant – intermittent. Où étiez-vous quand ça s'est produit ? »

Il leva lentement la tête. Encore plus que la fois précédente, il me donna l'impression d'être une personne pour qui le train de la vie était passé ; pour qui il ne restait plus aucun espoir. Les meubles clairsemés, les zones vides aux murs, l'aquarium abandonné ; tout prenait un nouveau sens maintenant que je savais qui était parti avec : les meubles, les tableaux, les poissons.

« Moi ?

– C'est vous qui avez tout déclenché. Vous avez appelé la police pour vous plaindre de tapage nocturne, avec le brillant résultat que Garrido a été arrêté. Vous m'avez dit que des hommes venaient voir Bodil, mais ce n'était peut-être pas tout à fait comme vous me l'avez décrit. Bernt Halvorsen venait pour parler à Garrido, Hallvard Hagenes n'est venu qu'une fois ! Alors, pourquoi ? »

Il ne répondit pas. Il y avait une petite flamme dans ses yeux, une satisfaction tardive par rapport au résultat obtenu, cette fois aussi.

« Créer une mauvaise ambiance ? Restaurer les bons vieux conflits de voisinage ? Ou quelque chose d'encore plus profond, plus personnel ? »

Un tressaillement au coin de sa bouche fut le seul signe qu'il était présent, qu'il entendait ce que je disais.

« Vous aviez des comptes à régler, quelqu'un à

enquiquiner le plus possible, et ce n'étaient pas les possibilités qui manquaient. »

Il releva de nouveau les yeux vers moi. Furtivement.

« Mais c'était à Berit que vous en vouliez le plus. Berit et Hallvard Hagenes. Comment avez-vous su qu'ils étaient ensemble, pour la troisième fois ?

— Je... » Sa voix était rauque et brouillée, comme s'il ne s'en était pas servi depuis longtemps. Il toussota. « Elle m'a appelé pour me le dire.

— Berit vous a appelé ?

— Elle me détestait ! Et elle était d'une jalousie incroyable. Je ne pouvais pas jeter le moindre coup d'œil sur une autre femme sans que ça la rende furieuse. Même après notre divorce... Elle pouvait m'appeler en pleine nuit, juste pour m'insulter. Si ça n'avait pas été facile pendant notre mariage, ça ne s'est pas arrangé après. Tout ce qu'elle trouvait pour me pourrir la vie, elle le faisait. Et ça n'en finissait pas. Quatre ans, elle a continué ! Pas plus tard que la semaine dernière, elle a appelé pour me dire : Devine qui va venir ce soir, Rolf ?

— La semaine dernière ? Mardi ?

— Oui, sans doute.

— Et pourquoi aurait-elle fait ça ?

— Je vous l'ai dit. Elle ne renonçait pas ! Elle faisait tout le temps ce genre de choses.

— Et vous imaginez que je vais croire ça ?

— Pourquoi mentirais-je ?

— Vous l'avez déjà fait.

— Eh bien… »

Mais il ne le tolérait plus. Quatre ans plus tôt, il l'avait mise au pied du mur : Tu choisis, Berit ! C'est moi ou… lui, là.

« À l'époque où je travaillais, je voyageais pas mal. Je couvrais tout le Vestland. Depuis le Møre jusqu'au Ryfylke. Et un jour, j'ai dû laisser la voiture à Førde, à cause d'une fuite d'essence. Je suis rentré en avion de Bringeland et je les ai surpris. Là-dedans. Dans notre chambre. »

Le silence était complet dans la maison. Il ne se doutait de rien. Dans le salon, les verres sur la table lui avaient mis la puce à l'oreille. Deux verres. Mais une amie était peut-être venue la voir…

Il avait ouvert la porte de la chambre. Il avait d'abord cru qu'elle parlait en dormant, avant de comprendre qu'il n'en était rien. Elle parlait à quelqu'un.

« Berit et ce… Hagenes.

— Alors la jalousie était motivée de votre côté aussi, alors ?

— Bon, oui ! En tout cas, je vous garantis que le type est parti comme une fusée, et il a dû se rhabiller dehors ! »

Un sourire rapide passa sur ses lèvres, et disparut.

« C'était en 1989, plus ou moins, n'est-ce pas ?

— Oui.

— Mais pour le moment, ce qui m'intéresse surtout, c'est ce qui s'est passé ces derniers jours.

— Vous le savez mieux que moi ! Vous n'étiez pas détective, un truc comme ça ? »

Il l'avait dit, déjà à l'époque : Si je te revois avec Berit, je te tue !

« Vous n'étiez pas assortis, si ? Vous un représentant… dans quel secteur ?

— Papeterie.

— Elle, une jeune avocate à succès…

— Elle a dû m'aimer… à une époque. En tout cas, elle s'est mariée avec moi.

— Elle avait sans doute ses raisons. Mais ça suffit. Je ne crois pas que vous me donniez une image objective de votre relation avec Berit. La jalousie était aussi forte d'un côté que de l'autre, je parie. Je crois que vous n'aviez toujours pas digéré ce qui s'était passé il y a quatre ans, et que quand vous avez appris qu'elle et Hallvard Hagenes s'étaient remis ensemble…

— Qu'est-ce que ça pouvait me foutre, avec qui elle était ? C'était elle qui était jalouse, Veum ! Pas moi. D'une jalousie maladive !

— Sûr ?

— Oui ! »

Il l'avait appelée, en pleine nuit, au mois de février.

— Haha-*ha* ! Haha-*ha* !

— Rolf ? Qu'est-ce qui se passe ? J'entends bien que c'est toi ! J'appelle la police si tu…

— Devine qui est venu voir Bodil ce soir ?
— Bodil ? Comment je…
— Hallvard Hagenes, ce n'est pas comme ça qu'il s'appelait, ton bon ami de jadis ?
— Hallvard ? Foutaises !
— Foutaises ! Tu ne me crois pas ?
— Non, je ne te crois pas. Je sais que tu mens.
— Et comment peux-tu en être aussi certaine ?
— Parce qu'il est ici en ce moment même !
— Chez toi ? Maintenant ?
— Oui.
— Alors demande-lui chez qui il était plus tôt dans la soirée !

Il y avait une lueur sombre dans ses yeux, à présent ; encore un triomphe passé sur lequel se réjouir.

« Elle a raccroché, mais l'idée était plantée. Je la connaissais trop bien pour ne pas savoir comment elle réagirait.

— En d'autres termes… C'est peut-être pour ça qu'elle s'est agitée à ce point quand Bodil et Fernando ont disparu — en apparence. Elle pensait que la relation entre Bodil et Fernando battait de l'aile, après cette histoire de tapage nocturne, mais elle ne pouvait pas… Elle voulait être sûre de son coup, avant de… Je vois les contours de deux trios qui se recouvrent en partie, Sjøstrøm. Au moins deux. Bodil, Berit et Hallvard, encore une fois. Et il ne tenait pas. Mais Berit ne pouvait pas le savoir. C'était justement ça qu'elle voulait que je découvre. L'autre trio, c'était Berit, Hallvard et vous. Et il était certainement plus réel, en tout cas pour l'un d'entre vous.

— Ah oui ?

— Oui... »

Il avait décidé de découvrir où ils étaient. Il avait passé des coups de fil. Chez elle. Chez Hagenes. Sans obtenir de réponse nulle part. Alors il était monté à Hjellestad. Il y avait un taxi sur le parking, alors il s'était garé un peu plus loin.

Hjellestad...

Ils y étaient allés deux ou trois fois, pendant que le père de Berit était encore vivant. Il n'avait eu aucune difficulté à retrouver le sentier entre les arbres jusqu'au chalet.

En 1989, il avait été pris au dépourvu. Cette fois, il savait ce qu'il allait trouver, avec la même certitude qu'il avait un cœur qui battait dans sa poitrine. Il avait pensé sans trop s'en rendre compte : Ce n'est pas ici que sa mère et son amant... C'était une chose dont elle ne parlait jamais, pas ouvertement, et il croyait connaître certains fragments de cette vieille histoire, mais quand même...

Tandis qu'il avançait entre les arbres, il eut soudain l'impression de ne plus être seul. Comme s'il y avait quelqu'un d'autre avec lui, qui allait vers le même côté du chalet, la même fenêtre éclairée. Des ombres du passé, des éclats de destin.

Il s'était approché de la fenêtre et avait regardé à l'intérieur. À travers son propre reflet, il les avait vus. Il y avait une drôle de nuance dans ses courts cheveux roux. Elle était assise sur le coin de la table, nue, les jambes écartées, comme n'importe quelle catin. Lui se tenait debout devant elle et la maintenait, tout en enchaînant les coups de reins. Elle avait penché la tête en arrière et posé un regard aveugle sur la vitre. Une fraction de secondes, ils s'étaient regardés bien en face. Elle l'avait vu avant de comprendre ce qu'elle voyait, et il avait reculé, comme si ses cheveux l'avaient brûlé.

Quand il avait ouvert la porte à la volée et était entré, elle avait hurlé, comme sous le coup d'une terreur mortelle. Il leur était tombé dessus. L'homme nu s'était tourné vers lui, démuni sans ses vêtements. Ils avaient roulé sur le sol. Il l'avait serré entre ses bras. Hagenes avait martelé son dos de ses poings. Dans le lointain, il avait entendu des sons indistincts, secs, métalliques. Hagenes s'était libéré. Lui s'était relevé en mouvements pénibles, à bout de souffle.

Berit avait le fusil dans les mains. Le canon pointait sur sa poitrine.

– Ne bouge pas ! Je tire !

Hallvard Hagenes avait levé la main. – Non ! Pense à…

Lui avait réagi par une forme de panique. Il avait bondi sur elle et avait écarté le canon. Au même instant, le coup était parti, dans un fracas assourdissant. Derrière lui, il avait entendu un drôle de cri tronqué et le son d'un corps qui basculait, un fauteuil renversé, quelque chose qui roulait sur le sol.

Berit avait lâché le fusil. – Hallvard ! Oh, Hallvard…

Il avait prestement ramassé l'arme, contrôlé que l'autre cartouche était encore en place, et avait attendu. Elle s'était allongée sur le mourant, comme pour le protéger. Ils étaient aussi nus que des nouveau-nés. Son derrière blanc était secoué de spasmes, et le sang jaillissait entre eux pour constituer une petite mare qui les entourait. Lui ne faisait que regarder, le fusil à la main. Ils n'allaient pas tarder à partir en voiture, Berit et lui.

« C'est Berit qui l'a fait.

— Qui a fait quoi ?

— Le tuer. À cause de ce qui s'était passé avec Bodil. Et elle m'a appelé, paniquée. »

Il parodia sa voix.

« Oh, Rolf ! Il faut que tu m'aides. Il est arrivé une chose affreuse ! Il faut que tu viennes à Hjellestad ! — À Hjellestad ? — Oui… »

Il tourna un visage de marbre vers moi.

« Alors je l'ai fait. Je suis monté. Mais je ne les ai pas trouvés. Personne. Tout ce que j'ai vu, c'était le sang. Et j'ai compris… ce qu'elle avait fait.

— Balivernes ! Il n'y avait rien entre Bodil et Hallvard.

— Ça, elle ne le savait pas.

— Elle n'aurait jamais réussi à mettre Hagenes dans le puits toute seule.

— Vous en êtes sûr ?

— Et se jeter dans la mer ?

— Comme sa mère, en 1957 ou Dieu sait quand c'était.

— Vous mentez.

— Prouvez-le ! »

Elle s'était habillée, comme en transe. Il avait à peine eu besoin de la menacer pour qu'elle aille à la voiture.

— Mais… Hallvard ?

— Je m'en occupe.

Il s'était assis à l'arrière, le fusil à côté de lui. Elle avait accéléré, et il avait crié : Arrête ! Arrête, nom de Dieu !

Il avait ouvert la portière et s'était jeté dehors, tandis que la voiture descendait en crabe vers la mer. Il s'était protégé de son mieux avec les mains. Il avait relevé la tête, et entrevu l'arrière de la voiture qui s'enfonçait dans les profondeurs.

« Ces éraflures. Sur vos mains et… votre front… »

Il était resté un moment sur le quai, les yeux baissés sur l'eau noire. De grosses bulles montèrent à la surface et disparurent. Mais ce fut tout. Il n'y eut finalement plus rien à voir.

« J'ai dû tomber. »

On sonna à la porte. Aucun de nous ne réagit.

Encore une fois. Nous nous regardâmes.

Puis nous entendîmes la porte s'ouvrir.

« Ohé ? Il y a quelqu'un ? » appela Hamre tout haut.

J'allai à la porte du salon.

« Ici, en haut ! leur criai-je. Il vous attend. »

46

Au début du mois de juin, je reçus un curieux appel téléphonique.

Mon interlocuteur avait un net accent étranger.

« Monsieur Veum ?

— C'est moi. Qui est à l'appareil ? » Il hésita, comme s'il cherchait ses mots. « Ça n'a aucune importance.

— Peut-être pas pour vous, mais j'aime bien savoir à qui je parle. »

Une nouvelle petite pause. J'aurais pu raccrocher, bien entendu. Mais d'un autre côté… Quelque chose dans le ton me fit me raviser.

« C'est vous qui étiez à Utvik, n'est-ce pas ?

— Si vous faites allusion à… Vous avez lu la série d'articles, peut-être ?

— Oui.

— Alors…

— J'appelle au nom d'un groupe.

— Ah oui ?

— Nous avons pris une décision.

— Concernant… ?

— Vous avez rendu un grand service à nos compatriotes, monsieur Veum. Sans vous, ils seraient tous morts.

— Allons, allons… Je n'étais pas tout seul. C'est la journaliste qui a écrit la série d'articles qu'il faut remercier.

— Nous l'avons déjà fait.

— Comment ?

— Nous lui avons donné des noms à exploiter utilement. Ça occasionnera peut-être une nouvelle série d'articles, dans quelques mois.

— Intéressant.

— Mais nous voulons vous remercier vous aussi. La question, c'est… Y a-t-il quelque chose que nous puissions faire pour vous ?

— Non, je… Qu'est-ce que ce serait ?

— Rien ?

— Non, rien. Merci de votre proposition, mais… Comment vous appelez-vous, avez-vous dit ?

— Je ne l'ai pas dit. Ça n'a aucune importance.

— Bon. Mais alors…

— Alors on fait comme prévu, monsieur Veum, m'interrompit-il pour la première fois.

— Comme prévu ? » Je n'étais pas certain d'apprécier la façon dont évoluait cette conversation. « Qu'est-ce que c'est ?

— Vous le saurez bientôt, monsieur Veum. Suivez l'actualité. Et n'oubliez pas… C'est notre façon de vous remercier.

— Mais…

— Merci, monsieur Veum », conclut-il avant de raccrocher.

Je me mis à réfléchir à ce qu'il avait dit. J'essayai alors d'appeler Torunn Tafjord à son numéro de Dublin. Mais personne ne répondit. Elle était peut-être déjà partie vérifier les noms qu'il lui avait donnés, à un endroit de la planète où personne ne pouvait la joindre sans qu'elle l'ait décidé elle-même. Je ne voyais pas qui appeler d'autre.

Quinze jours plus tard, je lus dans le journal : *CRIMINEL NOTOIRE POIGNARDÉ À LA PRISON CENTRALE DE BERGEN. Mort à Haukeland hier en fin de soirée.* Le texte précisait qu'un détenu d'origine étrangère était interrogé par la police. Des rumeurs de tensions raciales circulaient depuis plusieurs semaines à la prison, mais la police n'avait pour le moment aucune théorie quant à la raison de cet épisode dramatique.

Je n'avais pas besoin d'appeler la police pour connaître l'identité du défunt. J'avais reçu le message : *Merci, monsieur Veum.*

Vers le 1er juillet, j'essayai de nouveau son numéro de téléphone. Mais je n'obtins pas de réponse, cette fois non plus.

Retrouvez les enquêtes de Varg Veum, le privé norvégien, dans la collection Folio Policier

Varg Veum, ancien salarié à la protection de l'enfance de la ville de Bergen en Norvège, est devenu détective privé après avoir été remercié. Les affaires ne vont pas fort. Jusqu'au jour où un avocat de renom lui demande de suivre son épouse pour un constat d'adultère.

Le loup dans la bergerie

« Nous avons Roar. Tu sais où tu peux le trouver. Si tu préviens les flics, on le tue. » Varg Veum n'avait pas besoin de cette nouvelle affaire de kidnapping pour nourrir son vague à l'âme. Roar n'a pas dix ans et les ravisseurs, menés par un adolescent psychopathe, n'ont plus guère de limites.

Pour le meilleur et pour le pire

Varg Veum voit son passé d'éducateur le rattraper. Lisa, seize ans, issue d'un milieu sans histoires, a disparu. Et avec les questions nécessaires pour la retrouver s'ouvre la boîte aux secrets. Deux familles proches qui se haïssent… Le meurtre d'un adolescent…

La Belle dormit cent ans

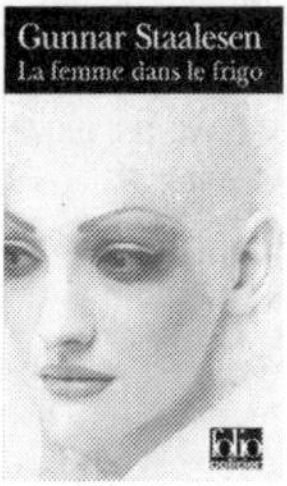

Qui connaît le port de Stavanger ? Que sait-on des hommes et des femmes employés sur les plates-formes pétrolières du large ? Varg Veum se rend dans cette ville étrange transformée par l'or noir. Une mère d'une soixantaine d'années l'a chargé de retrouver son fils disparu. L'appartement est vide. À un détail près : dans le frigo, le corps sans tête d'une femme…

La femme dans le frigo

Un tueur que l'on croyait mort continue, en toute discrétion, d'imprimer de sa signature de sang la une des faits divers. Un policier en retraite passe sous les roues d'un chauffard... Une femme tombe chez elle et se brise la nuque. La mort frappe de plus en plus fort tous ceux qui pourraient se souvenir... Varg Veum ne croit pas au hasard et encore moins à la fatalité.

La nuit, tous les loups sont gris

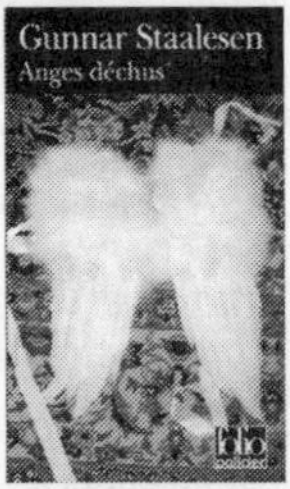

Veum, à l'enterrement d'un proche tué dans un accident, retrouve Jakob, Johnny, Jan Petter et d'autres qui faisaient déjà partie du célèbre groupe de rock des Harpers par la suite mystérieusement dissous. Veum n'avait jamais compris. Un deuxième accident pourtant, et d'étranges silences des survivants mettent peu à peu le privé de Bergen sur une piste bien loin des charmes de la nostalgie...

Anges déchus

Une fillette a disparu. Des militants écologistes assiègent une usine qui polluerait avec ses déchets toxiques. Une riche famille d'industriels voit la façade de sa notoriété se lézarder. Varg Veum est plongé au cœur d'une enquête éclatée dont toutes les pistes convergent vers un drame irrésolu vieux de huit ans. Saura-t-il survivre aux démons d'un monde moderne à la violence toujours plus diffuse ?

Fleurs amères

Engagé comme garde du corps, Varg Veum se retrouve mêlé à une série de morts étranges assaisonnées d'un soupçon de chantage... Seuls indices pour mener son enquête : le souvenir d'une nuit d'amour alors qu'il était étudiant et la photo de quatre hommes autour d'une table. Commence alors un marathon dans les rues d'Oslo qui mènera le privé norvégien bien plus loin qu'il ne pouvait le soupçonner...

Les chiens enterrés ne mordent pas

Quand Varg Veum reçoit son propre avis de décès par courrier, il croit à une plaisanterie macabre... Aucun rapport avec la mort d'un juge vêtu de sous-vêtements féminins. Rien à voir non plus avec la disparition de la jeune Torilde Skagestøl. Ancien travailleur social, Varg Veum a beau connaître les turpitudes de son pays, il est une fois de plus horrifié de la façon dont la Norvège traite ses enfants.

L'écriture sur le mur

« DU MÊME AUTEUR »

Chez Gaïa Éditions

Les enquêtes de Varg Veum

FACE À FACE, 2013.

COMME DANS UN MIROIR, 2012, Folio Policier n° 704.

L'ÉCRITURE SUR LE MUR, 2011, Folio Policier n° 669.

LES CHIENS ENTERRÉS NE MORDENT PAS, 2009, Folio Policier n° 607.

FLEURS AMÈRES, 2008, Folio Policier n° 598.

ANGES DÉCHUS, 2005, Folio Policier n° 509.

LA NUIT, TOUS LES LOUPS SONT GRIS, 2005, Folio Policier n° 448.

LA FEMME DANS LE FRIGO, 2003, Folio Policier n° 409.

LA BELLE DORMIT CENT ANS, 2002, Folio Policier n° 362.

POUR LE MEILLEUR ET POUR LE PIRE, 2002, Folio Policier n° 338.

LE LOUP DANS LA BERGERIE, 2001, Folio Policier n° 332.

Le roman de Bergen

1900 – L'AUBE, première partie, 2006, Points Seuil.

1900 – L'AUBE, deuxième partie, 2006, Points Seuil.

1950 – LE ZÉNITH, première partie, 2007, Points Seuil.

1950 – LE ZÉNITH, deuxième partie, 2007. Points Seuil.

1999 – LE CRÉPUSCULE, première partie, 2007 (à paraître en Points Seuil),

1999 – LE CRÉPUSCULE, deuxième partie, 2007 (à paraître en Points Seuil)

Aux Éditions de l'Aube

BREBIS GALEUSES, 1997.

Composition Nord Compo
Impression Novoprint
le 20 août 2013
Dépôt légal : août 2013

ISBN 978-2-07-045226-2./Imprimé en Espagne.

250519